HAYMON 317

Fabian Neidhardt
Immer noch wach

Roman

Fabian Neidhardt
Immer noch wach

Und jetzt sind es beinah auf den Tag sieben Jahre, dass weggegangen ist, nein, dass hat weggehen lassen – und nun stürzen die Erinnerungen nur so herunter, alle zusammen. Ich weiß, was ich in Ihm und an Ihm beklage: unser ungelebtes Leben.

[...] Wäre die Zeit normal (und ich auch), so hätten wir jetzt ein Kind von, sagen wir, 12 Jahren haben können, und, was mehr ist, die Gemeinsamkeit der Erinnerungen.
Kurt Tucholsky in seinem letzten Brief an Mary Gerold, 19. Dezember 1935

And if you get into a jam – call me. I stay up late.
Lester Bangs in „Almost Famous"

Für die, denen du wichtig bist.

1

Die Geräusche des Regens und der vorbeifahrenden Autos sind längst Grundrauschen. Die Sonne ist schon seit Stunden nicht mehr durch die Wolkendecke gekommen, als die Bremslichter eines Wagens aufleuchten und er ein paar Meter hinter mir am Straßenrand stehen bleibt. Ich betrachte das Auto für einen Moment, die Tropfen zwischen uns reflektieren das rote Licht. Ich bin mir sicher, dass es nicht für mich gehalten hat. Dann aber lasse ich den Daumen sinken, packe meinen Rucksack und den Koffer und laufe los, vollkommen durchnässt und ausgekühlt.

Ein weißer Passat, Kombi, relativ neu. Nach unten hin verläuft die Wagenfarbe ins Graue. Nur die Fingerabdrücke am Kofferraum lassen erkennen, dass es Dreck ist. Der Deckel gleitet auf, ich schmeiße mein Gepäck hinein und gehe zur Beifahrertür. Bei jedem Schritt spüre ich das Wasser in den Schuhen und meine Boxershorts unter der Anzughose, die zwischen den Beinen klebt. Ich öffne die Tür, zwänge mich durch den Spalt und lasse mich in den Sitz sinken. Hemd und Hose drücken sich klamm und kalt an den Körper und ich bin froh, raus aus dem Regen zu sein.

Der Fahrer ist um die 60, das hellgraue Haar kurz, bis auf eine geflochtene Strähne, die er sich hinters Ohr schiebt. Er sieht mich durch die eckigen Gläser seiner Nickelbrille an und hebt eine Augenbraue.

„Vielen Dank! Entschuldigung, ich bin ganz schön nass."

Er macht eine wegwerfende Handbewegung.

„Den Sitzen ist das egal. Deinem Anzug tut das nicht gut."

„Ich hatte das anders geplant."

„Wo willst du denn hin?"

„So weit in den Süden, wie Sie fahren. Ich muss nach Stuttgart."

Ich wische mir das Wasser aus dem Gesicht und die Hand an der Hose ab. Aber die Hose ist genauso nass und macht die Hand nicht trockener.

„Was sind das? 700 Kilometer? Das ist eine ganz schöne Strecke."

Mein Blick verliert sich in den Tropfen auf der Windschutzscheibe, die immer nur kurz alleine bleiben, sich dann sammeln und abfließen.

„Ich wollte weit weg."

„Scheint ja geklappt zu haben."

Ich nicke langsam.

„Wenn Sie wüssten."

Ich leere meine Hosentaschen. Die Ränder des Notizbuches sind aufgeweicht und ein Teil der Schrift hat sich in dunkle Schlieren verwandelt. Scheiße. Ich lege es vorsichtig auf meinen Schenkel und krame den Rest heraus, zwei nasse Fünfer und ein paar Münzen. Ich zähle und reiche es ihm.

„So viel habe ich noch, das kann ich Ihnen geben."

Er betrachtet meine ausgestreckte Hand, dann schüttelt er den Kopf, legt den Gang ein und setzt den Blinker.

„Einmal hat mir eine Frau einen Blowjob angeboten, damit ich sie mitnehme. Anschnallen, bitte."

Ich sehe ihn irritiert an, er blickt über die Schulter und gibt Gas.

„Aber ich bin mit einer Coke Light und einem Kaffee zufrieden."

2

Haus Leerwaldt war einmal ein Gehöft. Zwei Gebäude aus rotem Backstein, ein alter Schuppen und ein Stall drängen sich um den Innenhof, in dem das Auto hält. Es liegt vielleicht zwei Kilometer außerhalb der Gemeinde, inmitten von Wiesen und direkt an einem Wäldchen. Die Luft ist kalt und frisch, der Wind fährt mir in den Kragen und bläht die Jacke auf. Auf der Wiese neben der Zufahrt stehen Pferde, ich kann kilometerweit sehen, die Sonne scheint und ich habe einen metallisch-salzigen Geschmack im Mund.

Hier lässt es sich sterben.

3

Ich rede eine Weile mit Doktor Münchenberg, bis er einlenkt und mir ermöglicht, in ein Hospiz zu gehen.

Wir sitzen in seinem Sprechzimmer, zwischen uns die Ergebnisse der Untersuchungen und die Röntgen- und CT-Aufnahmen. Er hört sich meine Beschreibungen der Symptome an, die schlimmer werden. Der Druck unter den Rippen, der mittlerweile ständig spürbar ist. Die Übelkeit, das Übergeben, die Kopfschmerzen und die Müdigkeit, die trotz viel Schlaf nicht nachlässt. Er schiebt die Brille nach oben und fährt sich mit Daumen und Zeigefinger über die Augen.

„Herr Fink. Ich sage Ihnen, lassen Sie sich helfen. Wir haben immer noch viele andere Möglichkeiten. Ich kann das nicht gutheißen, was Sie sich antun."

„Das ist meine Entscheidung."

Er verschränkt die Arme vor der Brust.

„Wollen Sie nicht wenigstens in Ihrem gewohnten Umfeld ... viele Patienten empfinden es als heilsam, von Familie und Freunden umgeben zu sein."

„Sie wollen mir helfen? Dann helfen Sie mir dabei."

„Ich sage Ihnen ausdrücklich, dass Sie gegen meinen ärztlichen Rat handeln." Widerwillig wendet er sich dem Computer zu. „Ich gebe Ihnen eine vorläufige Bescheinigung, damit Sie mit einem Hospiz in Kontakt treten können. Falls Sie einen Platz bekommen, kommen Sie nochmal zu mir, dann kriegen Sie die richtigen Papiere."

Frau Renninger leitet Haus Leerwaldt und ist am Telefon genauso skeptisch wie mein Arzt. Aber ich habe sie, die ärztliche Bescheinigung zur Feststellung der Notwendigkeit vollstationärer Hospizversorgung nach § 39a Abs. 1 Sozialgesetzbuch, fünftes Buch. Mein Ticket fürs Hospiz. Schließlich setzt Frau Renninger mich auf die Liste. Für meine letzten zwei Monate darf ich hier sein. Wenn ich überhaupt so lange lebe.

~

Der Wagen wendet und verlässt die Zufahrt. Es ist früher Abend und ich habe den ganzen Tag gesessen. Ich strecke mich in den Wind und bemerke kaum, wie Zeige- und Mittelfinger der rechten Hand instinktiv die Stelle unter den Rippen suchen und ich einatme.

Es war lange Zeit nicht klar, ob zum richtigen Zeitpunkt überhaupt ein Zimmer frei ist. Viele Menschen sterben, die Warteliste ist lang. Jetzt stehe ich hier und sehe niemanden. Aus ein paar Fenstern scheint Licht, hinter einigen Gardinen flimmert das Fernsehblau. Aber niemand ist auf dem Hof, niemand steht auf den kleinen Balkonen oder sieht aus dem Fenster.

Etwas streicht an meinen Beinen entlang und ich zucke zurück. Die Katze wirft mir einen lauernden Blick zu und läuft um die Ecke des Hauses. An der Wand hängt ein Schild, in pastellfarbenem Braun und Türkis, eine Silhouette der Gebäude, die mich umgeben, darunter der Name.

Haus Leerwaldt. Den letzten Tagen Leben geben.

Zwischen meinen Schulterblättern kribbelt es. Ich räuspere mich, nehme den Rucksack und ziehe den Koffer über den Schotter zur Eingangstür.

Der Mann hinter der Theke ist Anfang 20 und sieht mich so freundlich und vertraut an, dass ich mir sicher bin, dass er mich mit jemandem verwechselt. Er steht auf und ich lege meine Hände auf die Holzfläche des Tresens. Später werde ich wissen, dass Martin zu jedem so freundlich ist.

„Herzlich willkommen in Haus Leerwaldt. Was kann ich für Sie tun?"

„Alexander Fink. Ich möchte ... einchecken? Sagt man das so?"

Er lächelt und beugt sich zu der Tastatur.

„Die meisten sagen gar nichts. Aber die meisten kommen hier auch nicht alleine reingelaufen. Hallo Herr Fink, ich bin Martin. Nehmen Sie gerne Platz, ich sage Frau Renninger Bescheid, dass Sie da sind."

Indirektes, warmes Licht beleuchtet den Raum, ein heller, türkisfarbener Streifen verläuft in einem Meter Höhe über die Wände. Die Lehnen des Sofas und der Sessel sind aus dunklem Holz, daneben steht eine Pflanze, die aussieht wie eine Palme.

Auf dem kleinen Tisch vor einem Sofa steht eine Schale mit Süßigkeiten, daneben liegen ein paar Zeitschriften. Der Spiegel, die Glamour, die AutoMotorSport, die Landlust.

Die Tür neben dem Empfang öffnet sich und Martin tritt mit Frau Renninger heraus. Sie ist älter als auf dem Foto im Internet, die Haare sind kürzer und grauer und das Gesicht hat eine rundere Form, die Brille ist neu. Sie ist nur ein wenig kleiner als ich und hat einen überraschend kräftigen Händedruck.

„Haben Sie gut hergefunden? Kommen Sie. Brauchen Sie Hilfe mit dem Gepäck? Ich gehe davon aus, dass Sie müde sind. Ich zeige Ihnen Ihr Zimmer und lasse Ihnen das Abendessen bringen. Sie können in Ruhe ankommen und wir unterhalten uns morgen. Dann zeige ich Ihnen auch den Rest unseres Hauses."

Der Gang ist mit dem gleichen warmen Licht beleuchtet, der Holzboden schimmert und knapp über dem türkisfarbenen Streifen verläuft ein Handlauf an den Wänden. Rechts sind die Fenster zum Hof, auf der linken Seite des Flurs gehen Zimmer ab, jedes mit eigener Klingel samt Messingschild, eingravierter Nummer und einem Feld, auf das eine geübte Hand Namen gemalt hat. Über jeder Tür ist eine unauffällige, zweifarbige Ampel angebracht. Manche Türen sind nur angelehnt und eine so weit geöffnet, dass ich den laufenden Fernseher und ein kleines Nachtlicht in Mondform sehen kann.

Wir kommen an einer Nische vorbei, in der weitere Sessel stehen und von der eine Glastür nach draußen führt. Der Gang steigt sanft an und ich verstehe, dass wir von einem Haus ins nächste gehen. Kurz darauf bleibt Frau Renninger an einem Aufzug stehen.

„Wir befinden uns nun im Matthiasflügel. Ihr Zimmer liegt im zweiten Stock. Wir haben zwar seit vorgestern noch ein Zimmer im Erdgeschoss frei, aber Sie gehören zu den agileren Gästen. Da können Sie noch ein paar Stockwerke überwinden. Sobald sich das ändert, bekommen Sie einen Rollstuhl."

„Okay."

Die Fahrstuhltüren öffnen sich und ich folge Frau Renninger durch einen weiteren Flur.

„Wie gesagt, morgen werden Sie durch das Haus geführt, und dann finden Sie sich auch bald zurecht."

„Okay."

Vor einer Tür steht eine kleine rote Kerze auf dem Boden, deren Flamme sich sanft bewegt. Wir gehen daran vorbei und ich drehe mich nach ihr um.

„Die Kerze?"

„Der Gast ist heute Nacht verstorben. Im Gemeinschaftsraum brennt eine weitere. So weiß jeder Bescheid."

„Okay."

Wir biegen um eine Ecke und bleiben vor einer offenen Tür stehen, Zimmer 208. Frau Renninger zeigt in den offenen Raum.

„Bitte sehr. Ihr Zimmer."

Durch die beiden Fenster sehe ich die ersten Bäume des Waldes, eine Glastür führt auf einen kleinen Balkon. Das Bett steht unter der Dachschräge, gegenüber ein Tisch und zwei Stühle, darüber ein Fernseher an der Wand. Direkt neben der Zimmertür eine Schiebetür aus Milchglas, die ins Bad führt. Auf der anderen Seite ein in die Wand eingelassener Schrank.

„Falls Sie Fragen haben, neben dem Bett steht das Telefon. Im Notfall können Sie auch den Knopf drücken."

„Okay."

„Kommen Sie gut an. Haben Sie eine gute Nacht."

Sie streckt mir ihre Hand hin und geht. Ich ziehe den Koffer in das Zimmer. Mein Zimmer. Mein letztes Zimmer.

4

Ich habe keine Erinnerung an ein Leben ohne Bene. Wir kennen uns, seit wir mit zwei Jahren das erste Mal zusammen in einem Sandkasten gespielt haben. Wir haben uns gegenseitig Schaufel und Formen ausgeliehen, ich habe einen Sandkuchen gebacken und Bene ein Eis gemacht, die Waffel aus Plastik, der Rest aus Sand. Bene hat alles probiert. Danach haben unsere Mütter die Spielsachen nach den aufgemalten Nachnamen geordnet und sich lächelnd verabschiedet. Bene und ich jedoch haben uns seither nicht mehr aus den Augen gelassen. Er ist ein Teil meines Lebens. Linke Hälfte meiner Seele.

Wir waren zusammen im Kindergarten und in der Schule, ich habe bei ihm übernachtet, als mein Vater gestorben ist, und wir haben uns gemeinsam fürs Studium beworben. Wir haben zusammengewohnt, er stand bei der Beerdigung meiner Mutter neben mir, durch ihn habe ich Lisa kennengelernt und wir haben uns gemeinsam über unsere Jobs aufgeregt. Über monotone Arbeitszeiten, über nervige Chefs und über dieses beschissene Gefühl, Lebenszeit für etwas zu verschwenden, das einem überhaupt nicht am Herzen liegt.

5

Die wenigen Erinnerungen, die ich an meinen Vater habe, als er noch gesund war, ähneln sich alle. Er sitzt am Tisch in der Küche und isst, was meine Mutter gekocht hat. Ich sitze neben ihm, meine Mutter mir gegenüber. Ich bin als Erster fertig, ich schlinge, denn dann kann ich meinem Vater erzählen, was ich an diesem Tag gemacht habe.

Er isst bedächtig und betrachtet dabei die Tischplatte zwischen uns. Manchmal fallen ihm die Augen für einen Moment zu, manchmal sinkt sein Kopf ein wenig in Richtung Brust, dann zuckt er, sieht mich an und lächelt sein halbes Lächeln, zu müde für ein ganzes.

Ich mache immer wieder Pausen in meinen Berichten und warte auf sein Nicken. Manchmal isst er stoisch weiter, den Blick immer auf das gleiche Stück Tischplatte gerichtet. Dann rutsche ich auf meinem Stuhl ein wenig nach vorne und lege meinen Kopf so auf den Tisch, dass er mich ansehen muss. Er grinst dann und fährt mir durch die Haare. Obwohl er sich die Hände jeden Abend schrubbt, bevor er sich an den Tisch setzt, sind die Ränder seiner Fingernägel immer ein wenig verfärbt. Weil das Motoröl sich nach all den Jahren in der Haut festgefressen hat. Die Furchen und Rillen in seinen Händen sind tief, und wenn meine Mutter erfolglos versucht, ein Glas von Omas Marmelade zu öffnen, dann nimmt mein Vater das Glas in eine Hand, verdeckt mit der anderen den gesamten Deckel und bewegt ihn nur ein kleines Stück. Danach kann selbst ich den Deckel abschrauben.

Manchmal müssen wir mit dem Essen auf ihn warten. Meistens essen wir dann trotzdem allein, aber wir fangen nicht sofort an. Wenn mein Vater so spät kommt, dann flucht er über alles. Ich denke, wenn er so viel länger arbeiten muss, dann müsste er doch eigentlich noch müder sein. Stattdessen erzählt er, von seinem Chef und den Kunden und den Ersatzteillieferanten und wie scheiße einfach alles ist. Ich sehe ihn mit großen Augen an und nach einem Schwall von Schimpfwörtern, die meine Mutter nicht mal mehr kommentiert, schaut er zu mir.

„Alex, du darfst später arbeiten, was du willst. Aber geh auf die Uni. Lern was Richtiges. Mach es nicht so wie ich."

Das ist der einzige Ratschlag, von dem ich sicher weiß, dass ich ihn von meinem Vater bekommen habe. Bis ich studieren kann, ist er schon lange tot. Aber natürlich studieren Bene und ich. Die Leute sagen, mit BWL stünde uns die Welt offen. Die Welt, das sind in diesem Fall Büros, in denen wir unsere jahrelang erlernten Fähigkeiten nutzen, um Zahlen aus der einen Tabelle in eine andere zu übertragen. Aber wir wohnen in unserer eigenen Wohnung und ich habe mein eigenes Zimmer.

6

Eine fremde Umgebung, ein fremdes Bett, die Geräusche der Nacht sind vollkommen andere und wahrscheinlich habe ich mich doch noch bei Lisa angesteckt. Trotz der Decke wird mir immer kälter, bis ich irgendwann stöhnend mit den Zähnen klappere und mein ganzer Körper zittert.

Ich zerre einen Pullover aus meinem Koffer und wickele mich in ein großes Handtuch, ziehe zwei Paar Socken übereinander und drehe die Heizung auf, dann krieche ich wieder unter die Decke.

Mehr Wahn als Traum, ausgefranste Bilder von Lisa und mir, von Bene, Sandra, Lea, meinem Vater, der darum weint, dass jetzt ich den Krebs bekommen habe und wie gern er ihn wieder zurücknehmen will, und der schwarze Klumpen unter den Rippen, der immer härter und größer wird, sodass sich die Haut dunkel verfärbt und ausbeult, die Rippen brechen und durch die Haut stechen, sie sehen aus wie die Grabsteine meiner Eltern.

Irgendwann wache ich verschwitzt auf, alles klebt, alles ist eng. Ich ziehe mir den Pullover über den Kopf und befreie mich aus dem Handtuch, in dem sich mein Körper verheddert hat. Und erst, als es wieder hell wird, realisiere ich, dass ich mein Lieblingskissen zwar dabei, aber noch nicht ausgepackt habe. So konnte es keine gute Nacht werden.

Helen ist eine der Schwestern, sie hat mir am Abend zuvor das Essen gebracht und sich vorgestellt. Jetzt klopft sie wieder. Ich bin wach, aber meine Glieder schmerzen, mein Kopf pocht dumpf, ein konstanter Druck hinter den Augen, und mir ist so schlecht, dass ich mich kaum aufsetzen kann. Seit ihrem letzten Besuch scheint eine höllische Ewigkeit vergangen zu sein. Ich stöhne auf und lasse mich wieder zurückfallen.

„Wie war die erste ... Oh, wohl nicht so gut. Bleiben Sie ruhig liegen."

Sie stellt das Tablett auf den Tisch und kommt zum Bett, greift an eine versteckte Leiste am Kopfende und ich spüre, wie mein Oberkörper sich hebt. Als ich aufrecht sitze, stellt sie das Tablett auf den ausgeklappten Beistelltisch, den sie mir über die Beine schiebt.

„Sie sehen nicht gut aus. Aber Frau Renninger müsste sowieso nach dem Essen kommen. Dann schauen wir mal, ob das nur die erste Nacht in einer neuen Umgebung war."

„Ich befürchte nicht. Meine Freundin war krank, als ich gefahren bin, und ich glaube, ich habe mich angesteckt."

„Frau Renninger wird sich das ansehen. Guten Appetit."

Sie nimmt das Geschirr vom Abendessen, schließt die Tür hinter sich und ich muss niesen.

Es klopft, ich schrecke aus meinem Dämmern und Frau Renninger steht im Zimmer, in ihren Händen verteilt sie das Desinfektionsmittel.

„Wie fühlen Sie sich?"

Ich wische mir die Spucke aus dem Mundwinkel und verziehe das Gesicht, als ich den Kopf hebe. Meine Nackenmuskeln schmerzen, mein Kopf ist heiß und mein Magen flau. Mein Körper führt einen Krieg gegen sich selbst.

„Nicht gut."

Sie betrachtet mich, sieht zum kaum angerührten Frühstück und nickt nach einem kurzen Moment.

„Ich schicke gleich jemanden vorbei. Und ich schlage vor, wir verschieben den Rundgang, bis Sie wieder fit sind. Alles andere genauso. Kommen Sie erstmal an und erholen Sie sich. Einzig die Bescheinigung bräuchte ich. Nein, bleiben Sie liegen, sagen Sie mir einfach, wo sie ist."

Sie findet die Mappe, stellt das Tablett auf den Tisch und zeigt mir, wie das Bett funktioniert. Ich drehe mich auf die Seite, höre, wie die Tür zugeht, und schließe erschöpft meine Augen.

―

Als ob mein Körper nur darauf gewartet hat, hier anzukommen, holt er nach, was ich die letzten Wochen wohl unterdrückt habe. Fieber, Husten, Schnupfen und schmerzende Glieder, Kopfschmerzen sowieso, und immer wieder übergebe ich mich in die Tüten, die Martin mir gebracht hat. Weißes, undurchsichtiges Plastik mit einem festen Ring an der Öffnung, sodass man sie direkt verwenden kann. Und immer, wenn ich die Augen schließe, das Bild von Lisa und Bene und den andern am Bahnhof, das nicht schwächer wird. Ich dachte eigentlich, das Schlafshirt von Lisa würde mich beruhigen. Es macht genau das Gegenteil. Seit ein paar Tagen liegt es ganz hinten im Schrank.

Martin und Helen und die anderen Mitarbeiterinnen kommen mehrmals am Tag, bringen die Mahlzeiten und unterhalten sich mit mir. Aber ich will nicht sprechen. Ich bin erschöpft, ich schmerze, ich will, dass alles vorbei ist. Bin ich nicht deshalb hier?

Ich schleppe mich ins Bad und sitze mit hängendem Kopf auf der Schüssel oder verbringe in die Decke eingepackt ein paar Minuten auf dem Balkon. Das Zimmer stinkt nach Erbrochenem, der Geruch setzt sich fest.

Ich hab es schon immer gehasst, mich übergeben zu müssen. Ich hasse es, wenn sich der Magen und all die Muskeln um ihn herum zusammenziehen, wie etwas meine Speiseröhre in falscher Richtung durchquert und mein Rachen und mein Mund sich anspannen. Hasse den Geschmack, den ich auch durch mehrmaliges Ausspülen nicht aus dem Mund bekomme. Hasse das Brennen in der Speiseröhre und die eklige Erschöpfung, wenn die Muskeln sich beruhigen. Allein der Gedanke daran verpasst mir eine Gänsehaut. Und der Geruch erst. Jeder Atemzug ein Aufglimmen der Erinnerung, die ich nie verdrängen konnte.

7

Als mein Vater zum ersten Mal mehrere Wochen im Krankenhaus liegt, bin ich fast immer bei ihm. Ich gehe nicht mehr in die Schule, weil was bringt die Schule, wenn der Vater nicht mehr da ist? Nur wenn eine Schwester ihm hilft, aufs Klo zu gehen, ohne das Bett zu verlassen, schleiche ich beschämt aus dem Raum.

Immer wieder darf ich sogar bei ihm übernachten. Manchmal auf dem Stuhl, meist neben ihm im Bett, mein Gesicht an seiner Brust, sein Arm um meinen Körper. Das Bett ist viel zu schmal und ich passe auf, dass ich nicht herausfalle, immer höchstens im Halbschlaf. Die Nächte sind voller blinkender Lichter und dem sterilen Geruch von Desinfektionsmittel, oft sind Schritte auf dem Gang zu hören. Im Zimmer stehen weitere fünf Betten. Jemand hustet, jemand stöhnt auf oder kratzt sich schmerzhaft lange. Und für eine Nacht ist dieser eine Mann da.

Hager, das Haar bis auf wenige Millimeter geschoren, die Wangen extrem eingefallen und voller roter Flecken. Keine rosige, lebendige Farbe, mehr der Anblick von offenen Wunden, an denen helle Hautschuppen hängen. Auf seinem Schoß liegt eine Nierenschale aus Edelstahl, die er mit beiden Händen umfasst. Ich sitze auf dem Stuhl und beobachte, wie er auf den Platz zwischen meinem Vater und dem Fenster geschoben wird. Er sieht erschöpft aus, er atmet tief und kontrolliert und starrt in die silberne Schale. Dann hebt er den Kopf und sieht zu mir. Mein Vater schläft oder döst mit geschlossenen Augen. Seine Hand umschließt meine, immer noch rau, aber mittlerweile ist kein Dreck mehr in den Rillen, so lange ist er schon im Krankenhaus.

Der Mann lächelt mich an und legt einen Finger an die Lippen. Ich sehe, dass auch seine Hände die Flecken haben. Als löse sich die Haut von ihm. Ich senke erschrocken den Blick und starre auf die Bettdecke. Aus den Augenwinkeln beobachte ich, wie er noch einen Moment länger zu mir schaut und dann den Kopf in die andere Richtung dreht. Ich hebe meinen und betrachte ihn, wie er aus dem Fenster sieht. Er ist vielleicht so alt wie mein Vater, aber er hat diese Flecken überall, die Haut ist rissig und faltig. Er wirkt älter. Plötzlich zuckt er zusammen und ich kann sehen, wie eine Welle von unten nach oben durch seinen Körper bebt. Er hebt die Schale, würgt, reißt den Mund auf und verzerrt das Gesicht, dann platscht der erste Schwall aufs Metall. Mein Vater bewegt sich unruhig und der beißende Gestank von Erbrochenem erfüllt das Zimmer. Ich spüre, wie sich auch in mir alles zusammenzieht. Aber ich kann nicht wegsehen.

In der Nacht übergibt er sich immer wieder. Er isst nichts, und bald füllt er die Schalen nur noch mit Galle und Spucke. Ich verbringe die Nacht neben meinem Vater, ich habe ihm das versprochen, bevor der Mann reinkam. Liege an seiner Seite, sein Körper zwischen mir und dem Mann, aber wenn ich die Geräusche höre, die den nächsten Schub ankündigen, hebe ich vorsichtig den Kopf, so weit, dass wenigstens ein Auge ihn sieht, und beobachte, wie er mit seinem Körper kämpft, wie er sich immer wieder verkrampft, den Mund offen und voller Spuckefäden, die Muskeln am Hals angespannt, wie er immer erschöpfter zurücksinkt und tief durchatmet. Die Hände zittern, wenn er eine Schale auf dem

Beistelltisch abstellt und sich eine neue nimmt. Manchmal schwappt schaumige Galle auf den Tisch. Alle paar Stunden kommt eine Schwester, nimmt die benutzten Schalen mit, putzt und lüftet.

Der Mann wird nach dieser einen Nacht wieder aus dem Zimmer geschoben, aber ich habe den Geruch noch Wochen später in der Nase.

Bald darauf geht es meinem Vater schlechter und er beginnt selbst, sich zu übergeben.

8

Die ersten beiden Wochen bleibe ich in meinem Zimmer. Martin und Helen duze ich mittlerweile, was selten ist, weil die Menschen, die hier arbeiten, sich durch das Sie eine gesunde Distanz bewahren. Intimität und Nähe gibt es hier genug. Es gibt noch fünf oder sechs andere, hauptsächlich Frauen, die regelmäßig vorbeisehen. Freundliche, meist gemütliche Menschen, die mir das Gefühl geben, willkommen zu sein. Deren Freundlichkeit und Anteilnahme echt scheint. Sie haben ein sanftes Klopfen und stecken immer erst den Kopf rein, entscheiden jedes Mal neu, ob sie im Rahmen stehenbleiben oder bis ans Bett treten. Sie wissen die Dinge, die ich ihnen erzähle, auch beim nächsten Mal noch. Ihre Namen habe ich sofort vergessen. Und zu fragen traue ich mich nicht.

Irgendwann ist der Infekt vorbei. Ich bin zwar immer noch schwach, habe ein paar Kilo verloren und der Druck unter den Rippen ist mittlerweile permanent spürbar, genauso wie das Stechen hinter den Augen, aber ansonsten bin ich einigermaßen fit. Trotzdem will ich nicht raus.

Mein Essen wird mir gebracht, der Fernseher lenkt mich ab, und für frische Luft stelle ich mich kurz auf den Balkon. Mehr brauche ich nicht.

Mein Zimmer ist fünf durchschnittliche Schritte breit und sieben Schritte lang. Die Decke ist abgehängt, sie klingt hohl, wenn ich auf dem Bett stehe und dagegen klopfe. In der Ecke hinter dem Bett ist ein dichtes

Spinnennetz, von dem ich niemandem erzähle. Manchmal sehe ich der Spinne zu, wie sie gefangene Fliegen umgarnt. Ich nenne sie Lukas.

Alle paar Tage kommt Frau Renninger vorbei. Wie es mir gehe, ob ich etwas brauche, ob sie mir den Rest des Hauses zeigen solle. Gut, danke. Alles in Ordnung. Mein Zimmer reicht mir. Dann nickt sie.

„Sagen Sie einfach Bescheid. Es lohnt sich, glauben Sie mir."

Manchmal sehe ich Helen oder Martin oder einer der anderen Mitarbeiterinnen von meinem Balkon aus zu, wie sie einen Rollstuhl nach draußen schieben oder neben jemandem gehen, der sich mit einem Rollator oder einem Stock vorwärtsquält. Manche sitzen auf den Bänken und lesen, immer wieder raucht jemand, die Fitteren machen einen Spaziergang in den Wald. Durch den gepflasterten Weg ist das auch für die Gäste im Rollstuhl möglich. Trotz September sind die meisten Leute schon warm eingepackt und unter den Mützen ahne ich oft haarlose Köpfe.

Manchmal schreit jemand in der Nacht, dann eilen Schritte über den Flur. Und natürlich weint immer wieder jemand. Es ist schön hier, wir sind alle Gäste und Liebe und Frieden und so. Aber fast jeder Mensch, den ich hier treffen könnte, wird demnächst sterben.

Mein eigener Tod ist mir erstmal genug.

9

Wir sind sowieso jeden Tag im Café, aber nach der Eröffnung sind wir fast rund um die Uhr dort. Wir arbeiten mehr als jemals zuvor und ich merke, wie ich an meine Grenzen komme. Ich bin immer erschöpft und müde, habe regelmäßig Kopfschmerzen und manchmal ist mir so übel, dass ich denke, mich übergeben zu müssen. Und trotzdem bin ich glücklich.

Jeden Tag gibt es diesen einen Moment, in dem ich irgendwo lehne und die Leute beobachte. Unsere Gäste. Und das wiegt alles auf. Ich tue, was ich immer tun wollte. Warum soll ich mich beschweren?

Es ist Dienstagnachmittag, ich stehe im Verkaufsbereich hinter der Theke und lasse die Rechnung für Tisch sieben raus, einer der runden Tische vor den Fenstern. Lisa kommt demnächst, um mich abzuholen, Bene zieht sich für seine Schicht um. Ich habe den ganzen Tag gearbeitet, höre ein Fiepen im linken Ohr und spüre mal wieder dieses Ziehen im Magen, das seit Wochen nicht weggeht. Oft bemerke ich es nicht, aber in ruhigeren Momenten meldet es sich. Ein Druck, ein Völlegefühl, obwohl ich nichts gegessen habe.

Ich freue mich auf Lisa, freue mich auf unsere Couch. Der Drucker summt und der Streifen Papier kommt heraus. Ich will ihn abreißen, greife daneben und spüre, wie meine Beine nachgeben. Meine Sicht verschwimmt.

Dann ein pochender Schmerz am Hinterkopf und das bedrängende Gefühl, von mehreren Menschen umgeben zu sein. Ich verziehe das Gesicht, sauge die Luft zwischen den Zähnen ein, und noch bevor ich die Augen öffne, greife ich mir an den Hinterkopf. Eine große Beule, aber meine Finger bleiben trocken, kein Blut. Dann höre ich meinen Namen, wie im Nachhall, als ob jemand schon länger zu mir spricht, aber meine Ohren erst jetzt wieder zu hören beginnen.

Ich liege hinter der Theke, die Beine verwinkelt und gegen die Schränke gepresst. Vor mir knien die beiden Gäste von Tisch sieben und hinter ihnen steht Lisa. Sie muss gekommen sein, ohne dass ich sie bemerkt habe. Oder ich bin länger ohnmächtig gewesen. Benes Gesicht vor meinem, kopfüber, er hält mich davon ab, mich aufzusetzen.

„Bleib liegen! Mach ganz langsam. Kannst du deinen Kopf bewegen?"

Langsam neige ich den Kopf.

„Ich habe 'ne fette Beule am Hinterkopf, ansonsten scheint alles zu funktionieren."

„Na, dann komm."

Bene packt mich unter den Armen, richtet meinen Oberkörper auf und lehnt mich an den Schrank. Lisa hält mir ein Glas Wasser hin.

„Alles okay? Was ist passiert?"

Ich trinke vorsichtig in kleinen Schlucken und sehe sie dabei an.

„Ich habe keine Ahnung. Ich wollte die Rechnung holen und plötzlich bin ich zusammengesackt. Knie weich, nichts mehr gesehen und dann auf dem Boden aufgewacht."

Ich sehe zu den Gästen und versuche ein Lächeln.

„Entschuldigen Sie die Unannehmlichkeit, ich wollte Sie nicht warten lassen. Ihre Rechnung geht aufs Haus. Danke, dass Sie da waren."

„Schwachsinn."

Bene steigt über meine Beine, reißt den Zettel vom Drucker und reicht ihn weiter.

„Hören Sie nicht auf ihn, er hat sich den Kopf gestoßen. 17,50, bitte."

Lisa nimmt mir das Glas ab.

„Kannst du aufstehen? Ich helfe dir."

Ich halte mich an der Theke fest und ziehe mich nach oben. Lisa lässt mich los, aber ihr Körper bleibt angespannt, bereit, mich aufzufangen. Für einen Moment stütze ich mich, dann lasse ich den Kopf kreisen und betaste meinen Hinterkopf. Mir geht's gut, bis auf die Beule. Und das ungute Gefühl im Magen. Und dann zieht er sich zusammen. Ich spüre, wie ich versteife, wie die Erinnerung daran mich erstarren lässt. Abrupt drehe ich mich um, dränge mich an Lisa vorbei und renne aufs Klo.

10

„Schließen Sie das rechte Auge und halten Sie den Kopf still, folgen Sie dem Stift nur mit dem linken Auge."

Ich sitze auf der Liege des Arztes und verfolge den Kugelschreiber, den er senkrecht nach oben hält und auf einer horizontalen Linie nach links und rechts bewegt. Ich habe ihm erzählt, was passiert ist und dass es das erste Mal war, er tastet meinen Hinterkopf ab und lässt mich auf einer Linie durchs Zimmer laufen. Ich muss die Augen schließen, mit dem Finger meine Nase berühren und eine Weile auf einem Bein stehen.

Das letzte Mal habe ich all diese Sachen machen müssen, als wir auf unserer Deutschlandtour waren. Wir haben ein Festival besucht und das Gelände gerade hinter uns gelassen, als wir auf die Polizeikontrolle stoßen. Sie stehen so in der Auffahrt zur Autobahn, dass ich sie vorher nicht sehen konnte und an ihnen vorbeimuss. Der Polizist sieht uns und winkt mich mit der Kelle an den Straßenrand. Am Fenster beugt er sich nach unten, sieht zu Lisa und dann zu Bene, der sich auf dem Rücksitz zwar aufgesetzt hat, aber definitiv nicht nüchtern aussieht.

„Guten Tag. Kommen Sie vom Festival?"

Ich nicke und reiche ihm die Papiere aus dem Fenster. So, wie ich es schon oft genug in irgendwelchen Filmen gesehen habe. Der Polizist betrachtet sie kurz.

„Wären Sie so freundlich und würden für einen Moment aus dem Fahrzeug steigen?"

„Klar."

Ich bin nüchtern, ich muss mir also keine Sorgen machen. Aber trotzdem spüre ich die Angst, vielleicht doch irgendwas falsch gemacht zu haben. Er fragt mich nach Alkohol- und sonstigem Konsum und ich verneine. Dann lässt er mich auf dem Seitenstreifen laufen, auf einem Bein stehen und mit dem Zeigefinger meine Nasenspitze treffen. Er leuchtet mir in die Augen.

„Ihre Reaktionen sind ein wenig langsam. Und Ihre Pupillen reagieren verzögert."

„Ich habe vier Tage Festival hinter mir, ich bin müde."

„Das könnte sein. Es könnte aber auch sein, dass Sie unter dem Einfluss bewusstseinsverändernder Substanzen stehen."

Das waren seine Worte. Der Einfluss bewusstseinsverändernder Substanzen. Das Ganze ist fast 15 Jahre her und bei vielen anderen Sachen muss ich überlegen, wie das genau war. Diese Worte aber, die sind da.

Ich schüttele den Kopf.

„Ich habe nichts genommen."

„Wären Sie bereit, einen Urintest zu machen? Ich unterstelle Ihnen nichts, das ist nur zur Überprüfung."

Ich weiß, ich kann das verweigern und so. Aber ich bin müde und will weiter. Er drückt mir einen transparenten Plastikbecher in die Hand und schickt mich zu einem Busch. Ich lasse es gerade laufen, als neben mir ein anderer Kerl auftaucht und ebenfalls in einen Becher pinkelt, in einem Strahl, der seinen Becher in Sekunden füllt.

Wir stehen nah beieinander, es wäre ein Leichtes, Becher zu tauschen. Aber ich habe ja nichts genommen. Oder ist es möglich, passiv zu kiffen? Der Polizist schraubt den Deckel auf den Becher, schiebt ein Stück

Pappe durch den vorgesehenen Schlitz und stellt den Becher auf einem Pfosten ab.

„Wir müssen kurz warten, dann bekommen wir das Ergebnis."

Auf der Pappe sind mehrere Streifen zu sehen, auf denen nun rote Linien erscheinen.

„Was genau passiert jetzt?"

„Jeder Streifen ist für eine andere Droge. Cannabis, Koks, Opium, Speed und Ecstasy. Wir können den Urin gleich auf mehrere Drogen untersuchen. Sobald die Streifen zwei rote Linien bekommen, ist alles in Ordnung. Ich sehe schon, Sie sind sauber." Er hält mir meine Papiere hin. „Danke. Haben Sie eine gute Fahrt und schlafen Sie sich aus."

Ich sehe noch nicht bei jedem Streifen zwei rote Linien und ich weiß nicht, welcher das THC misst. Aber wer bin ich, ihm widersprechen zu wollen? Lisa beobachtet mich. Ich kehre zum Auto zurück, überrascht, dass das alles war, setze mich, drücke ihr die Papiere in die Hand und schnalle mich an.

„Alles gut?"

„Alles gut."

Ich grinse und will den Motor starten, als der Polizist wieder am Fenster auftaucht.

„Einen Moment noch."

Er hält mir den Becher hin und ich denke, das war ja klar. Also gibt es doch Passivkiffen und eine rote Linie fehlt.

„Normalerweise machen wir das nicht, aber nehmen Sie den Becher mit, ausnahmsweise. Sie werden an ein bis zwei weiteren Kontrollen vorbeikommen, in jeder Richtung. Sagen Sie den Kollegen Grüße und zeigen Sie ihnen den Becher, vielleicht müssen Sie nicht nochmal pinkeln."

Der Arzt nickt.

„Jetzt das andere."

Ich wechsele das Auge und muss schmunzeln.

„Soll ich auch pinkeln?"

„Nein, aber ich werde Ihnen Blut abnehmen. Wie ist Ihr genereller Gesundheitszustand? Trinken oder rauchen Sie übermäßig? Haben Sie sonstige Beschwerden?"

„Kein Trinken, kein Rauchen. Ich habe seit Tagen Kopfschmerzen und bin übermüdet. Und jetzt eben die Ohnmacht und das Übergeben. Wir haben vor kurzem ein Café eröffnet und ich arbeite zu viel. Mir geht's gut, ich muss nur schlafen."

Er nickt, klickt mit dem Kugelschreiber und schreibt auf den Block vor sich.

„Die Bauchschmerzen."

Wir schauen beide zu Lisa, die auf einem der Stühle vor dem Schreibtisch sitzt und bisher nichts gesagt hat, dann blickt der Arzt wieder zu mir. Ich ziehe das Shirt hoch und greife mir an den Bauch, rechte Seite, knapp unter den Rippen.

„Hier zieht es immer wieder."

Er betastet den Rand der unteren Rippe.

„Ein dauerhaftes Ziehen?"

„Ich habe nicht immer drauf geachtet, aber eigentlich ist es immer da. Mal mehr, mal weniger. Seit ein paar Wochen vielleicht."

Er presst zwei Finger unter die Rippe.

„Einatmen, bitte. Wird der Schmerz schlimmer?"

Ich schüttele den Kopf, er nickt und schreibt wieder auf den Zettel.

„Haben Sie Krebserkrankungen in der Familie?"

Er fragt es, wie man nach dem Wetter oder dem Befinden fragt, während man etwas anderes tut. Als ob er nur fragt, um die Stille zu überbrücken oder um eine von sehr vielen Fragen schnell abhandeln zu können. Aber ich bekomme eine Gänsehaut und ein Kribbeln wandert den Rücken hinauf bis zur Beule.

„Ach, was für eine Scheiße."

Er sieht irritiert auf, aber ich sage nichts mehr.

„Sein Vater hatte Magenkrebs."

Er ergänzt es auf seinem Zettel und blickt abwechselnd zu mir und Lisa.

„Also, wahrscheinlich haben Sie Recht und Sie sind einfach nur müde. Die Bauchschmerzen könnten vom Stress kommen. Die Ohnmacht und das Erbrechen könnten Zeichen Ihres Körpers sein, dass Sie mehr auf ihn achten sollten."

Er fährt mit seinem Daumen über die beiden Finger, die er mir an den Bauch gesetzt hat.

„Ich habe einen Widerstand gespürt, der da nicht sein sollte. Das muss nichts Schlimmes sein. Ich würde aber gern sichergehen. Deshalb werde ich Ihnen Blut abnehmen und Sie an einen Kollegen der Gastro überweisen."

„Und der sagt mir, wie ich stressfrei ein Café betreibe?"

„Gastroenterologie. Magen, Darm. Er wird sich das Ziehen genauer ansehen, per Ultraschall oder Computertomografie. Und dann haben wir Gewissheit."

11

Knapp Viertel nach vier in der Nacht, ich bin wach und verzweifelt. Habe gerade die letzten Blätter von der Klopapierrolle gezogen und mich irritiert im Bad umgesehen. Wenn ich mich übergebe, was ich erfolgreich ins Bad verlagert habe, will ich nicht das Handtuch benutzen. Deshalb muss Klopapier da sein, bevor ich es brauche.

Für einen Moment stehe ich unschlüssig neben meinem Bett am Telefon. Nachts ist das Hospiz nur minimal besetzt und ich würde mich über jeden ärgern, der anruft, weil sein Klopapier ausgegangen ist. Aber ich kann runtergehen und höflich fragen.

Erst auf dem Flur wird mir klar, dass ich zum ersten Mal mein Zimmer verlasse und überhaupt keine Ahnung habe, wohin ich muss.

Sind wir am ersten Abend von rechts gekommen? Ich betrachte den schwach beleuchteten Gang. In diesem Haus brennt immer Licht. Alle Türen sehen gleich aus, bis ich vor dem Aufzug stehe. Richtige Richtung also.

Als ich aus dem Aufzug trete, sehe ich rechts die kleine Nische, den Übergang zwischen den beiden Häusern. Ich schleiche durch den Gang und bleibe irritiert vor der Tür stehen, die halb offen steht. Die schon damals halb offen stand.

Auf dem Messingschild neben der Tür steht „K. Haron". Wahrscheinlich das andere leere Zimmer. Ich halte mich am Türrahmen fest und strecke diskret und neugierig den Kopf hinein. Das sanfte Nachtlicht in Form eines Mondes leuchtet in der Zimmerecke. Der Fernseher ist dunkel und es ist still.

„Du kannst ruhig reinkommen."

Erschrocken ziehe ich den Kopf zurück. Die alte Stimme kichert heiser und hustet. Ich wage mich so weit ins Zimmer, dass ich die Konturen des Mannes im Bett erkenne, und warte, bis er sich wieder beruhigt hat.

„Entschuldigung, ich wollte Sie nicht stören."

„Schon okay. Ich kann nicht schlafen, wenn die Tür zu ist. Aber eigentlich kann ich sowieso nicht schlafen. Deshalb krieg ich viel mit."

Er knipst das Licht auf dem Nachttisch an. Das Bett summt und der Oberkörper des Mannes richtet sich auf. Dieses Zimmer sieht nach Krankenhaus aus. Über dem Mann eine Triangel aus grauem Plastik und neben dem Bett eine blinkende Maschine, aus der durchsichtige Kabel bis zu seiner Nase führen. Seine Haut ist fleckig und eingefallen, ich ahne die Konturen des Schädels unter den Falten und den altersgrauen, dünnen Haaren. Die Augenbrauen sind buschig und die Bartbehaarung voller als der Kopf. Er setzt sich eine große, dunkelbraune Hornbrille auf, die heute wieder in Mode ist, sie scheint in die Nase einzusinken. Als er aufrecht sitzt, streckt er die Hand aus. Schmal, mit dicken Gelenken, aber ein kräftiger Griff.

„Ich bin Kasper."

„Alex, hallo."

„Du bist neu hier, oder?"

„Knapp zwei Wochen."

„Also auch ein Gast. Na und, was fehlt uns denn?"

12

Drei Wochen später habe ich die Ergebnisse der Blutuntersuchung, des Ultraschalls, der Magenspiegelung und der Computertomografie. Besser gesagt, Doktor Münchenberg hat sie, Oberarzt der Gastroenterologie. Verrückt, dass ich dieses Wort irgendwann mal flüssig aussprechen kann. Doktor Münchenberg ist kaum älter als ich, hat einen rasierten Schädel, trägt eine dickrandige, schwarze Brille und begrüßte mich bei unserem ersten Treffen mit einem zugewandten Lächeln. Jetzt sitzt er mit ernstem Gesicht hinter seinem Schreibtisch und sortiert Bilder und Ausdrucke, sieht sich immer wieder einzelne Seiten an. Dann kommt er um den Tisch herum, nimmt meine Hand und drückt Zeige- und Mittelfinger rechts unter die Rippen. Ich setze mich auf.

„Atmen Sie tief ein. Spüren Sie das?"

Ich taste, wie es mein Hausarzt getan hat, und nicke unsicher.

„Da ist etwas. Aber ich habe keine Ahnung, wie es sich anfühlen soll. Also, normalerweise."

Er setzt sich auf die Ecke seines Schreibtisches.

„Das soll nicht da sein. Aber es könnte alles Mögliche sein, angefangen bei festen Dingen, die Ihren Darm durchwandern. Doktor Clemens hatte mir von der Erkrankung Ihres Vaters berichtet und von Ihrer Reaktion, als diese zur Sprache kam. Deshalb hielten wir es für angebracht, Sie nicht zusätzlich zu belasten und jedes Gespräch über einen Tumor zu vermeiden, solange wir keine Gewissheit hatten. Die histologische Untersuchung der Gewebeproben aus der Magenspiegelung hat unseren Verdacht aber unglücklicherweise bestätigt. Es tut mir wirklich leid, aber was Sie spüren, ist ein Karzinom. Sie haben Magenkrebs."

Ich lasse mich nach hinten in den Stuhl sinken, die Hände auf den Lehnen, den Blick auf den Schreibtisch, auf die Papiere gerichtet.

Krass.

Ich habe Jahre damit verbracht, Krebs aus meinem Kopf und aus meinem Leben zu verdrängen. Bis auf Bene und Lisa weiß niemand in meinem Freundeskreis von meinem Vater. Ich rede nicht über Krebs, ich klicke jeden Artikel darüber weg, und wenn es in Gesprächen zum Thema wird, klinke ich mich aus. Das ist nicht leicht, heute führt ja irgendwie alles zum Krebs. Jedes Symptom kann irgendeine Art von Krebs sein. Regelmäßig sterben Promis daran und selbst, wenn es nur um das Sternzeichen geht, kribbelt meine Kopfhaut.

Weil immer, wenn es um Krebs geht, spüre ich diese kleine, brennende Flamme der Gewissheit. So wie andere wissen, wenn es die Liebe ihres Lebens ist, so wusste ich schon immer, dass ich Krebs bekommen werde. Mein Vater hatte ihn, also werde ich ihn auch haben. Ich dachte nur, wenn ich ihn lange genug meide, dann schaffe ich es vielleicht, ihm zu entkommen. Am Arsch.

Alles Gedanken, die später kommen. Erstmal schlucke ich nur und denke gar nichts. Und bekomme nichts mit. Spüre Lisas Hand, die sich auf meine legt. Drehe den Kopf zu ihr, sie hat schon lange begriffen. Sie sieht den Doktor an.

„Was genau bedeutet das?"

Er greift hinter sich und zieht ein schwarz-weißes Bild hervor. Ein Apfel, von oben, in der Mitte aufgeschnitten. Und dann erkenne ich die Wirbelsäule, rechts und links davon die Rippen und die Organe darin. Das bin ich, von oben, in der Mitte aufgeschnitten. Der Arzt zeigt auf einen grauen Bereich, der die rechte Seite fast ausfüllt.

„Das ist Ihr Magen. Sehen Sie diesen dunkleren Bereich? Das ist der Tumor. Das ist das, was Sie unter Ihren Rippen spüren. Und das spüren Sie auch nur, weil Sie so mager sind. Und das hier in der Leber sieht aus wie eine Absiedlung. Metastasen."

Er redet weiter und sieht abwechselnd Lisa und mich an, aber ich bin nicht ansprechbar, reagiere nicht und bekomme nur Bruchstücke mit. Lisa stellt die Fragen. Sie sammelt die Informationen. Sie kümmert sich.

13

Im Sommer nach unserem Abitur machen Bene und ich eine Tour durch Deutschland. Wir beerdigen meine Mutter, packen den alten Volvo 740, der jetzt mir gehört, und fahren sechs Wochen lang durch die Republik. Der Wagen ist groß und eckig und für diese Reise unser Zuhause. Wir besuchen Städte und Freunde, wir schlafen auf der Matratze im Kofferraum, wir werden ADAC-Gold-Mitglieder und decken uns am Tag der Abfahrt in einer Filiale mit Karten für ganz Deutschland ein. Wir wollen es machen wie früher. Oder wie in unserer romantischen Vorstellung früher war.

Wir meiden Autobahnen, weil der Weg das Ziel ist, und wenn ich fahre, kurbelt Bene das Fenster runter und spielt auf seiner Gitarre, was immer ihm durch den Kopf geht. Manchmal Lieder, die wir mitsingen können, oft aber Melodien, die er sich in diesem Moment ausdenkt. Manchmal sehen wir tagelang nur andere Menschen, wenn wir tanken oder einkaufen. Dann verbringen wir wieder ein paar Tage bei Leuten, die wir irgendwann kennengelernt und denen wir beim Abschied versprochen haben, sie mal zu besuchen.

Diese Versprechen, die man, wenn man sie gibt, von Herzen ernst meint und gleichzeitig weiß, dass sie nie gehalten werden. Auf dieser Fahrt halten wir sie. Wir sitzen morgens in der offenen Heckklappe und klicken uns durch die Telefonnummern, bis einer von uns einen Namen nennt, wir uns an einen Urlaub, eine Party oder was auch immer erinnern und anrufen.

Einige Nummern sind nicht mehr vergeben, andere haben keine Zeit oder wollen nicht, dass wir vorbeikommen. Aber es gibt genug Leute, die sich freuen. In Weimar schleppen wir einen Tisch aus einer engen

WG-Küche auf den Gehweg neben das Auto und frühstücken dort. In Neuss springen wir nur mit Boxershorts bekleidet zusammen mit den Mädels, die wir dort kennengelernt haben, in den Rhein. Bis jemand uns aus dem Wasser ruft, die Strömung ist zu stark. In der Nähe von Hannover verbringen wir ein paar Tage auf einem Aussiedlerhof und verstehen, wie viel Arbeit es ist, sich abgeschnitten von der Welt selbst zu versorgen. Und dann erzählt uns jemand von diesem Festival in der Nähe von Berlin.

Schon in der Schlange vor dem Festivalgelände lernen wir die ersten Leute kennen, und nachdem wir das Auto zwischen all den anderen Nachtlagern abgestellt haben, ziehen wir los. Tagelang sehen Bene und ich uns nur zufällig, ansonsten ist jeder für sich unterwegs.

Am Tag vor unserer Abfahrt komme ich mittags zum Auto und sehe Bene im offenen Kofferraum sitzen, mit einem Eimer zwischen den Beinen. Ein Mädchen sitzt bei ihm und streichelt ihm über den Rücken.

„Sieht so aus, als ob ich morgen fahre."

Beide sehen auf.

„Kannst du fahren?"

„Klar."

„Geil. Das ist Lisa."

Das verschmierte Grün um ihre Augen lässt sie groß erscheinen, ihre Wangen glitzern ein wenig, der Armreif aus Leuchtstäben am linken Arm leuchtet nicht mehr. Die roten Locken fallen offen auf die Schultern, das bunte Hemd ist weit und lang und bedeckt im Stehen ihre Shorts, kurz abgeschnittene Jeans. Sie ist hübsch, besonders wenn sie so lächelt. Aber auf diesem Festival glitzern alle Wangen, alle lächeln und bewegen sich sanft zu den Beats. Ich habe in den letzten Tagen zu viele hübsche Menschen gesehen, zu viel Musik, zu viel Kunst und Besonderes. Ich freue mich darauf, mit Bene auf irgendeiner Lichtung zu halten, vielleicht ein Buch zu lesen und Benes Gitarre zuzuhören. Oder einfach den Geräuschen des Waldes.

Ich komme den Tag über immer wieder am Auto vorbei und sehe nach Bene, aber Lisa macht ihre Sache gut. Zu gut. Bene geht es schlecht, aber Lisa leidet. Er liegt die meiste Zeit im Gras, im Schatten des Autos, der Kopf in Lisas Schoß, der Eimer daneben. Sie liest ein Buch, aber jedes Mal, wenn Bene stöhnt, legt sie es zur Seite und sieht aus, als ob es ihr mindestens genauso schlecht geht.

Ich übernachte allein im Auto. Am nächsten Morgen sieht Bene immer noch nicht fit aus.

„Alter, wo fahren wir denn jetzt hin? Können wir sie mitnehmen?"

„Geht's dir so schlecht, dass sie sich auch während der Fahrt um dich kümmern muss?"

Er würgt und ich weiche zurück.

„Ich muss nach Kummerow. Das ist ein kleines Dorf, vielleicht eine Stunde nach Norden."

Irgendwas klingelt bei dem Namen, aber ich komme nicht drauf. Ein Dorf. Im Norden. Eine Stunde. Wieso nicht.

„Klar. Hol dein Zeug, dann geht's los."

Sie dreht sich um und Bene hält mir seine Faust hin. Wir packen so, dass die Rückbank frei bleibt. Bene klettert mit seinem Eimer nach hinten, aber Lisa setzt sich auf den Beifahrersitz. Er sieht mich über den Rückspiegel irritiert an, ich zucke mit den Schultern.

Wir stehen beim Ausgang in der Schlange, Lisa hält mir einen Joint hin und ich lehne ab. Sie gibt ihn an Bene weiter und erzählt von ihrem Freund, der bei seiner Oma in Kummerow auf sie wartet, von den beiden Büchern, die in einem Ort namens Kummerow spielen, der aber nicht ihr Kummerow ist, und von ihrem Wunsch, irgendwo im Süden Deutschlands zu studieren. Dann landen wir in der Polizeikontrolle. Zwei weitere folgen.

Ich erzähle von unserem Trip, meiner Mutter und unserer Stadt, und nach zwei Stunden verabschieden wir uns. Bene umarmt sie länger, als es mir oder ihr angenehm ist, dann drückt sie mich kurz.

„Und wenn du mal im Süden bist, melde dich."

Sie nickt und wir beide wissen, dass das nicht passieren wird.

~

Zwei Jahre später sind Bene und ich auf der Suche nach einem dritten Mitbewohner, treffen uns mit Bewerbern und reden im Halbstundentakt darüber, was wir studieren, woher wir uns kennen und ja, witzig, du studierst auch BWL, und plötzlich steht Lisa da. Ohne Glitzer und grünes Make-up, die Haare bis auf 22 Millimeter abrasiert, und erst jetzt sehe ich die Sommersprossen auf Wangen und Nase. An ihrem Handgelenk hängt noch das zerfranste Festivalbändchen, das Bene und ich schon lange abgeschnitten haben. Sie lächelt. Erst in diesem Moment erkenne ich sie. Ich habe schon länger niemanden so lächeln sehen.

14

Der Doktor erzählt, dass Magenkrebs meistens spät entdeckt wird, dass er in meinem Alter selten vorkommt und deshalb auch keine Vorsorge getroffen werden kann. Dass es anhand der Größe schwer ist, zu operieren, dass eine Transplantation nicht in Frage kommt, trotzdem gibt es eine Menge ...

„Wie lange habe ich noch?"

Er verstummt, Lisa starrt mich an und mir wird klar, dass nur ich diese Frage beantwortet haben will. Doktor Münchenberg nickt, legt den Ausdruck zurück auf den Schreibtisch und faltet die Hände.

„Das kann ich Ihnen nicht sagen. Krankheiten verlaufen bei jedem Menschen anders, und je nachdem, wie die Therapie bei Ihnen anschlägt ..."

Ich lache auf und er sieht mich irritiert an.

„Es muss doch Durchschnittswerte geben. Erfahrungen durch andere Patienten."

Er zuckt mit den Schultern, ratlos.

„Es tut mir wirklich leid, da spielen so viele Faktoren eine Rolle, ich kann Ihnen das nicht sagen. Wir stehen ja ganz am Anfang."

„Fühlt sich für mich eher wie das Ende an."

„Alex!"

„Sorry."

„Ich habe schon mit Kollegen aus der Onkologie über Sie geredet, Sie sollten sich mit ihnen zusammensetzen und die Therapieoptionen und den weiteren Verlauf besprechen."

Für einen Moment schweigen wir alle. Lisa und der Arzt sehen mich an und ich spüre, wie sich alles in mir verkrampft, spüre Wut aufsteigen und versuche, ruhig zu bleiben und normal zu sprechen.

„Wenn es jetzt keine Medikamente gibt und keine Therapie, wenn der Krebs einfach weitermachen kann, wann sterbe ich dann?"

„Auch dann kann ich keine validen Aussagen treffen. Das hängt trotzdem noch davon ab, wie Sie leben, mit wem Sie zusammenleben, wie Sie sich ernähren, manchmal sogar, wie Sie über die Krankheit denken."

„Geben Sie mir bitte eine Zahl."

Er blickt zu Lisa, die mit den Schultern zuckt.

„Er ist stur. Wenn Sie ihm keine Einschätzung geben, wird er sie sich woanders holen."

Doktor Münchenberg betrachtet mich einen Moment, dann atmet er tief aus und nickt.

„Das ist eine extrem grobe Schätzung. Wenn der Krebs sich weiter so ausbreiten kann, gebe ich Ihnen etwa sechs Monate. Sie würden erfahrungsgemäß vielleicht vier Monate lang ähnliche Schmerzen und Symptome haben wie jetzt, also noch relativ gut zurechtkommen. Insbesondere am Ende der Erkrankung muss man mit großen Komplikationen rechnen."

Das hat er so wahrscheinlich nicht gesagt, aber das ist das, was bei mir ankommt. Ich zähle die Monate an den Fingern ab.

„Dann werde ich nicht mal mehr 31."

Lisa drückt meine Hand, der Arzt hebt seine.

„Nur unter der Voraussetzung, dass wir nichts dagegen tun. Wie gesagt, wir stehen am Anfang dieser Reise."

15

„Magenkrebs. Endstadium. Wenn die Rechnung des Arztes stimmt, bin ich in etwa einem Monat tot."

Kasper kichert wieder.

„Wenn die Rechnerei der Ärzte stimmen würde, wäre ich seit einem halben Jahr tot."

„Wie lange bist du denn schon hier?"

Er macht eine vage Handbewegung.

„Vielleicht acht Monate. Demnächst habe ich wieder eine Untersuchung, ob ich überhaupt hierbleiben darf. Zu krank, um zu leben. Und trotzdem sterbe ich einfach nicht."

Das Kichern wird wieder ein trockenes Husten, und für einen kurzen Moment habe ich Angst, er stirbt gleich hier. Mit weit aufgerissenen Augen, einer Hand an der Brust und hervortretenden Sehnen am Hals. Dann holt er krächzend Luft und schüttelt sich, hustet noch einmal und grinst dann erschöpft, dreht sich zur Seite und greift nach dem Wasserglas.

„Das tut tatsächlich ganz schön weh. Aber ich kann doch nicht mit dem Lachen aufhören." Er schlürft das Glas halb leer und beobachtet mich dabei. „Warum bist du denn wach?"

„Ich kann nicht schlafen."

„Angst?"

Ich erzähle von meinem Klopapierproblem, was Kasper wieder zum Lachen und Husten bringt. Diesmal muss auch ich grinsen. Als er das sieht, lacht er nur noch mehr, schlägt sich die Hand auf den Mund, schaut mich mit großen Augen an und zeigt zur Tür. Als ich sie zuschiebe, holt er prustend Luft, das Gesicht mittlerweile ganz rot. Ich greife zum Notschalter, aber Kasper schüttelt den Kopf. Kurz darauf beruhigt er sich.

„Wegen Klopapier zu sterben, das wäre lustig gewesen. Kannst eine Rolle von mir haben."

„Hast du denn noch genug?"

„Ist egal. Alleine schaffe ich es eh nicht aufs Klo. Der Nächste, der kommt, bringt eine mit."

Ich hole die Rolle und hebe die Hand zum Abschied. Kasper winkt mir zu.

„Lass die Tür offen."

Ich schleiche durch gedimmtes Licht die Flure entlang und lese im letzten Gang die Schilder, bis ich meinen Namen entdecke. In geübter Handschrift geschrieben.

16

Als Helen am nächsten Morgen klopft, sitze ich auf dem Bettrand und habe zum ersten Mal seit zwei Wochen meine Schuhe an.

„Guten Morgen, Alex. Dir geht's besser."

„Auf jeden Fall. Heute können wir die Führung machen."

Kurz darauf steht Frau Renninger in der Tür.

„Herr Fink, wie schön, dass es Ihnen besser geht."

Wir gehen los.

„Insgesamt haben wir 16 Zimmer."

„Ganz schön viel Platz für nur 16 Zimmer."

„Wir hatten Glück. Der Hof wurde damals zu einem Hotel umgebaut, das aber nie in Betrieb genommen wurde. Mehr als 16 Patienten darf ein Hospiz in Deutschland nicht aufnehmen, obwohl die Warteschlangen lang sind."

„Komisch, dabei habe ich noch nie Werbung für Hospize gesehen."

Sie betrachtet mich von der Seite.

„Für den ganz großen Andrang sind wir zu abgelegen, Sie können sich aber trotzdem glücklich schätzen."

Sie öffnet eine Tür neben dem Aufzug und lässt mich eintreten.

„Das ist das Bunte Zimmer, unser Kunsttherapieraum. Zeichnen, malen, töpfern, alles möglich. Dreimal die Woche kommt Sandro, unser Kunsttherapeut, und bietet seine Hilfe an. Aber Sie können auch alleine hier arbeiten."

Sie führt mich weiter zum Musikzimmer, in dem nicht nur ein Klavier, ein paar Gitarren und einige andere Instrumente stehen, sondern auch große Boxen an der Wand hängen.

„Manche unserer Gäste wollen nicht Musik machen, aber sie laut hören. Natürlich geht das auch auf dem Zimmer, aber ab einer gewissen Lautstärke und Uhrzeit bringen wir sie hierher. Kommen Sie, ich zeige Ihnen noch das Haupthaus."

Je näher wir dem Haupthaus kommen, desto mehr Leute treffen wir. Ein paar Besucher stehen vor dem Fahrstuhl, dann sehen wir Helen eine Gästin aus einem Raum herausschieben. Ich meine, die Frau mit der rotgrünen Harlekinmütze schon mal draußen gesehen zu haben. Als sie auf unserer Höhe ist, hält sie ihre flache Hand nach oben und sieht mich erwartungsvoll an. Ich klatsche meine Hand dagegen, sie lacht kopfschüttelnd und die Glöckchen an ihrer Mütze klingeln. Ich drehe mich nach ihr um.

„Es ist ihre Lieblingsmütze."

„Und sie soll sich hier wie zuhause fühlen?"

„Nein, sie soll sich wohl fühlen."

Frau Renninger öffnet eine weitere Tür. Viele Tische stehen in kleinen Gruppen. In einem Regal sehe ich Brettspiele und Bücher, auf der anderen Seite Sofas vor einem Fernseher, der ein wenig größer ist als die in den Zimmern. An einem Tisch sitzen sich zwei Rollstuhlfahrer gegenüber und spielen „Mensch ärgere dich nicht". Direkt neben der Tür entdecke ich eine Kerze.

„Das ist unser Gemeinschaftsraum. Er steht immer offen und kann von allen genutzt werden. Sonntags schauen sich ein paar Leute hier den Tatort an."

„Eigentlich fehlt nur noch ein Bolzplatz."

Frau Renninger runzelt die Stirn. Ich hätte den Witz bei Martin machen sollen. Oder bei Helen.

„Mit 16 Patienten bekommen wir keine zwei Mannschaften zusammen. Und bis wir die fit haben, ist die Hälfte schon gestorben. Kommen Sie, ich zeige Ihnen noch den Speiseraum."

~

Der Speiseraum liegt zwischen Gemeinschaftsraum und Eingangsbereich und ist mehr ein Saal. Gegenüber der Tür gelangt man wieder auf die Terrasse und in den Garten, eine Doppeltür führt in die Küche daneben. Zwei lange Tischreihen stehen mittendrin, lose bestuhlt.

„Hier nehmen wir gemeinsam die Essen ein. Sie haben ja schon festgestellt, dass dies lediglich ein Angebot ist. Wobei die meisten es annehmen, zum Teil auch dann, wenn sie selbst nichts mehr essen oder trinken wollen. Dann haben sie trotzdem Gesellschaft."

„Wie meinen Sie das, wenn sie nichts mehr essen oder trinken wollen?"

„Manchmal entscheiden sich Menschen, nichts mehr zu essen. Wenn das eine bewusste Entscheidung ist, dürfen wir sie nicht zwingen."

„Bis sie sterben?"

Frau Renninger hebt die Schultern und legt den Kopf zur Seite.

„Dafür sind sie hier. Aber den Fall haben wir sehr selten. An der Seite haben wir noch die Küchenzeile für die Gäste und ihre Besucher. Dort kann sich jeder selbst Essen zubereiten."

Frau Renninger geht mit mir bis zu den Glastüren auf der anderen Seite und tritt nach draußen.

„Das ist unsere Terrasse."

„Die sehe ich vom Balkon aus."

„Richtig. Dort sind unsere Hochbeete. In Rollstuhlhöhe. Bis dahin können Sie sich komplett frei bewegen, wann Sie wollen. Das Gatter zum Wald schließen wir nachts ab."

„Ist das Ihr Wald?"

„Wir haben den Weg bis in den Wald pflastern lassen, damit die Gäste es leichter haben. Und wir haben die Bänke aufgestellt. Aber offiziell gehört der Wald dem Land."

Sie dreht den Kopf Richtung Haus und legt dann die Hände ineinander.

„Das ist alles. Ich hoffe, Sie fühlen sich wohl bei uns."

„Ja, ich glaube, hier bleibe ich bis zum Ende meines Lebens."

„Sie glauben nicht, wie oft ich diesen Witz höre. Ich muss zurück ins Büro. Finden Sie Ihr Zimmer alleine?"

Ich nicke, leicht betreten, sie geht ins Haus zurück. Ich traue mich nicht, gleich hinterherzulaufen.

Zwischen den Beeten sitzt eine Frau im Rollstuhl, beide Hände tief in der Erde, während sie mich anstarrt. Ich starre zurück, und als sie meinem Blick standhält, winke ich ihr zu. Ihre Augen verengen sich.

„Sind Sie ein Pfleger?"

„Nein, ich bin Gast. Ich heiße Alex."

Sie zuckt mit den Schultern.

„Sich mit Gästen anzufreunden, lohnt sich nicht. Sobald man sie sympathisch findet, sterben sie."

Sie senkt den Kopf und widmet sich wieder ihrem Beet.

Die Frau heißt Birte und die anderen sagen mir, ich solle mich nicht wundern, sie ist eben Einzelgängerin. Die meisten freuen sich hier aber über Gesellschaft.

Beim Mittagessen im Speiseraum lerne ich noch mehr Gäste kennen. Peter ist ein Männchen, wenn wir nebeneinander stehen, reicht sein grauer Haarschopf knapp über meinen Bauchnabel. Er schiebt seinen Rollator neben meinen Stuhl und zieht sich auf die Sitzfläche. Er ist fast 80 und weiß seit zwei Wochen, dass sein Krebs gestreut hat.

Um seinen Hals hängt ein Brustbeutel, in dem ein flaches Gerät steckt. Kabel laufen heraus und verschwinden unter seinem Pullover. Durch das Sichtfenster kann ich ein paar Knöpfe und ein kleines Display sehen, wie bei einem alten Taschenrechner. Peter bemerkt meinen Blick, schaut an sich herunter und nimmt das Gerät in die Hand.

„Cool, nicht? Das ist meine Schmerzmittelpumpe. Ich kriege die ganze Zeit was gespritzt. Und wenn's nicht reicht, gibt's diesen Powerknopf. Für den Bolus. Die Extraportion Watte im Kopf."

Ich höre ein aufgeregtes Klingeln und sehe, wie Helen die Frau mit der Mütze in den Saal schiebt. Sie sieht mich und zeigt zu mir. Helen rollt sie uns gegenüber. Die Frau unter der Harlekinmütze heißt Lilia.

Sie redet viel und schnell und ich verstehe sie nicht. Was nicht schlimm ist, besonders nicht für sie, sie lacht einfach und redet weiter. Anna dagegen redet gar nicht. Sie fährt ihren Rollstuhl neben uns und Peter erzählt mir, dass niemand weiß, wie ihre Stimme klingt. Seit sie hier ist, hat sie noch nichts gesagt. Ihr Mann hat sie gepflegt. Bis er vor kurzem an einem Herzinfarkt gestorben ist.

Am anderen Ende unserer Reihe sitzt noch eine kleine Gruppe, neben dem Tisch steht ein Bett. Ein paar Leute sitzen allein. Ich bin froh, dass sich nicht noch mehr zu uns setzen. Ich habe für ein Mittagessen genug Geschichten gehört, die mich an meine eigene erinnern.

17

In einer Sache sind Doktor Münchenberg und das Internet sich einig: Es gibt keine Heilung. Nur palliative Behandlungen. Ein schönes Wort für einen bitteren Geschmack: Sie lindern den Schmerz, aber sie können die Krankheit nicht heilen. Was ist das für ein Leben?

Ich lehne im Rahmen des Zimmers, in dem früher Bene gewohnt hat und das mittlerweile unser Wohnzimmer ist. Ich habe Lisa im Treppenhaus gehört, irgendwann erkennt man Menschen anhand ihrer Schritte. Sie schließt die Tür hinter sich und verharrt im Flur, als sie mich sieht. Dann zieht sie den Mantel aus und löst ihren Zopf, ohne mich aus den Augen zu lassen.

—

Ich habe ihre kurzen Haare geliebt. Geliebt, wie der schmale Rahmen ihr Gesicht betont, die Lippen hervorhebt. Geliebt, darüberzufahren und den leichten Widerstand an meinen Fingern zu spüren. Geliebt, sie alle paar Wochen mit dem Rasierer auf 22 Millimeter zu bringen. Als sie in dieser Wohnung aufgetaucht ist, waren es diese kurzen Haare, die meine Aufmerksamkeit auf sich zogen.

Irgendwann hat sie sie wachsen lassen. Mit den kurzen, krausen Locken sah sie aus, wie ich mir Georgina von den fünf Freunden immer vorgestellt habe. Und dann fielen sie ihr irgendwann wieder über die Schulter.

Wenn sie vor dem Spiegel steht und versucht, ihre Mähne zu bändigen, bleibe ich manchmal neben ihr stehen und schwelge von 22 Millimetern. Sie schüttelt jedes Mal den Kopf.

„Weißt du, was es für eine Qual war, sie wachsen zu lassen? Auf keinen Fall."

„Was ist los? Ist alles okay?"

„Ich muss mit dir reden."

Kann es offensichtlicher sein, dass eben nicht alles okay ist? Sie folgt mir ins Wohnzimmer und setzt sich in den Sessel mir gegenüber.

Bene und ich haben ihn irgendwann auf dem Sperrmüll gefunden und quer durch die Stadt in den vierten Stock und in ihr Zimmer geschleppt, weil wir sicher waren, dass sie ihn lieben würde. Kurz nachdem Lisa an dem Abend nach Hause gekommen war, stand sie in der Küche.

„Wer hat dieses hässliche Ding in mein Zimmer gestellt? Wo kommt das her?"

Trotz all ihrer Bemühungen ist er in der Wohnung geblieben. Wir nennen ihn ihren Lieblingssessel.

Vor mir auf der Holzkiste liegen die Kopien, die mir Doktor Münchenberg mitgegeben hat, mein Computer und ein Notizblock. Lisa sieht mich erschöpft an.

Neben ihrem normalen Job hilft sie im Türrahmen, und zuhause warten der Krebs und ich auf sie.

„Doktor Münchenberg hat gesagt, vielleicht noch vier gute Monate, dann wird's schlimmer."

„Er sagt auch, dass ein operativer Eingriff das Ganze hinauszögern könnte. Und dass es viele weitere medizinische Möglichkeiten gibt. Und noch mehr außerhalb der Schulmedizin."

„Hinauszögern. Könnte. Und dann liege ich die hinausgezögerte Zeit im Krankenhaus und erhole mich von der Operation. Lisa, ich will die Zeit, die ich habe, noch nutzen."

Sie verschränkt die Arme vor der Brust und lässt sich nach hinten fallen.

„Und wie willst du sie nutzen?"

Ich beginne, mit den Fingern abzuzählen. Der Daumen.

„Ich will Dinge aus der Welt schaffen. Ich muss mit ein paar Menschen reden. Sachen sagen, die ich immer sagen wollte. Mich entschuldigen. Anderen die Möglichkeit geben, sich bei mir zu entschuldigen. Menschen sagen, was sie mir bedeuten."

Der Zeigefinger.

„Ich will viel Zeit mit den Menschen verbringen, die mir wichtig sind. Ich will viel Zeit mit dir verbringen!"

Mit dem Ärmel ihres Pullovers fährt sie sich über die Augen, zieht fast trotzig die Nase hoch und muss dann doch lächeln. Auf dieses Lächeln habe ich gewartet. Es wird den Rest hoffentlich leichter machen. Der Mittelfinger.

„Ich möchte eine kleine Liste von Dingen zusammenschreiben und sie erledigen. Meine Löffelliste."

„Scheiß Name."

„Wenn dir ein besserer einfällt, sag Bescheid."

Ich klappe den Daumen ein und strecke alle anderen Finger aus.

„Ich will eine große Feier machen. Eine Abschiedsparty, im Türrahmen."

Lisa sieht mich mit hochgezogenen Augenbrauen an. Ich lasse die Hand sinken.

„Und dann werde ich in ein Hospiz gehen."

Sie runzelt die Stirn, dreht den Kopf leicht, lässt die Worte wirken, sieht mich aber unentwegt an.

„Aber ... kann ich nicht für dich sorgen?"

Ich rutsche nach vorne und greife über die Kiste hinweg nach ihrer Hand.

„Lisa, du würdest kaputtgehen. Ich weiß, wie ich am Ende aussehen werde. Im Krankenhemdchen, abgemagert, die Wangen eingefallen. Erst kann ich noch mit einem Rollator und am Ende dann gar nicht mehr laufen. Und du wirst neben mir am Bett sitzen. Ich werde unruhig schlafen und du wirst so lange wach bleiben, wie dein Körper es zulässt. Eine Hand an meinem Kopf, die andere am Arm. Du wirst darauf achten, dass die Infusionsnadel sich nicht löst und dass das Licht mich nicht blendet. Du wirst mich füttern, und du musst damit nicht einmal warten, bis ich 64 bin. Ich bin es, der krank ist, der sterben wird. Aber du wirst leiden. Das will ich nicht.

Und ich will nicht, dass du mich als ausgezehrten, schwachen Kranken in Erinnerung behältst, dem du am Ende die Scheiße vom Hintern und die Kotze aus dem Bart kratzen musst. Ich will nicht, dass das dein letztes Bild von mir ist."

Ihre Schultern beginnen zu zucken, sie hält meine Hand fest und zieht mich zu sich. Ich klettere über die Kiste und knie vor ihr auf dem Boden, Lisa rutscht vom Stuhl auf meinen Schoß und umfasst meine Hände, legt ihren Kopf an meinen. Ich habe den Begriff „heiße Tränen" nie verstanden, aber jetzt spüre ich ihre warme, feuchte Wange an meiner. Sie schluchzt und schüttelt den Kopf, drückt ihre Stirn gegen meinen Kopf. Ihr Rotz bleibt an meiner Nase hängen.

„Aber ich will mich um dich kümmern. Ich will für dich da sein."

Ich nehme ihr Gesicht in beide Hände, wische ihr mit den Daumen die Tränen von den Wangen und halte sie fest.

„Seit ich dich kenne, kümmerst du dich. Du bist die Beste darin, sich um andere zu kümmern. Aber du leidest jedes Mal. Denk doch, wie weh es dir tut, wenn ich mal eine Grippe habe."

Sie nickt und lächelt und schluchzt.

„Wir reden von Monaten, die damit enden, dass ich tot bin. Ich will nicht, dass du das machst. Ich will dir das nicht antun."

Ihr Kopf rutscht auf meine Schulter und ich lege meine Arme um ihren Körper. Spüre ihr Atmen, die stoßenden Schluchzer, ihr Zittern. Dann lässt sie die Luft kontrolliert durch die Lippen entweichen. Ihre Stimme klingt nass und hoch, als sie etwas sagen will. Kraftlos und unsicher, wie ich sie selten gehört habe. Sie räuspert sich und setzt neu an.

„Was ... was ist mit dem, was ich will?"

Ich weiß, was sie gleich antworten wird, aber ich frage trotzdem. Manchmal folgt das Leben einem unsichtbaren Drehbuch. Alle sagen ihre Zeilen, obwohl es wehtut. Weil wir hoffen, dass es am Ende besser sein wird.

„Und was willst du?"

„Ich will bei dir bleiben, solange es geht. Doktor Münchenberg hat gesagt, es ist eine Schätzung. Jeder Körper kämpft anders. Vielleicht hast du ja mehr Zeit."

„Oder weniger."

Sie schlägt auf meine Brust und rutscht von mir herunter, steht auf. Ich sehe ihr zu. Wir müssen da durch. Das macht es aber nicht einfacher.

Vor dem Fenster bleibt sie stehen, und selbst in der Spiegelung der Scheibe sehe ich, wie nass ihre Wangen sind. Und wie sich ihr Gesicht verzieht, trotzig, wie sie die Arme verschränkt.

„Wie willst du mich denn davon abhalten, dich zu besuchen? Im Hospiz?"

„Ich will dich nicht abhalten müssen. Ich bitte dich, dass du nicht kommst."

Sie schnaubt und reckt das Kinn hoch.

„Und ich werde dir nicht sagen, wo ich bin."

Sie dreht sich um und starrt mich an. Dann sieht sie zu den Papieren auf der Kiste und schüttelt langsam den Kopf.

„Du Arschloch."

Ich nicke. Sie schüttelt wieder den Kopf, dann läuft sie an mir vorbei, greift nach ihrem Mantel und der Tasche und zieht die Tür hinter sich zu.

~

Als sie wiederkommt, hänge ich schräg auf der Couch, dösend. Ich wollte auf sie warten. Sie wirft eine Decke über mich und kriecht darunter. Ihre Haare riechen nach Rauch, und als ich meine Arme um sie lege, spüre ich, wie sehr sie zittert.

~

Am nächsten Morgen liege ich immer noch dort und mein Nacken schmerzt. Zu lange in der falschen Position. Ich setze mich vorsichtig auf, drehe langsam den Kopf, drücke zwei Finger unter die Rippen und atme tief ein. Die Verhärtung ist noch da, Lisa ist weg und auf der Kiste liegt nur noch ein kleiner Zettel.

„Komm in den Türrahmen."

Scheiße. Sie ist mir zuvorgekommen.

18

Ich bin gerade mit dem Essen fertig und habe den Teller in der Hand, als Peter neben mir auftaucht. Er fragt mich, ob ich mit ihm Schach spielen will, und ich lehne ab. Selbst Bene hat es nie geschafft, mich für Brettspiele zu begeistern. Schach ist das Schlimmste. Ich habe immer wieder gespielt und sehr schnell kapiert, dass es mehr braucht, als die Regeln zu kennen. Man muss Möglichkeiten, Entscheidungen und Konsequenzen durchspielen, nicht nur die eigenen, sondern auch die des Gegners. Da ich aber nie weiter als bis zum nächsten Zug denke, war ich für meine Gegenspieler nie gefährlich. Es ging nie darum, ob ich verlieren würde, sondern wie viele Züge dafür notwendig waren. Ich war immer nur Fingerübung. Und wer will schon Fingerübung sein?

„Es ist wirklich schon lange her und du wirst mich auf jeden Fall schlagen."

„Darum geht's doch. Ich war früher richtig gut und will noch einmal gewinnen. Danach bringe ich dir auch gerne noch was bei."

Er steht vor mir, auf den Rollator gestützt, und blickt über den Rand seiner Brille zu mir nach oben.

„Ein andermal. Jetzt brauche ich ein bisschen Zeit für mich."

19

Ich rufe Bene aus dem Auto an, direkt nach der Diagnose. Lisa fährt und auf meinem Schoß liegen die Dokumente, die Doktor Münchenberg mir mitgegeben hat. Es klingelt dreimal, dann hebt er ab.

„Und?"

„Magenkrebs. Endstadium."

Ich hätte alles andere sagen können, und er hätte erstmal gesagt, „Du verarschst mich". Aber nicht bei Krebs. Bene schweigt und das Café treibt im Hintergrund. Die Unterhaltungen, immer wieder klirrendes Geschirr und die Musik.

„Gottverdammte Scheiße."

„Richtig."

Selbst wenn ich wollte, mehr könnte ich nicht sagen. Ein Kloß drückt sich den Hals nach oben und ich spüre die Kopfschmerzen, die schon fast normal sind.

„Seid ihr gerade rausgekommen?"

„Ja."

„Und jetzt auf dem Weg nach Hause?" Er denkt nach, produziert leise quietschende Geräusche mit den Lippen. „Ich muss hier weitermachen."

„Klar."

„Wenn ich nachher komme, seid ihr dann noch wach?"

„Ja."

„Okay. Lisa fährt?"

„Ja."

„Sag ihr, ich komme später. Sie soll auf jeden Fall bei dir bleiben."

„Als ob sie was anderes machen wird."

„Oh, du kannst ja mehr als nur Ja sagen."

Lisa öffnet ihm, er drückt ihr drei Flaschen Malzbier in die Hände und kommt mit ausgestreckten Armen auf mich zu. Ich stehe im Flur, kann nur dastehen und ihn auf mich zukommen, mich in den Arm nehmen lassen. Und dann heule ich los.

Zwölf Jahre vorher war es ein anderer Flur und ein anderer Grund, aber eine sehr ähnliche Umarmung. Die Polizei hatte sich gerade verabschiedet und ich stand noch vor der Tür, hatte mich bis zu diesem Moment zusammenreißen können, und dann brach es aus mir heraus.

Er hält mich fest, Lisa drückt sich an uns vorbei ins Wohnzimmer. Wir stehen noch eine ganze Weile, meine Arme hängen einfach herab, ich nässe seine Jacke durch und ziehe immer wieder den Rotz die Nase hoch. Er bleibt ruhig, und ich spüre den Druck seiner Arme um meinen Körper und sein Herz, wie es stetig schlägt.

Ich atme ein paar Mal tief durch und passe meinen Herzschlag an seinen an, beruhige mich von Schlag zu Schlag und erst, als ich meinen Kopf hebe, lockert er seinen Griff. Ich wische mir den Rotz und die Tränen weg, Bene sieht an sich herunter und ich muss grinsen.

„Sorry."

„Schon okay."

Lisa gibt mir ein Taschentuch und Bene öffnet die Flaschen. Er hebt seine und wir sehen ihn fragend an. Er zuckt mit den Schultern.

„Keine Ahnung, worauf wir anstoßen. Auf ... uns."

Dabei klingt er genauso hilflos, wie ich mich fühle.

„Krasser Scheiß, Alex. Wie geht's jetzt weiter?"

„In einem halben Jahr bin ich tot."

„Wer weiß. Erinnerst du dich noch an Philipp? Der ist doch Arzt geworden. Und der sagte damals, in der Medizin gibt es nichts, was es nicht gibt. Manche Sachen sind sehr unwahrscheinlich, aber alles kommt vor."

„Klar, aber es ist nicht die Regel. Die Regel ist, dass die Leute im Krankenhaus liegen und vielleicht sogar ein bisschen länger leben. Aber die Zeit, die sie noch haben, verbringen sie dort, und was hat das dann für einen Sinn?"

Für einen Moment schweigen wir und ich weiß, dass wir alle an meinen Vater denken. Bene greift nach meinem Kopf und küsst meine Schläfe.

„Wir gehen erstmal alle schlafen. Du musst noch überhaupt nichts entscheiden."

Ich nicke. Ich habe mich schon längst entschieden.

20

Ich stehe auf dem Platz vor unserem Café, im Schatten eines Baumes. An seinem Schutzgitter hängen immer Fahrräder. Über die Bank hinweg habe ich einen guten Blick in den vorderen Teil und weiß, dass ich von innen nur schwer gesehen werden kann. Lisa und Bene stehen hinter der Theke und reden. Sie sehen auf, als ich die Tür öffne.

„Du hast dir also Verstärkung geholt."

„Alex, das hier ist kein Krieg. Niemand ist gegen dich."

Lisa hebt den Kopf und ich küsse sie, flüchtig, mehr aus Gewohnheit und mit leichtem Widerwillen. Bene umarmt mich. Auf der Theke liegt die Broschüre. Doktor Münchenberg hat sie mir mitgegeben. Ein von einem hellen in dunkles Blau übergehender Hintergrund, darauf in weißer Schrift „Magenkrebs". Flüchtig betrachtet könnte man es für einen Himmel samt weißen Wolken halten. Vielleicht ist die Ähnlichkeit beabsichtigt.

Avisha tritt aus dem Durchgang, umarmt mich und scheucht uns dann nach hinten.

„Zeit für euer Krisengespräch. Ich halte die Stellung."

Ich zeige mit dem Daumen auf Avisha und sehe Lisa an.

„Siehst du? Sehr wohl Krieg."

Bene schlägt mir auf die Schulter und verschwindet im Gang, Lisa hinter ihm. Ich folge den beiden und reibe die Stelle, die Bene erwischt hat.

Es ist Vormittag und der hintere Raum fast vollkommen leer. Die Sonne scheint, nur einzelne Wolken am Himmel. Er erinnert mich an die Broschüre.

Bene sitzt mir gegenüber, Lisa zwischen uns, wobei sie ein kleines bisschen näher bei Bene sitzt. Er beugt sich nach vorne.

„Lisa hat mir von deinem Plan erzählt."

„Das dachte ich mir."

„Und ich finde ihn scheiße."

„Welchen Teil?"

„Alles."

Lisa schüttelt den Kopf.

„Der Arzt hat gesagt ..."

„Der Arzt hat gesagt, dass eine Heilung ausgeschlossen ist. Alles, was sie machen können, ist, die Schmerzen zu lindern und vielleicht den Tod hinauszuzögern."

Bene klopft auf das blaue Papier zwischen uns.

„Ja, aber manchmal um Jahre!"

„Und was will ich jahrelang im Krankenhaus?"

21

Ich bin fünf oder sechs, als mein Vater ins Krankenhaus kommt. Meine Mutter steht plötzlich auf dem Spielplatz und allein das ist merkwürdig, normalerweise ruft sie einfach nach mir. Sie zerrt mich ins Auto, wir rasen in die Stadt und mir wird klar, etwas ist passiert.

Bis dahin ist Krebs für mich ein Tier, das ich im Fernsehen und auf Bildern, höchstens mal im Zoo gesehen habe. Aber jetzt gibt es eine Krankheit mit dem gleichen Namen. Ein Schatten auf Röntgenbildern, ein dunkles Wesen, das im Magen meines Vaters sitzt, immer größer wird und ihn von innen auffrisst. Sie lassen mich seinen Bauch betasten. Ich spüre den Widerstand, die Zangen des Tiers, das sich durch meinen Vater arbeitet.

Sie operieren ihn und holen den Teil des Magens heraus, den das Tier angefressen hat. Mein Vater verbringt Wochen im Krankenhaus.

Danach geht es ihm etwa ein Dreivierteljahr gut. Dann ist das Tier wieder da. War nie wirklich weg. Und diesmal ist es überall. Mein Vater muss wieder ins Krankenhaus und wir warten zuhause nicht mehr mit dem Essen auf ihn. Aber meine Mutter besteht darauf, dass ich immer auch für Papa einen Teller hinstelle.

Diesmal darf ich nicht im Krankenhaus übernachten. Sowieso ist diesmal alles anders. Papa liegt in einem Einzelzimmer und keiner sagt mir, wann er endlich wieder nach Hause kommt.

Eines Abends besuchen wir ihn, die Schwestern kennen uns schon und begrüßen uns auf dem Gang, ich habe mich mit ihren quietschenden Sohlen und der desinfiziert riechenden Luft angefreundet. Aber als wir die Tür zu Papas Zimmer öffnen, schlägt uns der Gestank von Scheiße entgegen. Meine Mutter erstarrt, ich pralle gegen sie und sehe an ihr vorbei.

Mein Vater liegt in seinem Bett und wendet uns sein ausgemergeltes Gesicht zu, streckt die Hände nach uns aus. Die Hose seines Schlafanzuges ist bis zu seinen Oberschenkeln heruntergezogen und sein Kot überall verteilt. Die Bettdecke und der Überzug, seine Hose und sein Hemd, überall sind braune, schon leicht angetrocknete Flecken, selbst an seinen Händen und im Gesicht, an der Wand unter dem Notrufknopf. Meine Mutter schreit auf und eilt los, eine Schwester suchen. Sie diskutieren eine ganze Weile, auch ein Arzt kommt dazu, und erst Jahre später wird mir klar, dass dieser Anblick meines hilflosen Vaters in seiner eigenen Scheiße nicht die einzige Erinnerung an die Krebserkrankung meines Vaters ist. Aber er ist die prägendste.

Die, die die komplette Überforderung meiner Familie, aber auch die Unfähigkeit der Ärzte, des Krankenhauses und des Systems generell erfasst. Sie haben alles versucht, meinem Vater zu helfen, aber gegen den Krebs haben sie keine Chance.

Es ist der Abend, an dem ich meinen Vater zum letzten Mal sehe. Der Abend, an dem mir, ohne dass es mir jemand sagen muss, klar ist, dass er nicht mehr nach Hause kommen wird.

~

Meine Mutter will nicht, dass der Sarg nochmal geöffnet wird. Will meinen Vater nicht in diesem Zustand sehen, will nicht, dass ich ihn so sehe. Es wird fast zehn

Jahre dauern, bis ich nicht mehr der einzige Mann in ihrem Leben bin. Zumindest für kurze Zeit.

22

Ich beuge mich nach vorne, flüstere so leise, dass Bene und Lisa mich gerade noch hören können.

„Ihr habt meinen Vater damals nicht so gesehen. Die konnten nichts für ihn tun."

Sie nicken, sie kennen die Geschichte. Sie wissen, warum ich sie erzähle.

„Seitdem sind 20 Jahre vergangen. Jetzt ist die Medizin weiter."

„Ach ja? Es ist immer noch nur palliativ."

Lisa stößt Luft aus und schüttelt den Kopf.

„Manchmal bist du ein zynischer Wichser."

Ich zucke mit den Schultern und will noch zynischer etwas erwidern, als Bene auf den Tisch schlägt. Lisa und ich fahren erschrocken zusammen.

„Mach die Therapien! Es gibt heutzutage so viele Möglichkeiten! Du könntest locker noch eine ganze Weile leben. Gut leben!"

Er greift nach der Broschüre und hält sie mir vors Gesicht. Er sieht mich an, fast flehend, und ich kann sehen, wie sehr er glaubt, was er sagt. Er lebt diesen Optimismus tatsächlich. Hätte ich seine Lebensgeschichte, könnte ich das auch.

Lisas Blick ist wie der von Bene. Meine Entscheidung wird instabil. Ich sehe uns, wie wir in ein paar Jahren hier sitzen.

Ich wahrscheinlich mit Glatze und im Rollstuhl, selbst im Sommer dick eingepackt in Rollkragenpullover und Wollsocken. Aber zumindest lebe ich noch. Und das Leben hätte auch immer wieder seine schönen Momente. Ich hätte die beiden noch für Jahre an meiner Seite.

Dann der Geruch von Scheiße in meiner Nase, vermischt mit Desinfektionsmittel. Ich schüttele den Kopf, das Bild löst sich auf.

„Ich habe das schon auf der einen Seite mitgemacht, ich will das nicht auf der anderen Seite nochmal erleben. Ich will nicht ins Krankenhaus. Ich will keine Experimente, keine Vielleichts, keine Alternativmedizin, immer mit der Angst, dass es doch nicht funktioniert. Lasst mich diese vier Monate genießen. Ich will sie mit euch verbringen. Will mit euch hier im Café sein und sonst wie unterwegs."

Lisa laufen Tränen über die Wangen. Ich will sie abwischen, aber sie weicht meiner Hand aus. Bene faltet die Broschüre auf und betrachtet die erste Seite. Dann reißt er sie langsam auseinander, zerknüllt das Papier in seiner Hand, sieht mich mit ausdrucksloser Miene an und schmeißt mir das Papier ins Gesicht.

„Und dann? Was passiert in vier Monaten?"

Er presst die Zähne so sehr aufeinander, dass seine Kiefermuskeln hervortreten.

„Lisa hat es dir doch schon erzählt."

„Ich will es aber von dir hören."

Ich verschränke die Arme. Betrachte den Himmel hinter dem Glas. Spüre ihre Blicke, wie sie warten.

„In vier Monaten werde ich mich von euch verabschieden. Und dann gehe ich in ein Hospiz, irgendwo, wo ihr mich nicht findet."

„Wieso?"

„Weil ich will, dass ihr mich so in Erinnerung behaltet, wie ich jetzt bin."

„Als egoistischer Wichser?" Bene legt seine Hand auf Lisas Schulter. „Und was ist mit uns? Wer bist du, dass du das entscheiden kannst?"

„Es geht um mein Leben, oder?"

„Es geht um all unsere Leben. Nein, es geht um unsere Leben, denn wenn du ... Wenn du tot bist, sind wir noch da. Ich verliere meinen besten Freund. Und durch deine beschissenen Entscheidungen verliere ich ihn früher, als ich muss. Von Lisa ganz zu schweigen."

Ich greife nach ihrer Hand, aber sie zieht sie weg. Ich kann sie verstehen, sie beide. Aber diese Entscheidung hat sich angebahnt, als ich mit sieben Jahren vor dem Loch stand, in dem der Sarg meines Vaters lag. Spätestens mit meiner Diagnose habe ich sie endgültig gefällt.

Nach dem Tod meiner Mutter habe ich mir geschworen, es anders zu machen. Mich zu verabschieden. Ich beuge mich nach vorne und Bene hebt den Kopf. Ich will sie fragen, ob sie mich nicht ein wenig verstehen können. Will ihnen sagen, wie sehr ich sie verstehe und dass es mir leidtut.

Ich sehe all die verzweigten Möglichkeiten der Zukunft aufgefächert vor mir. Ich kann meinen Weg wählen, entscheiden, was ich gleich sage. Meine Worte sind dabei noch klar, ihre Antworten schon ein wenig blasser und undefinierter, und wie ich dann reagieren werde, kann ich nur noch ahnen. Aber ich bin zu müde, diese Diskussion weiterzuführen. Ich habe keine Kraft, mir ihre Argumente anzuhören. Keine Energie, nach den Regeln zu spielen. Ich will einfach weg von diesem Tisch. Ich kann im Moment nicht anders.

„Ich habe den Krebs. Ich entscheide, wie ich damit umgehe."

23

Vor ein paar Jahren verbrachten wir die Nächte immer mal wieder in einem Garten außerhalb der Stadt. Als eine Freundin ihren Geburtstag feierte, wurde der Garten für ein Wochenende zu einem privaten Festival. Laute Musik und keine Nachbarn, viel zu trinken, LSD und Gras, ein Wäldchen, mehrere Lagerfeuer, eine kleine Hütte, ein paar Wohnmobile und Zelte.

Wir wollen zu dritt im Volvo schlafen. Ich, Bene und das Mädchen. Die beiden haben in letzter Zeit viel gemeinsam unternommen. Bene will definitiv mehr. Mehr als sie. Jedes Mal, wenn sie mit jemandem tanzt, manchmal Jungs, manchmal Mädchen, sehe ich Bene, wie er ihr zuschaut, in ihrer Nähe ist. Wie sehr es ihn schmerzt, wenn er zwischen anderen Leuten sitzt oder allein in einer der Hängematten liegt oder selbst mit jemandem tanzt. Er kann kaum die Augen von ihr lassen.

Seit wir uns kennen, verstehen wir uns, ich und das Mädchen. Aber in dieser Nacht kommen wir uns näher. So nah, dass uns beiden klar ist, worauf es hinausläuft. Und für eine Zeitlang sind alle Bedenken, jedes schlechte Gewissen Bene gegenüber ausgeschaltet. Eingetauscht gegen dieses pure Verlangen. Vielleicht ist es einfach nur Trieb, aber in diesem Moment ist es Erfüllung.

Es hält für ein paar Stunden an. Aber als ich am nächsten Morgen aufwache, ihren warmen Körper nah an meinem, gemeinsam unter einem Schlafsack, der nicht uns gehört, glaube ich, etwas kaputtgemacht zu haben. Ich drücke mich an ihren Körper, spüre die Kontur ihrer Hüfte unter meiner Hand und kann nicht aufhören, ihrem Atmen zuzusehen. Ihre Lider flattern, für einen Moment sieht sie mich an, lächelt und driftet wieder in den Schlaf. Ich kann mein Glück nicht fassen.

Die Heckklappe des Volvo steht offen und zwei Paar Füße lugen unter unseren Decken hervor. Die beiden Schlafenden haben lange Haare und keine davon ist Bene. Er sitzt auf einer der Bänke am Lagerfeuer und ist gerade dabei, Holz nachzulegen. Ich ziehe den Reißverschluss des Zeltes wieder zu, als er mich sieht und den Kopf abwendet. Er greift nach einem Stock, der Griff filigran geschnitzt und das Ende in Teig gepackt, und hält ihn über das Feuer. Ich setze mich neben ihn und sehe dabei zu, wie er ihn knapp über den Flammen langsam dreht. Ich zeige auf die Mädchen in meinem Auto.

„Hast du die Nacht mit ihnen verbracht?"

Bene presst seine Lippen aufeinander und schüttelt den Kopf.

„Ich habe die Nacht hier verbracht." Er holt das Brot heran und betastet es, hält es wieder ins Feuer. „Hatte die Hoffnung, dass ihr gleich wieder rauskommt, vielleicht mit einer Decke oder irgendwas zu essen oder so. Aber je länger ihr da drin wart, je länger ich hier saß, desto schlimmer wurde es."

Ich sehe dem Brot zu, wie es braun, fast schwarz wird.

„Es tut mir leid."

„Und die Hoffnung so."

Er macht eine Zauberbewegung, lässt ein Kaninchen im Rauch verschwinden. Ich muss lachen, aber in mir zieht sich alles zusammen. Er nimmt das Brot aus dem Feuer, pustet und reißt es vom Stock. Der Teig im Inneren dampft und Bene beißt hinein. Er versucht, den Bissen im Inneren des Mundes abzukühlen. Er kaut mit langsamen, intensiven Bewegungen und lässt das heiße Stück Brot von einer Hand in die andere wandern, bis er endlich schluckt.

„Ich sollte dir böse sein. Aber geht irgendwie nicht."

~

Es dauert eine Weile, bis wirklich wieder alles in Ordnung ist, und dann ist es wieder gut. Aber jetzt, wo wir keine Weile haben, sprechen wir nicht miteinander.

Manchmal sehe ich Bene zu, wie er Gäste bedient, irgendwas zusammenmixt oder kassiert. Er ist gut gelaunt, lacht mit den Leuten und ist, wie ich ihn schon immer gekannt habe. Dann bemerkt er mich und seine Miene verhärtet sich.

Ohne Bene und Lisa habe ich niemanden für die Gespräche, für das Miteinander und für die Abendessen. Aber viel schlimmer sind die Spiegelflächen des Alltags, die Rahmen meiner Realität, die Bene und Lisa bilden und die mir jetzt fehlen. Da ist niemand, dem ich einen Gedanken erzählen oder mit dem ich über etwas Lustiges lachen kann. Niemand, der meine in Falten gelegte Stirn mit zwei Fingern und sanftem Druck glättet. Niemand, der mich in die Schulter knufft, wenn ich gedankenverloren hinter der Theke stehe, und nachfragt, was los ist. Niemand, dessen Reaktion auf mich mir zeigt, ob ich komisch bin. Ob ich bin. Letztlich existieren wir nur, weil andere auf uns reagieren.

~

An einem Abend komme ich nach Hause und sehe ihre Schuhe im Flur stehen. Das Licht im Wohnzimmer brennt. Sie sitzen auf dem Sofa, jeder an einem

Ende und so, dass sie sich ansehen können. Auf der Holzkiste liegen die Unterlagen auf einem Stapel. Sie haben eine Flasche Wein geöffnet und zu zwei Dritteln geleert. Einen Chateau Shanti, wir verkaufen ihn für 4,20 Euro das Glas.

Sie beobachten mich stumm, als ich um das Sofa herumgehe, einen Moment unschlüssig stehenbleibe und mich in den Lieblingssessel setze, nach hinten gelehnt. Ich unterdrücke den Reflex, meine Arme zu verschränken. Als sie sich zu mir drehen, ist es wie in einem Verhör. Ich will einen Witz darüber machen, aber auch das lasse ich.

Lisas Augen sind rot und das Make-up verwischt. Unter dem Kragen ihrer Bluse ist ein scharf umrandeter roter Fleck zu sehen und ich weiß, dass sie davon noch weitere auf ihrem Oberkörper hat. Sie kommen immer, wenn sie emotional aufgewühlt ist.

Als wir das erste Mal miteinander geschlafen haben, in schummriger Dunkelheit, habe ich mich erschrocken, als ich die Flecken auf ihrem Oberkörper bemerkte. Ich habe gefragt, ob alles in Ordnung sei, und für einen Moment war sie verwirrt, weil sie nicht wusste, wovon ich sprach. Dann hat sie gekichert und gemeint, ich müsse mir keine Sorgen machen. Es hat eine Weile gedauert, bis ich mich an die Flecken gewöhnt habe. Jetzt vermisse ich sie.

Bene sehe ich keine Tränen an, aber es geht ihm nicht gut, das weiß ich.

„Wir müssen reden."

„Ich bitte darum. Ich vermisse euch."

Die beiden sehen sich kurz an, dann nickt Bene.

„Wir dich auch, aber der Witz ist, dass du in ein paar Monaten ganz freiwillig gehen willst."

Ich habe mich aufgesetzt, aber Lisa hebt die Hand.

„Wir akzeptieren das. Wir können es nicht nachvollziehen, wir sind auch dagegen. Aber am Ende ist es deine Entscheidung. Und wir wollen die Zeit mit dir ..."

Während sie spricht, treten Tränen aus ihren Augenwinkeln, laufen an ihrer Nase vorbei bis ans Kinn. Sie verstummt mitten im Satz. Mit dem Ballen ihrer rechten Hand wischt sie sich die Tropfen weg und schüttelt den Kopf, steht auf und kommt um die Kiste herum auf mich zu. Ich springe auf und lege meine Arme um sie, halte sie fest und küsse ihre Stirn, ihre Nase, ihre Wangen. Schmecke das Salz ihrer Tränen und spüre die leichten Erschütterungen ihres Körpers. Ich senke den Kopf ein wenig, lege meine Nase an ihre und sie drückt ihre Lippen auf meine. Dann fließen auch meine Tränen.

„Dein scheiß sturer Kopf."

Bene stellt sich neben uns und küsst uns jeweils auf die Haare. Dann packt er meine Schulter und wartet, bis ich ihn ansehe.

„Wir sehen uns morgen."

Ich nicke und schlucke. Mehr kann ich nicht.

24

Drei Tage später habe ich Kim, Isabel und Walter kennengelernt. Und Peter ist gestorben. Er fehlt beim Abendessen und ich finde seinen Namen im Gedenkbuch, das auf dem Pult neben der Kerze im Gemeinschaftsraum liegt. Mit einer Schachfigur neben seinem Namen, einem weißen Springer.

Im Regal unter dem Pult liegen Bücher, die schon voll sind. Jede Person bekommt eine Doppelseite. Manche mit Fotos beklebt oder bunt bemalt, zwischen ein paar Seiten sind Blumen gepresst. Bei anderen stehen lediglich der Name und die Lebensdaten, vielleicht noch ein paar Worte oder Unterschriften von anderen Gästen. Helen erzählt mir, dass noch Jahre später Angehörige kommen, das richtige Notizbuch rausholen und die Seiten ihres Verstorbenen aufschlagen. Ich fühle mich schlecht, kritzele meinen Namen auf Peters Seite und hoffe, dass sie noch voller wird.

„Peter ist gestorben."

Kasper zuckt mit den Schultern.

„Dafür sind wir alle hier."

„Und ich habe kein Schach mit ihm gespielt."

„Du findest Brettspiele ja auch scheiße."

„Ja, aber wenn ich gewusst hätte ..."

„Vieles wäre ganz anders, wenn wir vorher gewusst hätten. Es können nicht alle Wünsche erfüllt werden."

Kasper sieht mich bedauernd an. Dann zeigt er auf den Stuhl neben seinem Bett.

„Ich kann Birte echt verstehen."

„Wer ist Birte?"

Ich lehne mich zum Fenster und sehe nach draußen, aber bei den Beeten ist niemand.

„Auch eine Gästin. Sie will nichts mit anderen zu tun haben, weil sie ihr zu schnell wegsterben. Erst fand ich das komisch. Aber mittlerweile verstehe ich es."

„Es ist eine Art, Schmerzen aus dem Weg zu gehen."

„Ist es auch deine Art?"

„Wieso? Wir reden doch."

„Aber du verlässt nie dein Zimmer."

Die Muskeln in seinem Gesicht verkrampfen, dann verschwindet sein Lächeln. Sein Blick wandert Richtung Fenster und für ein paar Momente starrt er in die Ferne. Er hebt langsam die Schultern und lässt sie fallen, während er sich wieder zu mir wendet.

„Ich kann nicht. Ich komme nicht allein aus dem Bett."

„Ich helfe dir gern. Und ich bin bestimmt nicht der Erste, der dir Hilfe anbietet."

Kasper schlägt mit der flachen Hand auf die Decke, zieht sie ein Stück höher und verschränkt die Arme.

„Aber ich will keine Hilfe. Und ich will nicht in einem Rollstuhl sitzen."

Ich habe Kasper noch nie so ablehnend erlebt. Zwischen seinen Augenbrauen verlaufen zwei vertikale Falten und seine Lippen werden schmal.

Ich hebe die Hände.

„Okay, ich habe ja nur gefragt."

Er schnaubt und dreht den Kopf zur Seite. Die buschigen Augenbrauen, die tiefen Geheimratsecken, das dünne, nach hinten gekämmte Haar. Er fährt sich immer über den Kopf, unbewusst. Ein Überbleibsel des beeindruckenden Mannes, der er mal war. Eine Version, die offensichtlich immer noch verbohrt ist. Ich stehe auf.

„Ich komme morgen wieder vorbei. Genieß das Nachmittagsfernsehen."

Kasper reagiert nicht und ich muss grinsen. Wie ein störrisches Kind. Ich klopfe zweimal aufs Bett, gehe herum, suche seinen Blick und lache kurz auf, als er daraufhin den Kopf in die andere Richtung dreht.

„Wir sehen uns morgen."

Ich bin schon aus der Tür, als er mir hinterherruft.

„Kannst du mir einen Gefallen tun und mir Zigaretten kaufen?"

„Die Pflegerinnen können dir doch auch welche bringen."

„Die wollen nicht, dass ich im Zimmer rauche."

„Na, das kann ich mir vorstellen."

„Im Schrank liegt mein Geldbeutel. Nimm die Kreditkarte. Ich sag dir die PIN."

„Wenn die Pflegerinnen das nicht wollen, vergiss es."

Kasper schüttelt den Kopf und wendet sich wieder ab.

~

Auf dem Gang treffe ich Helen, sie kommt aus einem Zimmer, nickt mir zu, geht zum Aufzug und bleibt plötzlich stehen.

„Sag mal, Alex, kennst du dich mit Computern aus?"

Sie öffnet die Tür und bittet mich herein. Eine ältere Dame sitzt in einem Rollstuhl am Tisch und dreht sich zu uns um. Vor ihr ein Laptop. Sie ist gerade erst angekommen, ein geöffneter Koffer liegt auf dem Bett, ein weiterer steht auf dem Boden daneben, ein Mantel hängt darüber.

„Frau Rieger, das ist Alex Fink."

„Alex reicht."

„Wenn du der Alex bist, dann bin ich die Waltraud."

Sie hält mir ihre Hand hin, lackierte Nägel und zwei Ringe.

„Sie haben ein Problem mit dem Computer?"

„Heute spielt die Bundesliga. Mein Sohn hat mir den Computer eigentlich so eingerichtet, dass ich hier auf den EuroSport-Player zugreifen kann, aber es klappt nicht. Und gleich beginnt das Spiel!"

25

Danach liegen wir im Bett und ich stelle mir vor, wie die roten Flecken auf Lisas Oberkörper verblassen. Seit Bene gegangen ist, haben wir nichts gesagt. Wir liegen in der Dunkelheit, und ich spüre, wie Lisa mich ansieht.

„Du kannst auch nicht schlafen."

Sie seufzt und streckt sich, um an die Lampe zu kommen. Dann dreht sie sich auf die Seite und stützt den Kopf in die Hand.

„Und jetzt? Wie willst du die Zeit verbringen?"

Das Licht lässt ihr Gesicht in einem Halbschatten und die Kontur ihres Körpers leuchtet. Er hebt und senkt sich bei jedem Atemzug. An ihrem Hals ist noch ein Rest der Rötung zu sehen. Ein Bein liegt so nah an meinem, dass ich die Wärme spüre. Ich grinse.

„Mit ganz viel davon."

Sie schnaubt.

„Damit füllen wir in vier Monaten vielleicht ... eine halbe Stunde?"

Sie lacht und weicht aus, damit meine Hand sie nicht erwischt. Dann beugt sie sich nach vorne, küsst mich auf die Stirn und ich kapituliere.

„Ernsthaft, was willst du machen?"

„Habe ich doch schon gesagt, ich will ein paar Dinge aus der Welt schaffen und so."

„Schon beim ersten Mal war das Kitsch. So wie die Löffelliste."

Selbst in meinem Kopf hört sich das nach dem totalen Klischee an. Wie ein Ding aus Filmen oder Serien oder Büchern. Dann denke ich an meine Mutter, an die ersten Tage nach ihrem Tod. Bei meinem Vater war ich wohl zu jung, noch zu kurzsichtig in meinem Denken. Aber nach dem Tod meiner Mutter hielt mich

Bene im Arm, in meiner Erinnerung liege ich tagelang in seinem Bett, bis er mich auf die Beerdigung bringt.

Ich bin so unglaublich wütend. Auf dieses Leben, das bei der Verteilung von Unglück einen scheiß Job gemacht hat. Gleichzeitig denke ich an das, was ich ihr noch hätte sagen wollen. Und nur, weil es in all den Geschichten so ist, heißt das nicht, dass die Realität anders funktioniert.

„Dann lass es Kitsch sein. Ich glaube nicht, dass meine Worte irgendwas geändert hätten, aber ich hätte meiner Mutter gerne noch ein paar Dinge gesagt. Dinge, für die ich zu cool gewesen bin. Zu sechzehn."

Lisa hebt die Brauen, presst die Lippen zusammen und nickt.

Sie springt auf, verlässt zielstrebig das Zimmer. Keine Ahnung, wohin sie will, aber sie wird gleich wieder da sein. Ich bin mir sicher.

Genauso, wie ich sicher weiß, dass ich diese Frau liebe. Wegen all der Kleinigkeiten. Der Alltagsmomente, die unsere Geheimnisse sind. Der Art, wie wir uns in all den Jahren kennengelernt haben. Wenn sie duscht, hängt danach ein Zipfel des Duschvorhangs über den Rand und tropft auf den Boden. Anfangs habe ich noch etwas gesagt, sie hat versprochen, es zu ändern. Irgendwann wische ich die Pfütze einfach auf. Wenn wir kleine Löffel benutzen, legt sie mir immer den hin, den ich im Flugzeug habe mitgehen lassen. Der mit dem Lufthansa-Logo. Mein Lieblingslöffel. Ich habe das vor Jahren einmal erwähnt, seitdem ist das so. Wir sprechen nicht darüber.

Ich lasse den Kopf zurück aufs Kissen fallen und spüre, wie es mir die Kehle zuschnürt. Weil das unser Alltag ist. Mit all den Dingen, über die ich mich ärgere, mit all den kleinen Streits, die wir jede Woche haben, und all den Sorgen, wie es weitergehen wird, mit dem Café und uns und dem Leben.

Der Krebs hat alles klein gemacht. Und gerade diesen Alltag in seiner Wiederholung so wertvoll. Ich lege meine Finger unter die Rippen und atme tief ein. Taste und habe keine Ahnung, was ich spüre. Ich kenne die Bilder und weiß von diesem dunklen Tier in mir, aber kann ich es wirklich fühlen? Vielleicht sollte ich doch nochmal zum Arzt. Vielleicht haben Lisa und Bene Recht und ich sollte hierbleiben. Muss hierbleiben. Es versuchen. Solange es geht.

Dann huscht Lisa durch die Tür zurück ins Zimmer und klettert aufs Bett. Und ihre Entschlossenheit begräbt meine Zweifel, stabilisiert mein Wanken. Ich nehme meine Hand vom Bauch und drehe mich zu ihr.

„Dann lass uns das richtig machen."

Ein kleines schwarzes Notizbuch, noch eingepackt, und einer der feinen Gelstifte, die Lisa zu Dutzenden in einer Schublade hat. Transparenter Kunststoff, schwarze Farbe, 0,5 Millimeter Strichstärke. Ich weiß, wie wichtig ihr die Stifte sind, darum benutze ich sie nie. Für mich gilt: Ein Stift ist ein Stift ist ein Stift.

„Bitte sehr."

„Wofür?"

Lisa knibbelt die Folie des Notizbuches an der zusammengeschweißten Naht auf. Ein fester Einband samt Gummiband, 192 Seiten, liniert. Sie zieht die Folie ab und öffnet es. Der Rücken knistert und die Seiten wehren sich dagegen, voneinander getrennt zu werden. Auf der ersten steht: *In case of loss, please return to*. In ihrer schönen Handschrift schreibt Lisa meinen Namen und die Adresse des Türrahmens.

„Ich weiß, du schreibst kein Tagebuch. Aber du verlangst viel von mir, also verlange ich das von dir. Schreib rein, was in diesen vier Monaten passieren soll. Und dann schreib rein, was wirklich passiert."

Ich hatte ein Tagebuch, als ich in die Schule kam, weil eine Lehrerin uns gesagt hat, wir sollen eines anfangen. Ich kam nie über die ersten paar Seiten. Ich beschrieb den Schulalltag und dieses Mädchen, das ich damals echt super fand, Maja. Sie hatte den schönsten Hals, ich saß ein paar Reihen hinter ihr. Ich glaube, wir haben in den ganzen vier Jahren nicht einmal richtig miteinander geredet. Wir gingen auf verschiedene Gymnasien, dann zog sie nach Berlin und war weg. Irgendwie war sie meine erste Liebe. Das erste Mädchen, über das ich ganze Nächte lang nachdachte. Aber dann starb mein Vater und alles andere wurde für eine lange Zeit unwichtig.

Ich habe keine Lust, nach all den Jahren wieder mit dem Schreiben anzufangen. Ich werde selbst dieses kleine Notizbuch nie vollbekommen. Aber wenn das die Gegenleistung dafür ist, dass Lisa meinen Plan akzeptiert, ist das in Ordnung.

Lisa schlägt die nächste Seite auf, setzt den Stift aufs Papier und sieht dann wieder zu mir, verzieht das Gesicht.

„Gibt es wirklich keinen anderen Begriff als Löffelliste?"

„Das kommt von diesem Film mit Morgan Freeman und ..."

„Jaja, ich weiß schon, aber es hört sich dämlich an."

Widerwillig schreibt sie das Wort oben auf die Seite. Ihre Schrift ist so fein wie die Stifte, die sie benutzt, nach oben gezogen und leicht nach rechts geneigt, die Großbuchstaben dreimal so groß wie die kleinen, säuberlich den Linien des Blattes folgend. Ein von ihr beschriebenes Blatt sieht eher nach einer schraffierten Zeichnung aus. Sie hält mir den Stift hin.

„Also, was willst du tun? Ganz konkret?"

Ich habe in den letzten Tagen viel Zeit damit verbracht, genau darüber nachzudenken. Es gibt gar nicht so viele Dinge, die ich unbedingt tun will. All die Dinge, von denen ich glaubte, sie erledigen zu wollen oder zu müssen, all die ToDos, die mich früher wach gehalten haben, wirken ganz schön klein neben dem Tumor. Er skaliert das Leben neu.

26

Regelmäßig haben wir Leute zu Besuch, für Spieleabende, um gemeinsam zu kochen oder einfach so. Wenn wir so einen Abend veranstalten und ich den Großteil der Zeit in der Küche stehe, koche oder den ersten Stapel Teller abspüle, dann stelle ich mich gerne in den Türrahmen und beobachte unsere Gäste. Wie die einen sich miteinander unterhalten, die anderen kollektiv jubeln, weil jemand einen Sechserpasch gewürfelt und damit den Angriff der Orks abgewehrt hat, und wie immer irgendjemand im Lieblingssessel sitzt und in einem von Lisas Büchern liest. Ich sehe all die Menschen, die sich wohlfühlen, und ich weiß, ich habe einen Anteil daran. Dann geht es mir gut.

Das wollte ich beruflich machen. Ich wollte mein Geld damit verdienen, anderen eine gute Zeit zu machen. Bene wollte vor allem raus aus seinem Job und etwas Eigenes haben. Aber wir wussten beide, das war mehr Wunsch als alles andere, ein Running Gag.

Bene und Avisha lernen sich im Studium kennen, er zieht mit ihr zusammen und aus unserer Dreier-Wohngemeinschaft wird die Wohnung von Lisa und mir. Natürlich verbringen wir trotzdem viel Zeit miteinander und Bene regt sich genauso häufig auf wie früher, über die monotone Arbeit, über nervige Chefs und über dieses beschissene Gefühl, seine Lebenszeit zu verschwenden. Ich nicke, aber Avisha knufft ihn in die Seite.

„Hör auf zu meckern, mach doch was anderes!"
„Was denn? Ein Café eröffnen?"
Ich hebe die Hand.

„Ich wär dabei."

Lisa grinst und ich sehe sie fragend an, aber sie schüttelt den Kopf.

„Du könntest auch allein das Café eröffnen. Du müsstest nicht nur *dabei sein*."

Wir sind auf dem Weg nach Hause, wir gehen vielleicht einen halben Meter voneinander entfernt.

„Aber es wäre doch geil, sowas mit Bene zusammen zu machen."

„Es geht gar nicht um das Café. Das ist nur ein Beispiel."

„Wofür?"

Ich habe dieses Gefühl, die Wahrheit zu wissen, sie aber gut genug verdrängen zu können, solange sie von niemandem ausgesprochen wird. Lisa tut genau das.

„Für alles. Andauernd sagst du, ‚Weißt du, was geil wär?' oder ‚Man müsste mal ...' Du hast tolle Ideen. Aber warum sagst du nicht ‚Ich müsste mal ...'? Und warum machst du nicht?"

„Soll ich einfach ein Café eröffnen? Das kann ich doch nicht machen!"

„Aber wenn Bene sagt, er eröffnet eines, dann bist du auf jeden Fall dabei."

„Und?"

„Du folgst, Alex. Du machst nie den ersten Schritt. Ihr wärt nicht in die Wohnung gezogen, wenn Bene das nicht angestoßen hätte. Ihr hättet diese Tour durch Deutschland nicht gemacht. Wärt nicht auf dem Festival gewesen ..."

Sie bricht ab und wir wissen beide, wie der Satz weitergeht. Lisa gestikuliert mit beiden Händen, wie sie es immer tut, wenn sie aufgeregt ist. Jetzt nimmt sie meine Hand und küsst erst meine Finger und dann mich auf den Mund.

„Du weißt, ich mag Bene. Aber dich liebe ich. Ich wünsche mir, dass du nicht nur tolle Sachen sagst. Sondern auch machst. Ganz alleine."

Wir haben diese Unterhaltung nie beendet. Einfach nicht mehr weitergesprochen. Wir gehen eine Weile schweigend nebeneinander her und wechseln dann das Thema.

Aber in mir flackert es weiter.

Vielleicht einen Monat später erzählt Bene mir, dass sein Onkel die Metzgerei schließen wird. Er findet niemanden, der das Geschäft übernimmt. Zwischen all den Yogastudios, Coworking Spaces und Kisten voller wilder Bücher an jeder Straßenecke hat so ein Laden es nicht leicht. Das Einzige, was jetzt noch fehlt, ist das vegane Café um die Ecke.

„Wir sammeln die Tische und Stühle auf dem Sperrmüll, je weniger sie zusammenpassen, desto besser."

„Alle Getränke servieren wir in Einmachgläsern."

„Zehn Prozent des Erlöses geht an eine Tierschutzorganisation."

„Wir laden jeden Monat einen anderen veganen Foodblogger ein, seine Lieblingsrezepte sind das Menü des Monats."

„Das W-Lan ist kostenlos und an jedem Tisch gibt's mindestens eine Steckdose."

„Und einmal im Monat tritt ein Singer-Songwriter auf."

Wir lachen und grinsen in die Stille zwischen unseren Ideen.

„Ja, macht doch."

Wir wissen, dass Lisa es, bei allem Spaß in der Stimme, ernst meint. Bene und ich sehen uns an, für einen unsicheren Moment, dann schütteln wir beide den Kopf.

27

Ein Eckgeschäft mit Fenstern in beide Richtungen, auf der einen Seite die Straße, auf der anderen Seite ein größerer Platz, mittwochs und samstags ist Markt. Der Verkaufsraum ist dreieckig, die Theke verläuft an der hinteren Wand. Vor den Fenstern mehrere Stehtische, daneben eine Kühltheke mit Getränken. Die Wand hinter der Theke ist hell gefliest, Würste hängen von der Decke und links führt ein Durchgang nach hinten.

Onkel Gregors Haare und Schnauzer sind in den letzten Jahren weiß geworden, aber wenn Bene neben ihm steht, sieht man trotzdem die Ähnlichkeit. Beide haben die gleichen lockigen Haare und eine rundliche Kopfform. Auch wenn er nicht mein Onkel ist, kann ich mich nicht erinnern, ihn jemals anders genannt zu haben.

Er bedient die letzte Kundin. Ware und Geld haben schon lange die Seiten gewechselt, aber die ältere Dame fragt, wie es ihm geht, und bedauert, dass er den Laden bald dichtmacht. Ihr Blick verliert sich in der Wand hinter Gregor und sie sinniert darüber, wie sie ihn als Lehrling in dieser Metzgerei kennengelernt hat.

Sie kichert, und für einen Moment ist sie Anfang 20. Wir beobachten, wie sie ihren Einkauf im Trolley verschwinden lässt, dann zieht sie ihn an den Fenstern vorbei.

„Als ich hier angefangen habe, war sie eine junge Frau. Renate. Eine Schönheit. Dieses Kichern von gerade? Stellt euch das aus dem roten Mund einer 25-Jährigen vor. Wir Stifte haben immer gelost, wer sie bedienen darf. Dann hat sie diesen reichen Typen aus Amerika geheiratet. ‚Renäidi' hat er sie gerufen. Lächerlich. Trotzdem ist sie mit ihm gegangen.

Fast 30 Jahre später steht sie plötzlich wieder hier im Laden und kichert, als ob sie nie weg war."

Wir folgen Gregor hinter die Theke. Ich bin aufgeregt.

Als Kinder waren wir jeden Nachmittag hier, haben uns unseren LKW abgeholt – den Leberkäsweck – und eine Flasche Malzbier dazubekommen. Onkel Gregor hat uns nie gefragt, ob wir etwas anderes trinken wollen. Er hat einfach die beiden Flaschen aus der Theke geholt, sie zischend geöffnet und vor uns abgestellt. Beim ersten Mal hat mir der herbe Geschmack Schauer über den Rücken gejagt. Bene hat seine Flasche in großen Schlucken ausgetrunken, also ich auch. Bis heute ist der Geschmack von Malzbier mit diesem kindlichen Gefühl verknüpft.

Nach der Schule auf der Bank vor dem Laden zu sitzen, die Ranzen achtlos danebengeworfen, und die Sonne scheint so hell, dass wir die Augen zusammenkneifen müssen. Das Brötchen mit beiden Händen halten und ab und zu ein Schluck Malzbier. Selbst wenn ich eine Sechs mit nach Hause gebracht habe, selbst wenn die Hausaufgaben bestimmt den ganzen Tag dauern würden, selbst nach dem Tod meines Vaters, diese sieben Minuten waren pure Zufriedenheit.

Wir konnten damals betteln, wie wir wollten, Onkel Gregor ließ uns nie hinter die Theke. Hygienevorschriften, gefährliche Maschinen, gruselige Bilder, es gab immer Gründe. Anfangs war es Neugierde, irgendwann ging es uns ums Prinzip. Wir wollten, weil Gregor es uns nicht erlaubte. Hinter diese Theke zu treten, ist die Erfüllung eines Wunsches, den ich schon lange vergessen habe.

Gregor öffnet die Türen, zeigt uns Vorratsraum, Kühlkammer, Umkleideräume und Toiletten. Zeigt uns die Treppe in den Keller und geht mit uns in den Schlachtraum.

Es ist eine zwei Stockwerke hohe Halle, komplett weiß verfliest, mit einem großen silbernen Ablauf in der Mitte. In einer Ecke mehrere Waschbecken und Arbeitsflächen aus Edelstahl, Eimer stehen auf Regalen. Durch Milchglasfenster neben dem Tor fällt helles Licht. Gregor öffnet eine Hälfte des Tores. Über die gesamte Länge des Gebäudes verläuft eine Laderampe samt Geländer, davor ist ein Drittel des Innenhofes mit weißen Streifen markiert. Direkt an der Rampe steht die Kreidler Florett von Gregor, mit der er jeden Tag herkommt.

„Die Laderampe und der gesamte markierte Bereich gehören auch noch dazu. Eigentlich heißt der Raum mittlerweile Wurstküche, ist schon 'ne Weile her, dass wir hier geschlachtet haben. Ich nenne ihn trotzdem noch Schlachtraum."

Er zeigt in die Ecke mit den Waschbecken.

„Seht ihr das Metallviereck im Boden? Das ist der Aufzug aus dem Keller, der trägt locker 200 Kilo. Getränkekisten und so sind also kein Problem. In der Ecke habt ihr auch alle Anschlüsse, die ihr für eine Küche braucht.

Wir könnten eine Wand reinziehen und den Rest für Gäste nutzen. Das Milchglas können wir austauschen, und im Sommer können die Leute draußen sitzen."

Er lehnt sich gegen das Geländer, schaut uns erwartungsvoll an.

„Das war eher ein Witz, wir können doch nicht wirklich ..."

Gregor schaut Bene an, und der verstummt.

„Was soll das heißen, eher ein Witz? Ist es ein Witz oder meint ihr es vielleicht irgendwie doch ernst? Hast du gestern nicht gesagt, dass ihr schon eine ganze Weile darüber redet?"

Bene zeigt auf mich.

„Er ist der mit der fixen Idee!"

Gregor schürzt die Lippen und zieht die Luft zwischen den Zähnen ein.

~

Wir sitzen auf der Bank neben der Tür. Ich drehe das Malzbier in der Hand, fahre mit den Fingern die Konturen der Flasche nach, sammele die Tropfen ein, die auf dem Glas kondensieren.

„Früher habe ich den Geschmack gehasst."

„Warum hast du nichts gesagt?"

„Ich wusste nicht, ob ich was anderes bekommen würde. Und ich habe mich dran gewöhnt."

Gregor schüttelt den Kopf.

„Und das sagt er mir 20 Jahre später."

Bene zwinkert mir hinter seinem Rücken zu. Gregor zeigt mit dem Daumen hinter sich.

„Ihr kennt meine Maschine?"

Wenn Gregor Maschine sagt, muss ich immer an große, laute Motorräder denken, mit einem Motor, der basslastig gluckert und zwischen den Knien vibriert. Aber er meint das kleine Moped, dessen hochtönigem Nähmaschinengeräusch immer der Geruch von verbranntem Öl folgt.

„Ich liebe diese Maschine. Hab sie immer geliebt. Wenn ich jemals Liebe auf den ersten Blick verspürt habe, dann bei ihr. Jetzt ist die Farbe stumpf und sie sieht alt aus, aber damals hat sie geglänzt in Rot und Schwarz, und ich wusste, dass ich sie haben wollte. Die Florett hatte als eine der ersten eine Klauenschaltung." Er stockt, sieht zu uns und winkt dann ab. "Egal. Damals war das die bessere Schaltung. Und man kann die Florett extrem gut frisieren. Damals ging das los mit dem Tunen von Fahrzeugen. Genau das wollte ich machen, Serienmodelle so verfeinern, dass prächtige Maschinen daraus werden. Mein Vater hatte einen NSU Prinz 1000, den wollte ich besser machen, sobald ich den Führerschein hatte."

Gregor setzt seine Flasche an die Lippen und schluckt hörbar.

"An guten Tagen kam mein Vater mit zwei Schachteln Zigaretten aus. Normalerweise waren es vier. Er rauchte immer. In meinen besten Erinnerungen sitzen wir im Prinz, fahren auf einer Landstraße, sind das einzige Auto in Sichtweite und hören Kassetten, die er aus dem Radio aufgenommen hat. Manchmal quatscht der Moderator rein oder man hört die ersten Takte eines anderen Songs, bevor das Lied wechselt. Wenn ich ‚Under Pressure' von Queen höre, warte ich bis heute darauf, dass am Ende eine dunkle, leicht schläfrige Stimme sagt, ‚Es ist genull Nau Uhr, schön, dass ihr noch bei mir seid.'

Wir sitzen also im Prinz, das Ausstellfenster ist aufgedreht, in der rechten Hand hat mein Vater eine Zigarette. Seine Küsse auf meine Stirn sind rau und riechen wie seine Hände nach Aschenbecher. Sie mussten ihm den Magen ausschaben. Den Teer rausholen, der sich dort angesammelt hat. Das war vor meiner Geburt. Selbst beim Bund hat er geraucht, kurze, selbstgedrehte Stängel, die er bei unangekündigtem Besuch in den Mund klappen konnte. Alle waren sich sicher, dass er irgendwann Lungenkrebs bekommen würde. Aber dann hat ihm eines Abends ein Lastwagen die Vorfahrt genommen. Der Prinz war Schrott. Und mein Vater tot."

Das ist 50 Jahre her und trotzdem ist die Trauer fast greifbar.

„Dann waren meine Mutter und ich allein, und ich war der Mann im Haus. Musste Geld verdienen. Also Schule abgebrochen und die erste Lehrlingsstelle angenommen, die mir angeboten wurde. Hier."

Wieder ein Schluck, wieder ein Moment Stille zwischen uns dreien. Er zuckt mit den Schultern.

„Ich beschwere mich nicht, ich liebe diesen Job. Er hat meine Familie versorgt, mich zufrieden gemacht. Aber mich hat dieses ganze Tuningding nie losgelassen. Ich frage mich immer noch, wie es gewesen wäre, wenn ich das damals gemacht hätte. Vielleicht wäre ich voll auf die Schnauze gefallen damit. Aber vielleicht auch nicht." Er leert seine Flasche, dann sieht er zu mir. „Weißt du überhaupt, von was ich rede? Habt ihr mal einen Prinz gesehen?"

Eine der Garagen im Innenhof. Ein Auto, so klein, dass ich mir gar nicht vorstellen kann, wie Gregor da reinpassen soll. Es ist beige, fast sandfarben, mit der Rückseite zu uns abgestellt. Eine riesige Badewanne, der man einen Deckel mit Fenstern aufgesetzt hat. Wo Wanne und Deckel zusammentreffen, verläuft eine Linie aus Chrom um das Auto.

„Den habe ich mir vor ein paar Jahren geholt. Gleiches Modell, gleiche Farbe wie damals."

Der Wagen ist aufgebockt, die Reifen berühren nur noch sanft den Boden. Gregor macht einen Schritt nach vorne und streicht über das Blech. Matt, die Farbe, aber staubfrei.

„Das ist mein Traum. Was auch immer dabei rauskommt, ich will ihn mir erfüllen. In ziemlich genau zwei Jahren ist das internationale NSU- und Audi-Treffen in Hamburg. Hunderte alte Autos. Ich werde mit ihm dort sein."

Wenn ich Gregor anschaue, ahne ich, was er darin sieht. Die Freude, die Geduld. Wie nah es meinem Gefühl kommt, wenn ich im Türrahmen unserer WG stehe und unseren Freunden zusehe.

„Ich kann euch Folgendes anbieten. Ich helfe euch beim Umbau und bei dem Schnickschnack wie Gewerbeanmeldung und Schanklizenz. Für ein Jahr bezahlt ihr mir nur die Nebenkosten. Und dann sehen wir weiter."

Die Arme hat Gregor immer noch verschränkt und auf dem Gesicht ein leichtes, fast hinterlistiges Lächeln.

28

Ich will nicht Fallschirm springen, eine Kreuzfahrt machen oder mir ein Tattoo stechen lassen. Ich will keinen flotten Dreier, keine 15 Minuten Ruhm und keine Weltreise auf einem Boot. Ich nehme Lisa den Stift ab und schreibe.

- *So viel Zeit wie möglich mit Lisa und Bene verbringen.*

Lisa stößt mit der Stirn gegen meine Schulter.
„Was soll das? Das wird doch eh passieren."
„Trotzdem kann es doch das sein, was ich machen möchte."
Sie betrachtet die Worte und ich sehe, wie ihre Augen feucht werden. Sie küsst die Stelle an der Schulter, die sie gerade gestoßen hat, dann wischt sie sich die Augen daran ab.
„Was noch?"

- *Alles dafür tun, dass der Türrahmen ohne mich weiterlaufen kann.*

„Keine Angst, wir werden da schon drauf aufpassen."
„Das Jahr, das Gregor uns gegeben hat, wird dann gerade so abgelaufen sein. Ich will, dass wir gut dastehen, wenn ich gehe."
„Du könntest auch dableiben und gucken, ob du nicht vielleicht doch so lange überlebst."
Ich atme scharf ein und habe das Gefühl, den Tumor noch stärker zu spüren, auch ohne die Finger auf den Bauch zu legen. Ich drehe den Kopf, ganz leicht nur, weil ich mich nicht traue, sie anzusehen.

„Du hast eingewilligt. Du hast gesagt, du akzeptierst meine Entscheidung."

Ich will nicht auf sie wütend sein. Aber wenn sie so etwas sagt, dann frisst sich die Wut durch meine Muskeln bis tief in die Magengegend. Ich spüre die Anspannung in meinem Gesicht, die Falten auf meiner Stirn. Und dann sehe ich aus dem Augenwinkel die Tränen, die auf das Bett tropfen.

„Es tut mir leid, aber es ist so schwer."

Sie schluchzt auf, dann legt sie den Kopf an meine Schulter und ich schiebe das Buch zur Seite und ziehe sie an mich, baue ihr eine Kuhle, in die sie sich hineindrückt, ihr Rücken an meiner Brust, mein Gesicht in ihren Haaren. Und dann weinen wir gemeinsam, bis wir einschlafen.

Wir werden dieses Gespräch noch ein paar Mal führen, manchmal gemeinsam mit Bene. Sie werden die Hoffnung nicht aufgeben.

~

Der kleine halbwache Teil in mir bemerkt, dass Lisa irgendwann aufsteht. Sie wird aufs Klo gehen und sich gleich wieder neben mich legen, denke ich. Erst als ich unbestimmte Zeit später meinen Arm auf ihre Seite des Bettes schiebe, realisiere ich, dass sie tatsächlich schon aufgestanden ist. Ich grunze ins Kissen und drücke mich nach oben.

Zwischen die Wände und die steinerne Balustrade unseres Balkons passen gerade so ein kleiner Tisch und zwei Stühle. Wer auf dem hinteren Stuhl sitzen will, muss über den Tisch steigen. Die quer gespannte Wäscheleine haben wir noch nie benutzt. Buddhistische Gebetsfahnen hängen daran, viereckige, farbige Stoffe, die mit unlesbaren Zeichen bedruckt sind und nach all den Jahren immer noch nach Räucherwerk riechen.

Lisa sitzt auf dem hinteren Stuhl, eingepackt in die dunkle, schwere Bundeswehrdecke meines Vaters.

29

Nach seinem Tod hat meine Mutter kaum mehr über meinen Vater geredet. Ein paar Tage habe ich danach bei Bene gewohnt, hatte eine eigene Matratze neben seinem Bett.

Als ich eine Woche nach der Beerdigung nach Hause komme, hat meine Mutter Papa aus der Wohnung gelöscht. Die meisten Fotos von ihm verschwunden. Seine Dinge weg, sein Schuhregal leer. Nur noch aus Familienfotos blickt er mich an. Wie er mich als Zweijährigen in die Luft wirft. Wie ich im Urlaub zwischen meinen Eltern auf einem Geländer stehe und größer bin als sie. Das einzige verbliebene Porträt von ihm hängt in der Küche, jetzt mit einem schwarzen Band an der oberen linken Ecke.

Im Laufe der Zeit wird mir immer klarer, wie wenig ich eigentlich über meinen Vater weiß. Er war immer da und selbstverständlicher Teil meines Lebens, den ich fraglos angenommen habe. Ich will diese Leere, wenn schon nicht mit Erinnerungen, dann doch wenigstens mit Wissen füllen.

Meine Mutter reagiert ausweichend, beantwortet meine Fragen nur einsilbig. Wenn ich nachhake, schaut sie mich traurig an und verlässt den Raum. Wenn sie wieder zurückkommt, ist es, als ob wir nie über Papa geredet haben.

Einmal fahren wir mit dem Bus durch die Stadt, mein Vater muss etwa zwei Jahre vorher gestorben sein, und wir kommen an der Fabrik vorbei, in der er gearbeitet hat. Meine Mutter liest eine Zeitschrift, also tippe ich sie an und zeige nach draußen.

Sie wirft einen Blick durch die Scheibe, nickt knapp und sieht dann wieder auf das Papier. Der Bus biegt ab und die Fabrik verschwindet hinter einem Parkhaus. Ich blicke in die Richtung, bis wir um die nächste Ecke fahren, dann lasse ich mich in den Sitz fallen und betrachte meine Mutter. Sie starrt auf das Magazin, und zwischen den Fingern, die die Ecke der nächsten Seite zum Umblättern bereithalten, reißt das Papier.

„Was genau hat Papa gemacht?"

Sie blättert um. Ich starre sie immer noch an. Sie gibt nach, sieht zu mir und schüttelt ganz langsam den Kopf. In ihrem Gesicht stehen Trauer und Enttäuschung. Dann klappt sie das Magazin zu, behält einen Finger zwischen den Seiten, nimmt ihre Tasche und steht auf. Der Bus fährt, wir sind noch lange nicht zu Hause, ich verstehe nicht, was passiert. Auf dem Weg nach hinten hält sich meine Mutter an einem Sitz fest und entschuldigt sich bei einem Mann, an dessen Schulter sie stößt. Sie setzt sich in die vorletzte Reihe und belegt den Sitz neben sich mit ihrer Tasche. Dann schlägt sie das Magazin wieder auf.

Ich habe mich umgedreht und ihr nachgesehen, mit beiden Händen den Rand des Sitzes umklammernd. Am Handballen spüre ich den rauen Stoff, an den Fingern der rechten Hand Reste eines Kaugummis. Der Mann, den meine Mutter angerempelt hat, sieht auf, bemerkt mich, blickt kurz zu meiner Mutter und mich dann fragend an. Er lässt seine Zeitung sinken und ich drehe mich schnell um. Hätte ich noch länger nach hinten gestarrt, hätte er etwas gesagt, da bin ich mir sicher. Ich spüre die Hitze unter meiner Haut, weiß, dass ich einen roten Kopf habe, und wische mit meinen Fäusten die Tränen aus den Augen. Kurz vor unserer Haltestelle steht meine Mutter plötzlich wieder neben mir, sie legt mir die Hand auf die Schulter und ich steige vor ihr aus dem Bus.

~

Ich bin 16. Wir hören Radio und es kommt ein Song, von dem ich bis heute nicht weiß, wie er heißt oder von wem er ist. Aber als ich ihn höre, erinnere ich mich an ein besonderes Abendessen.

Mein Vater kommt aus dem Bad und dieses Lied läuft im Radio. Er dreht es lauter, ein rotes Küchenradio mit einer Digitaluhr, die Musik kratzt und rauscht. Dann umarmt er meine Mutter von hinten und deutet einen Tanz an. Sie lacht leise, dann drückt sie ihn mit der Schulter weg und stellt die Suppe auf den Tisch, an dem ich schon sitze. Es ist nur ein Moment, ein kurzes Abweichen aus dem Alltag, mein Vater lacht laut und küsst meiner Mutter die Stirn, dann setzt er sich auf seinen Platz, und die Erinnerung gleicht wieder den anderen. Aber das wohlige Gefühl färbt auf alle ab.

„Papa mochte dieses Lied, oder?"

Die gleiche Küche, ich meiner Mutter gegenüber, während ich noch esse, löst sie das Kreuzworträtsel. Die Zeitung liegt dort, wo früher der Teller meines Vaters stand.

Sie schaut auf und blickt kurz zum Radio. Als könne sie besser hören, wenn sie das rote Plastik sieht. Sie nickt knapp und ich weiß, gleich schreibt sie ein neues Wort in die Kästchen. Nach dem Vorfall im Bus habe ich aufgehört, mehr als eine Frage auf einmal über meinen Vater zu stellen.

Diesmal aber steht sie auf und wechselt den Sender. Das Lied verschwindet im Rauschen und sie dreht, bis ein neues daraus hervorkommt, erst leise, dann immer klarer.

Sie setzt sich wieder, zählt Kästchen ab und schreibt Buchstaben hinein. In mir ist wieder das gemischte Gefühl von Scham und Wut, mit dem ich im Bus saß, zusammengekauert, als ich mich nicht getraut habe, nach meiner Mutter zu gucken oder irgendjemand anderen anzusehen.

Damals habe ich verstanden, wann ich aufhören muss zu fragen, um mich nicht mehr so zu fühlen. Jetzt steigt die Wut in mir hoch, ich spüre sie heiß in meinem Gesicht. Ich stehe auf, so ruckartig, dass sie kurz mit dem Schreiben innehält, dann drehe ich den Sender zurück. Ich weiß nicht, wie weit ich drehen muss, und als ich endlich wieder die richtige Frequenz habe, hören wir gerade noch den Übergang zum nächsten Lied. Meine Mutter reagiert nicht.

„Was für Musik hat Papa sonst noch gehört?"

Sie zählt Kästchen, eine der sieben Todsünden mit vier Buchstaben, und schreibt gerade das O, als ich ihr den Stift aus der Hand reiße.

„Alexander, was soll das?"

„Warum redest du nicht über ihn? Warum erzählst du mir nichts? Er ist mein Vater, und ich weiß nichts über ihn."

Sie sieht mich mit hochgezogenen Augenbrauen an, die Stirn gerunzelt, die Arme verschränkt. Wie eine Lehrerin auf ihrem Stuhl, die einem Schüler zuhört, der sich nicht benehmen kann. Dann rümpft sie die Nase und ihr Blick schweift ab. Dieser traurige, enttäuschte Ausdruck in ihren Augen, den ich seit Jahren kenne.

Sie schiebt den Stuhl zurück, drückt sich mit beiden Händen von der Tischplatte ab und steht auf. Ich bin schneller und stelle mich vor die Tür.

Sie bleibt vor mir stehen und starrt auf meine Brust. Ich weiß nicht, wann wir uns das letzte Mal so nahe waren. Ich kann den Ansatz ihrer gefärbten Haare sehen, das Grau, das hervorwächst.

„Lass mich vorbei."

Sie spricht leise, ganz ruhig, und sieht mich immer noch nicht an. Ich fühle mich wie ein bockiges Kind. Für einen Moment schwanke ich, merke, wie ich nachgebe. Aber dann lasse ich mich gegen die Tür fallen und presse mich dagegen.

„Rede mit mir. Erzähl mir von ihm."

Sie dreht den Kopf und sieht über die Schulter zu seinem Bild. Kraftlos hebt sie die Hand und lässt sie dann wieder fallen.

„Sieh ihn dir doch an. Er war ein toller Mann. Er war ein großartiger Vater. Der beste Mensch. Und kein Arzt konnte ihm helfen."

Ich sehe das Foto. Ein Schnappschuss, er lacht über etwas, das sich rechts vom Fotografen abspielt. Ein Mann mit dichtem, hellblondem Haar, so kurz, dass man den Seitenscheitel nur ahnen kann. Auf dem Bild sieht er aus, wie er ausgesehen hat, bevor er ins Krankenhaus kam.

Erst jetzt sieht meine Mutter mich an. Ihre Augen sind gerötet und Tränen laufen ihr über das Gesicht.

„Was musst du noch wissen? Ist es so wichtig? Merkst du nicht, wie sehr ich ihn vermisse? Wie sehr es mir wehtut, an ihn zu denken? Willst du, dass ich leide?"

Ich schüttele wortlos den Kopf. Sie schluckt und nickt. Ich trete einen Schritt zur Seite und sie verlässt die Küche. Im Gang bleibt sie nochmal stehen.

„Ich weiß, du meinst das nicht so. Aber ..."

Ich frage nie mehr nach meinem Vater.

Ein Jahr später lernt sie Robert kennen. Und in mir keimt Hoffnung auf.

~

Bene und ich kommen von unserer Deutschlandtour zurück, ich räume die Wohnung aus, unseren Keller. Dort finde ich eine Kiste, dunkelbraun und voller Macken, an einer Seite extrem zerkratzt, mit angelaufenen Metallbeschlägen an den Ecken. Ich habe diese Kiste noch nie gesehen und schleppe sie mit Bene ins Freie.

„Sieht nach Bundeswehr aus. Hat dein Vater Wehrdienst geleistet?"

Woher soll ich das wissen? Wir stellen sie ab und lassen die Schnallen aufschnappen. Erst als wir den Deckel abheben, verstehen wir, dass sie hochkant aufgestellt ein kleiner Schrank ist. Das Innere ist durch Böden unterteilt und an der Innenseite des Deckels befinden sich Schlaufen und ein ledernes Mäppchen. Bene zeigt auf den dunkelgrünen Pullover aus dicker Wolle, der im untersten Fach liegt. An den Schultern ist die deutsche Flagge angenäht.

„Sag ich doch, Bundeswehr."

Ich öffne den Knopf, der das lederne Mäppchen zusammenhält, und ziehe ein dünnes, graues Heft heraus, darauf der Bundesadler, die Aufschrift „Bundesrepublik Deutschland" und „Wehrpaß".

Das Heft muss nass geworden sein, die Seiten kleben aneinander, das Papier ist starr. Vorsichtig schlage ich die erste Seite auf, ein Inhaltsverzeichnis, sehe die verrostete Niete, die das Foto auf der nächsten Seite hält. Ich erkenne meinen Vater darauf, aber die Jahre und die Feuchtigkeit haben es verschrumpelt und verzogen. Er sieht aus wie ein Kobold oder Gnom. Oder wie die Seele von Dorian Gray.

Bene schlägt die nächste Seite auf. Von 1977 bis 1979 war mein Vater bei der Armee, war erst Rekrut in Grundausbildung, dann Sprechfunker und Kraftfahrer, wurde zum Obergefreiten befördert und einen Monat später mit 975 Mark entlassen. Das war's. Keine Lehrgänge, keine Orden, keine Ehrenzeichen und keine sonstigen amtlichen Vermerke.

„Scheint nicht so spannend gewesen zu sein."

„Oder das Spannende steht nicht hier drin."

Kurz darauf schreibe ich einen Brief an die Bundeswehr, mit der Bitte um mehr Infos über meinen Vater. Als neun Monate später eine Antwort kommt, habe ich den Brief schon vergessen. Aber auch die Antwort verrät mir nicht mehr. Ich werde nicht herausfinden, wie die Zeit bei der Bundeswehr für meinen Vater war, warum er diese Dinge in der Kiste aufgehoben hat. Aber er hat sie aufgehoben, sie müssen ihm irgendetwas bedeutet haben.

Also bedeuten sie auch mir etwas.

30

„Warum bist du denn schon wach?"

Ich lehne mich an den Rahmen der Balkontür, die Arme eng am Körper, den Kopf gegen das Holz gelegt. Lisa hat die Füße gegen die Balustrade gestemmt, in den Händen hält sie eine Tasse.

„Ich glaube, ich bin immer noch wach."

Sie greift nach der Kanne auf dem Tisch, schenkt Tee in eine weitere Tasse und schiebt sie in meine Richtung. Ich nehme mir eine Decke und setze mich auf den Stuhl, ziehe die Beine an und lehne mich nach hinten. Die Hinterhöfe mit ihren Mülltonnen und gelben Säcken, mit den angeketteten Fahrrädern und Wäscheleinen verschwinden aus meinem Sichtfeld, die Geräusche der Autos und Kinder und Handwerker werden zu einem Hintergrundrauschen. Übrig bleiben das mit Gras bewachsene Flachdach des Hauses auf der anderen Seite des Innenhofes, die oberen Hälften der sieben Bäume und ein blau-weiß gefleckter Himmel. Ich genieße die Frische, verkrieche mich in der Decke, meine Finger um die warme Tasse.

Genauso, wie man Regen genießen kann, wenn man auf der richtigen Seite der Fensterscheibe ist. Der Schwarztee schimmert bernsteinfarben. Ich nehme einen Schluck, und der süßsaure Geschmack legt sich wie ein Film über meine Zunge. Schwarztee mit Zucker und Zitrone.

Ich betrachte den Ausschnitt der Welt, den ich aus dieser Position sehen kann, weiß Lisa in der gleichen Position am Rand meines Sichtfeldes und ich spüre, wie sich meine Schultern entspannen und ich weiter in den Stuhl rutsche. Das ist sie, die wohlige Müdigkeit, nach der ich die ganze Nacht gesucht habe. Ich gähne.

„Können wir nicht wieder ins Bett?"

„Du willst in den Türrahmen. Und davor ..."

Sie schiebt etwas über den Tisch und erst jetzt bemerke ich das Notizbuch. Ich hebe die Brauen.

„Jetzt?"

„Du musst dir ja schon Gedanken gemacht haben."

Ich stelle die Tasse ab, lege das Notizbuch auf meine Schenkel, klappe es auf und betrachte die angefangene Seite. Dann schreibe ich vier weitere Zeilen hin.

„Was hast du geschrieben?"

- *„Mama und Papa besuchen gehen."*

Lisa nickt.

- *„Mich bei Lea entschuldigen."*

Lisa lächelt.

- *„Und mit Sandra reden."*

Sie hebt die Augenbrauen und legt den Kopf schief. Ich halte die Luft an. Dann sieht sie in den Himmel und zuckt mit den Schultern.

„Wenn du meinst."

„Ich glaube, dass ich mit ihr reden sollte. Mit beiden."

„Und was hast du noch aufgeschrieben?"

- *„Eine Abschiedsfeier."*

Lisa schüttelt den Kopf, dann grinst sie.

31

Der EuroSport-Player läuft, der Ball rollt.

Und dann kümmere ich mich immer häufiger um praktische Dinge. Nach jedem Essen helfe ich jemandem zurück in sein Zimmer. Freitags übernehme ich die Runde mit Buddy, dem Hospizhund, der uns jede Woche für ein paar Stunden besucht. Und als wir in den letzten warmen Septembertagen den Grill anschmeißen, kümmere ich mich um das Grillgut. Wir haben Biertische aufgebaut, aus den offenen Fenstern kommt Musik. Fast alle sind da. Wilhelm ist mit seinem Bett rausgefahren worden, der Oberkörper aufgerichtet, die rote Decke bis unters Kinn gezogen und auf dem Kopf die Harlekinmütze, die Lilia ihm geliehen hat. Ich weiß nicht, ob Wilhelm sie besser versteht als ich, aber sie sitzt oft bei ihm im Zimmer und plappert. Er hat nichts dagegen.

Ich drücke Martin die Grillzange in die Hand und gehe ins Haus, klopfe bei Kasper.

„Was machst du denn hier drin? Warum bist du nicht bei den anderen?"

„Das wollte ich dich fragen."

„Du weißt doch, ich kann nicht."

„Du kannst sehr wohl, Wilhelm ist auch draußen."

„Ja, aber mein Atemgerät."

„Kasper, ich wette, irgendjemand da draußen kann dir eine Kippe geben."

Er sieht durchs Fenster. Kann niemanden sehen, weil der Grill in der anderen Ecke der Terrasse steht. Aber es riecht nach Gegrilltem und wir hören Musik, klapperndes Geschirr und Gelächter.

„Soll ich dein Bett rausfahren?"

Kasper schüttelt den Kopf.

„Muss er auf die Toilette?"

„Er will rauskommen."

„Ich habe ihn noch nie draußen gesehen."

Ich folge Helen zu einem kleinen Lagerraum, der mir noch nie aufgefallen ist. Dort holt sie einen Rollstuhl hervor und klappt ihn auf, ich nehme ihn ihr ab und rolle voran.

„Danke für deine Hilfe."

„Mach ich gerne."

„Aber passt du auch auf dich auf?"

Ich werfe einen Blick zurück, sehe den besorgten Ausdruck in ihrem Gesicht und bleibe stehen.

„Du bist nicht hier, um zu helfen. Du sollst dich nicht übernehmen."

„Ich bin hier, um meinen Tagen mehr Leben zu geben, oder?"

„Sag mir bitte, wenn irgendwas ist, okay?"

„Irgendwas anderes, als eh schon ist?"

Sie lächelt und ich schiebe den Rollstuhl weiter.

Kasper sitzt am Rand seines Bettes, der rechte Fuß steckt in einem geringelten Wollsocken und der linke Fuß ist nicht da. Ab dem Knie fehlt der Rest, das Hosenbein des Schlafanzuges ist leer. Helen stellt den Rollstuhl neben das Bett, Kasper legt seinen Arm um ihre Schultern und sie hievt ihn in den Stuhl. Sie klinkt die Schläuche aus der stationären Maschine und steckt sie in das mobile Gerät. Dann wickelt sie den alten Mann in eine Decke und nickt zufrieden.

„Kann losgehen. Alex, willst du schieben?"

„Ich mache das selbst!"

Kasper nestelt an den Bremsen herum und löst sie, bevor wir ihm helfen können. Er bewegt sich kurz vor und zurück, dann rollt er aus dem Zimmer.

Kasper sitzt alleine und zieht an seiner vierten Zigarette. Ich sitze neben ihm auf der Bank und warte darauf, dass er fertig ist.

„Jetzt musst du mir auf jeden Fall Zigaretten kaufen. Damit ich sie den anderen zurückgeben kann."

„Ja, klar, nur deshalb."

Er kichert und fängt wieder zu husten an, beruhigt sich, zieht Rotz nach oben und spuckt ihn aus.

„Wenn du nicht aufpasst, dann werden dich die Dinger noch umbringen."

„Wird auch langsam Zeit."

Er drückt den Filter in den Aschenbecher und rollt dann zurück in sein Zimmer. Ich will Helen holen, aber Kasper schüttelt den Kopf.

„Das kriegst du auch hin."

Mit seiner Anleitung stecke ich die Schläuche um und hebe ihn auf die Bettkante. Dort verharrt er und sieht an sich herunter.

„Alles in Ordnung?"

Er seufzt und zieht das leere Hosenbein nach oben. Knapp unter dem Knie kommt der Stumpf zum Vorschein. Die Haut ist bis zum Oberschenkel vernarbt und zerklüftet, das Gewebe sieht aus wie zusammengesetzt, spannt sich über die Knochen, Sehnen und Muskeln.

Ich ziehe die Luft zwischen den Zähnen ein und verziehe das Gesicht. Vor langer Zeit muss das extrem schmerzhaft gewesen sein. Vielleicht schmerzt es immer noch.

„Ich hatte einen schweren Unfall, als ich 17 war. Sie wollten mir schon damals den Fuß abnehmen, haben sich dann aber umentschieden. Ich wurde mehrere Stunden operiert und lag ewig im Krankenhaus. Danach habe ich zwar leicht gehumpelt und die Nerven in dem Bein waren tot, aber ich konnte immer noch laufen. Oder wieder, dank der Physiotherapie. Bis vor knapp einem Jahr.

Ich habe schon vom Lungenkrebs gewusst. Ich wollte noch einmal mit meinem Boot unterwegs sein, da gab es Komplikationen und das Bein wurde nicht mehr durchblutet. Dann haben sie es abgenommen. Ich wollte das nicht, aber sie sagten, entweder jetzt bis zum Unterschenkel oder bald das ganze Bein. Hätte auch keinen Unterschied gemacht. Das mit der Weltumsegelung konnte ich sowieso vergessen."

„Aber warum keine Prothese?"

„Wenn es nur das Bein gewesen wäre, wahrscheinlich schon. Aber der Krebs hat schneller gestreut als gedacht. Mir war ziemlich schnell klar, dass das nichts mehr wird. Jetzt bin ich so nah an der See, wie es nur geht."

„Du hattest ein Boot?"

Er zieht das Hosenbein nach unten und legt sich hin.

„Ich habe es immer noch. Ein Achter, gebaut von Abeking & Rasmussen!"

„Acht Meter lang?"

Kasper schnaubt.

„Es ist ein Holzboot, von 1939. Ähnlich wie die Germania III, such mal danach. Ist wirklich ein Prachtstück, eine alte Schönheit. Das Leben auf dem Boot ist nicht komfortabel, aber sehr elegant."

„Ich kann nichts mit Booten anfangen, aber es hört sich gut an."

„Ist auch gut. Ich habe ganz schön viel Glück gehabt. Hart gearbeitet und viel Geld verdient. Und irgendwann dieses Boot gekauft. Jetzt kümmert sich meine Crew darum." Er nickt zum Schrank. „Mittlere Tür und dann das Fach. Gib mir mal meinen Geldbeutel."

Ich öffne den Schrank und entdecke den Mini-Safe.

„Wenn der Schlüssel steckt, kannst du auch gleich auf den Safe verzichten."

„Gib schon her."

Er zieht eine Karte heraus, wirft den Geldbeutel zurück und streckt sie mir hin.

„Zwo, vier, eins, zwo. Weihnachten."

„Ist das Zufall?"

„Ja. Aber gut merkbar. Hab's nie geändert."

„Und damit soll ich dir Zigaretten holen?"

„Morgen oder so. Und lass die Tür offen."

32

„Ich habe Ihnen vor ein paar Wochen sehr viel zugemutet. Ich hoffe, Sie konnten das einigermaßen sacken lassen. Das Verdauen machen wir jetzt gemeinsam."

Doktor Münchenberg lässt meine Akte auf den Tisch fallen. Ein kleiner Stapel aus Blättern und durchsichtigen Bildern, den ich mir in den letzten zwei Wochen so lange angesehen habe, dass ich sie aus dem Kopf aufschreiben und zeichnen könnte. Wenn ich zeichnen könnte.

Er greift in das Regal hinter dem Schreibtisch und zieht das himmelblaue Faltblatt heraus.

„Haben Sie sich die Zeit genommen, in die Broschüre zu sehen? Dort haben Sie einen Überblick über die Möglichkeiten, die wir haben. In diesem Bereich wird extrem viel geforscht. Das heißt, es gibt immer wieder neue Methoden und Möglichkeiten."

„Aber es bleibt alles palliativ?"

Der Arzt lässt die Hände sinken, legt sie in den Schoß und schüttelt den Kopf.

„Eigentlich sagt man, dass in der Medizin erstmal nichts unmöglich ist. Es gibt Berichte von Leuten, denen es um einiges schlimmer ging und die vollkommen genesen sind. Aber das kann für Sie nicht mehr sein als eine utopische Hoffnung. Diese Fälle sind die unerklärlichen Wunder der Medizin. Ihnen darf ich diese Hoffnung nicht machen. Sie werden an diesem Krebs sterben. Aber Sie können mitentscheiden, wann das passieren wird. Zuallererst sollten wir die Aussiedlung in der Leber untersuchen. Und dann sehen wir weiter."

Wenn Doktor Münchenberg lächelt, dann lächelt der gesamte Mensch. Ich ahne, wie er mit diesem

Lächeln Patienten beruhigen kann, sie wieder hoffen lassen und ihnen neue Energie geben. In einer anderen Realität hätte er das vielleicht auch bei mir geschafft.

„Vielen Dank für all Ihre Mühe. Bitte nehmen Sie das nicht persönlich, aber ich will nicht noch mehr Untersuchungen. Ich werde keine Therapie machen oder sonst eine Maßnahme ergreifen."

Er sieht zu Lisa, dann zurück zu mir.

„Wie darf ich das verstehen?"

„So, wie ich es gesagt habe. Ich werde die Behandlung ablehnen. Ich möchte die Zeit, die ich habe, nutzen. Sie auskosten. Dann werde ich sterben. Und das ist in Ordnung."

Er verschränkt die Arme vor der Brust und betrachtet mich für einen Moment.

„Inwieweit spielt die Geschichte Ihres Vaters hierbei eine Rolle?"

„Ich habe miterlebt, wie er gestorben ist."

Der Arzt zieht seinen Stuhl hinter dem Tisch hervor und setzt sich mir gegenüber, die Arme auf den Knien abgestützt, sein Gesicht vielleicht einen halben Meter von meinem entfernt. Fast schon zu nah. Dann legt er seine Hand sanft auf meinen Oberarm.

„Herr Fink, ich kann angesichts dessen, was mit Ihrem Vater geschehen ist, was Sie miterleben mussten, verstehen, dass Sie so denken. Aber ich kann Ihnen unzählige Fälle zeigen, in denen diese Krankheit anders verlaufen ist. Und seit dem Tod Ihres Vaters sind mehr als 20 Jahre vergangen. Wir haben heute …"

„Sie sind nicht der Erste, der mich überreden will."

Er blickt zu Lisa.

„Was sagen Sie dazu?"

„Letzten Endes ist es seine Entscheidung."

Er nickt nachdenklich.

„Sie haben natürlich Recht. Es ist Ihre Krankheit und Sie können jede Behandlung verweigern. Aber ich bitte Sie, überlegen Sie es sich nochmal. Reden Sie mit einem zweiten Arzt. Ich vermittle Sie gern an einen Kollegen. Herr Fink, Sie sind ein junger, nicht ganz gesunder, aber trotzdem fitter Mensch. Sie würden die Therapie wahrscheinlich sehr gut vertragen. Wer weiß, wie viel Zeit wir dadurch gewinnen könnten."

Ich schüttele den Kopf. Doktor Münchenberg lehnt sich nach hinten, greift an die Box mit Stiften, Post-its und Büroklammern und zieht ein Brillenetui hervor. Holt das kleine Putztuch raus, nimmt die Brille von der Nase und reibt sich erstmal die Augen. Dann seufzt er und putzt die Gläser.

„Natürlich haben Sie die Wahl, aber die einzige vernünftige ist die Therapie. Sonst werden Sie unnötig schlecht und unnötig früh sterben. Aber ..."

Er setzt die Brille wieder auf, faltet das Tuch zusammen und stopft es in das Etui.

„Es ist Ihre Entscheidung. Ich kann Sie nicht davon abhalten."

Wir stehen auf und er reicht uns die Hand.

„Falls Sie Ihre Meinung ändern, kommen Sie gerne vorbei. Wir können jederzeit prüfen, ob wir die Therapie starten können. Spätestens, wenn Sie irgendwelche Beschwerden bekommen, stellen Sie sich bitte nochmal vor. Kann ich irgendetwas anderes für Sie tun?"

„Wie komme ich für die letzten beiden Monate in ein Hospiz?"

33

Wir im Hospiz haben Glück. Wir können noch ein Bier trinken, einen Hund streicheln, einen Käsekuchen essen oder auch so viele letzte Zigaretten rauchen, wie wir wollen. Sofern wir es vor die Tür schaffen. Aber wie Peters Schachspiel bleiben manche Wünsche auch hier unerfüllt.

Wir sitzen im Gemeinschaftsraum, ein paar vor dem Fernseher, andere in ein Gespräch vertieft, und ich mache mit Lilia das 1000-Teile-Puzzle mit Disney-Prinzessinnen. Wilhelm liegt neben uns in seinem Bett und hilft, wie er eben kann. Lilia sieht auf und starrt zum Fernseher, auf dem eine Dokumentation über die beliebtesten Reiseorte der Deutschen läuft. Sie spricht langsam und traurig, ich verstehe sie immer noch nicht.

„Sie vermisst den Gardasee. Ihre Familie kommt von dort."

Ich blicke Wilhelm verblüfft an.

„Du verstehst sie tatsächlich."

Er grinst, zieht seine Hand unter der Decke hervor und bringt Daumen und Zeigefinger nah zueinander.

„Sie hat ihre eigene Sprache, aber manche Dinge verstehe ich, ja. Das muss ein kleines Dorf sein, direkt am See. Prigasina oder so. Sie würde gern nochmal da hin. Aber geht halt nicht."

Lilia wischt sich die Tränen aus dem Gesicht. Und dann lacht sie und plappert schnell weiter. Ich würde sie am liebsten in den Arm nehmen.

~

Alle paar Tage kommen die unerfüllten Wünsche irgendwie auf. Und wenn einer erzählt, schweigen die anderen betroffen oder erzählen von den Dingen, die sie noch gerne tun würden.

Wilhelm wäre gern noch einmal tanzen gegangen, am liebsten Lindy Hop, sagt er. Am liebsten mit Lilia, denke ich mir.

Und Khalil wollte immer einen Achttausender besteigen. Er ist vier Jahre jünger als ich. Sein Hirntumor hat ihn erst auf dem linken Auge erblinden lassen und dann hierhergebracht. Das Lid hängt schlaff über dem blinden Auge, und die ganze Seite sieht geschwollen aus, als ob er vor kurzem erst alle Zähne gezogen bekommen hat. Ich muss mich anstrengen, damit ich ihn verstehe.

„Meine Eltern wollten nienie, dass ich kletterere. Hatten immer Angst, dassass ich abstürze und sterbe."

Ich kann den Blick nicht von seinem blinden Auge lassen und Khalil weiß das. Er grinst jedes Mal, wenn er mich dabei ertappt.

„Voll ironisch, dass ich jetzt an diesem Kerebs sterbe und als letzten Wunsch immer noch das Klettetern habe."

Mit seinem Augenlicht ist auch seine Tiefenwahrnehmung verlorengegangen. Die Hälfte der Cola fließt hinter seinem Glas auf den Tisch und alle kichern, weil Khalil es nicht bemerkt.

Drei Tage später brennt die Kerze für Khalil und ich muss an Lisa denken. An das kleine schwarze Notizbuch, das in der Schublade neben meinem Bett liegt. Im Hospizalltag schaffe ich es, die Schublade geschlossen zu halten und nicht an Lisa zu denken. Nur manchmal taste ich im Halbschlaf nach ihr, bevor ich wieder weiß, wo ich bin. Und dann darf ich bloß nicht daran denken, wie es ihr geht.

34

Ich bin allein hier, bleibe vor dem Grab stehen und setze mich ins Gras. Dann habe ich keine Ahnung, was ich sagen soll. Ich ziehe meine Hand unter dem Shirt hervor.

„Hallo Mama, hallo Papa. Als der Arzt mir gesagt hat, dass ich den gleichen Krebs habe, da war ich fast erleichtert. Ich habe das Gefühl, dass ich euch beide verloren habe, als Papa gestorben ist. Ich weiß so wenig über euch. Irgendwie haben wir wenigstens mit dem Krebs eine Gemeinsamkeit, Papa. Ich hätte gern mehr Zeit mit dir verbracht. Ich konnte dir nie zeigen, wie wichtig du mir warst, Mama."

Ich bemerke jemanden den Weg entlangkommen und drehe den Kopf. Eine ältere Frau schleppt eine Gießkanne, die so voll ist, dass bei jedem Schritt ein wenig Wasser über den Rand schwappt. Sie keucht und stellt sie ab, ihre Hände in die Seiten gestützt atmet sie tief durch. Ich stehe auf und gehe auf sie zu.

„Kann ich Ihnen helfen?"

Sie nickt, ohne aufzusehen, zeigt nach vorne und sieht mich dann an. Ich wische mir die Tränen aus dem Gesicht. Sie senkt den Kopf und legt mir eine Hand auf den Arm.

„Ich bin auch traurig, seit 30 Jahren. Aber ich freue mich auch. Irgendwann bin ich wieder bei meinem Arnold."

Ich gieße sein Grab, dann hole ich nochmal Wasser für das Grab meiner Eltern, stelle die Kanne ab und stecke die Hände in die Hosentaschen.

„Ich wollte euch sagen, dass ich euch vermisse. Und dass ich euch sehr liebhabe."

Meine Augen sind nass und trotzdem muss ich grinsen, kann gar nicht anders. Ich drehe den Kopf, um zu sehen, ob die alte Frau noch da ist. Sie redet mit einem Mann in meinem Alter, schwarze Haare, die ihm in die Augen fallen, er trägt einen dunklen Mantel und zieht an einer Zigarette. Sie sind so weit weg, dass sie mich nicht hören können.

„Es ist wirklich komisch, das laut zu sagen. Aber wenigstens einmal wollte ich es getan haben. Das ist mein letztes Mal hier auf dem Friedhof. Wir sehen uns."

35

Ich bringe ein Mädchen mit nach Hause. Kassandra. Ich öffne die Tür und versuche, sie direkt in mein Zimmer zu lotsen, aber als wir unsere Schuhe ausziehen, steht meine Mutter auf einmal im Flur. Sie betrachtet Kassandra erst irritiert, dann überrascht. Schließlich lächelt sie und hebt die Hand. Kassandra winkt zurück und wir verschwinden im Zimmer.

Ein paar Tage später sitzen meine Mutter und ich in der Küche. Ich habe Kassandra gesagt, dass ich sie mag, und sie meinte, wir können ja trotzdem Freunde bleiben, und danach habe ich sie nicht mehr gesehen. Ich winke ab, als meine Mutter nach Kassandra fragt, sie versteht.

„Du kannst machen, was du willst, aber bitte verletze die Mädchen nicht."

„Und was ist, wenn sie mich verletzen?"

Sie zuckt mit den Schultern und starrt an mir vorbei in die Leere, die hinter dem Foto meines Vaters liegt.

36

Bevor wir in unsere eigene WG ziehen, wohnen Bene und ich in einem Haus mit fünf anderen Leuten, über zwei Stockwerke verteilt und mit einer riesigen Wohnküche, in der immer irgendjemand sitzt. Lea ist so jemand.

Es ist Wochenende, immer mehr Leute kommen, und plötzlich feiern wir eine kleine Party. Alle stehen in der Küche. Lea und ich sitzen zusammen in der Ecke auf den Meditationskissen, unter Benes Gebetsfahnen. Wir reden, wir verstehen uns gut, ich mag, wie sie lacht, was sie ausstrahlt. Mag die Sommersprossen, die kurzen roten Haare und die kleine Nase. Mag die grünen Augen und wie sich unsere Knie immer wieder berühren. Wir finden beide unsere Studiengänge nur mäßig interessant. Wenn es nach uns ginge, würde Lea mit dem Fahrrad quer durch die Welt reisen und ich hätte ein Café. Wir lachen darüber.

Irgendwann kippt die Stimmung in der Küche, die Musik wird zu laut und wir gehen in mein Zimmer. Sitzen auf dem Bett, nebeneinander, ihr Kopf an meinem, unsere Finger berühren sich.

Bei einem gemeinsamen Lachen landet eine Hand spielerisch auf einer Schulter, eine Pause ist bedeutungsvoll lang und eine intime Sache wird miteinander geteilt. Bei Kassandra habe ich gelernt, dass nichts irgendwas bedeuten muss und ich solche Momente immer wieder falsch interpretiere.

Jetzt ist es anders. Wenn ich den Kopf drehe, wird sie ihren heben. Ich denke an meine Mutter, an ihre Bitte. Lea ist eine tolle Frau, aber in diesem Moment bin ich mir sicher, nicht mit ihr zusammen sein zu wollen. Vielleicht wollte ich damals aber auch einfach mit niemandem fest zusammen sein. Ich sage, dass, egal, was passiert, ich ihr keine Hoffnung machen will. Sie nicht verletzen will. Lea nickt und ich drehe den Kopf, sie hebt ihren und wir küssen uns.

Ein paar Monate später haben wir gerade in ihrem alten Kinderzimmer im Haus ihrer Eltern miteinander geschlafen, als sie sagt, dass sie mehr empfindet. Ich schüttele den Kopf.

Sie nickt, rutscht in meine Armbeuge und ihre Tränen befeuchten mein Shirt, während ich mich frage, ob wir trotzdem weiter miteinander schlafen können.

~

Wir tun es. Bis Bene mir den Kopf wäscht und mir das schlechte Gewissen einredet, das ich von Anfang an hätte haben sollen. Ich breche den Kontakt ab, sage Lea und mir selbst, dass ich es ihr zuliebe tue.

Wenn ich in den folgenden Wochen nach Hause komme, sitzt sie bei uns in der Küche, oder sie wartet vor der Uni. Ich gehe ihr aus dem Weg, bis ich nichts mehr von ihr höre.

Im Laufe der nächsten Jahre – in den glimmenden Erinnerungen, die zu leuchten beginnen, wenn wieder eine Beziehung zu Ende geht – sickert die Erkenntnis durch, was für ein fettes Arschloch ich war.

~

Es ist nicht schwer, jemanden zu finden, den man mal gekannt hat. Der immer noch Freund von Freunden ist. Lea freut sich, dass ich mich melde, und wir verabreden uns, mittags in einem Café, in ihrer Stadt.

Klar hat sie sich verändert, die Haare sind länger und sie trägt andere Klamotten, wirkt erwachsener. Aber als sie mich sieht, aufsteht und mich umarmt, strahlt sie wie früher.

Ich habe die Sommersprossen auf ihrer Nase vergessen und dass sich ihre Augen verengen, wenn sie lächelt.

„Dir scheint es gut zu gehen."

Ich schnaube und werfe einen Blick in die Karte.

„Ich habe ein Café eröffnet. Mit Bene. Wir schlafen viel zu wenig und machen uns andauernd Sorgen. Ich habe die beste Zeit meines Lebens. Und du?"

Lea hebt eine Augenbraue.

„Willst du das wirklich wissen? Deshalb treffen wir uns doch nicht."

Ich sehe sie stumm an, warte ab. Sie verdreht die Augen.

„Okay. Ich habe vor vier Jahren mit einem Freund einen Onlinestore für Fahrradfahrer eröffnet. Unsere Söhne sind ein und drei Jahre alt. Wir arbeiten von zuhause aus."

„Und, welches Schloss ist das beste?"

Sie schmunzelt, und ich sehe die kleinen Falten um die Augen und den Mund, sie lacht oft. Sie sieht gut aus, besser, als ich sie in Erinnerung hatte. Sie sieht Lisa ähnlich. Und sie wirkt zufrieden.

In meinem Kopf leuchtet eine andere Version der Realität auf. Ich sehe uns auf Fahrrädern, vor uns fahren unsere Kinder, wir haben geheiratet. Ich kann nicht mehr sagen, warum das damals nicht passiert ist.

Sie nimmt einen Schluck aus ihrer Tasse und sieht mich an.

„Alex, was ist los? Hat dich deine Freundin verlassen? Hast du sie verlassen? Bist du auf einem Melancholietrip durch die Vergangenheit?"

Das Bild verblasst und ich zwinge mich, die Hände um meine Teetasse zu legen.

„Mir ist im Laufe der letzten Jahre klar geworden, wie scheiße ich dich behandelt habe. Es tut mir leid."

Lea fährt mit dem Finger den Rand ihrer Tasse nach, dann hält sie inne. Sieht an mir vorbei in den Verkehr, leckt sich über die Oberlippe.

„Ja, das lief damals ziemlich scheiße. Du wusstest, dass … eigentlich war dir klar, dass ich immer die Hoffnung hatte, dass du deine Meinung änderst."

„Ja, mittlerweile weiß ich das."

„Ich war dir so nah. Aber je länger du nicht offiziell mit mir zusammen warst, desto mehr wollte ich das. Ich habe sogar darüber nachgedacht, ob ich die Pille absetze."

Sie dreht die Tasse zwischen ihren Fingern und ich starre sie an.

„Ab irgendeinem Punkt wusste ich, dass ich nicht aus der Sache rauskomme, ohne verletzt zu werden. Es hätte noch schlimmer werden können. Es war auch so schon schlimm genug."

„Ich hänge noch bei der Sache mit dem Kind."

Sie lächelt, fast entschuldigend, und zuckt mit den Schultern.

„Ich wollte sagen, dass wir uns beide nicht so benommen haben, wie wir es hätten sollen. Alex, es ist alles gut. Es hat mich gefreut, dich zu sehen, und dass du dich entschuldigt hast. Mach dir keine Sorgen."

Lea ruft den Kellner und ich zahle. Sie bedankt sich, wir stehen voreinander. Dann umarmen wir uns.

„Warum jetzt? Was ist passiert, dass du jetzt kommst?"

Ich bin nicht gekommen, um bemitleidet zu werden. Es würde sich falsch anfühlen, ihr die Wahrheit zu sagen.

„Der Wunsch, mich entschuldigen zu wollen, war wohl irgendwann zu groß."

Sie schaut mich lange an, als könne sie so überprüfen, ob das stimmt. Dann hält sie mir die Hand hin.

„Auf Wiedersehen, Alex."

„Tschüss, Lea."

Ich lasse ihre Hand los, stecke beide Hände in die Hosentaschen, drehe mich um und gehe.

37

Sandra baut gerne Burgen im Sand, Bene und ich helfen ihr manchmal oder wir drehen uns auf dem kleinen Karussell so lange, bis uns schwindelig wird. Wir sind stundenlang unterwegs, spielen miteinander, bis ihre Mutter irgendwann rauskommt und meine mich von oben zum Essen ruft.

～

Sandra und ich, es ist leicht, dort neu anzufangen, wo wir als Kinder aufgehört haben. Wir küssen uns und kommen zusammen. Ich siebzehn, sie drei Jahre jünger. Was zur Folge hat, dass Rita mich zu sich einlädt und ziemlich plastisch erklärt, was sie mit mir machen wird, falls ich ihrer Tochter wehtue.

Ich bin mir sicher, dass ich niemals einem Mädchen wehtun werde. Wir halten Händchen und wir küssen uns, manchmal sitzt sie auf meinem Schoß und ich bin ganz schön froh, eine Freundin zu haben. Bis wir merken, dass drei Jahre in diesem Alter ein zu großer Unterschied sind. Als sie mich an diesem Tag besuchen kommt, küssen wir uns zur Begrüßung als Paar und umarmen uns zum Abschied als Freunde.

～

Sie ist mit der Schule fertig und wird demnächst irgendwo zum Studieren hingehen.

Wir liegen auf meinem Bett und unterhalten uns, ihr Kopf ruht auf meinem Bauch, meine Hand auf ihrem. Ich bin gespannt, wohin es sie treiben wird, und wir sind beide traurig, weil wir uns nicht mehr so oft sehen werden. Ich merke, wie ihr Shirt durch ihre Bewegungen immer wieder verrutscht. Ich spüre ihre Haut an meinen Fingern, spüre irgendwann ihre Finger unter meinem Shirt. Ich mag sie, mag ihre Berührung, die Wärme und die Selbstverständlichkeit. Ich denke an unsere Küsse vor ein paar Jahren. Unschuldige erste Küsse, unsichere Erregung.

Ich betrachte die Kontur ihrer Lippen und frage mich, wie es wäre, sie jetzt zu küssen. Die gleiche Vertrautheit, mehr Selbstsicherheit. Sie dreht sich zur Seite und meine Finger rutschen an ihre Hüfte. Sie sieht mich an, ihre Augen wandern über mein Gesicht.

„Ich glaube, das mit uns hätte anders ablaufen können. Warum haben wir uns so früh kennengelernt?"

Ich zucke mit den Schultern. Ich spüre die Spannung in ihrem Körper und kann sehen, wie ihre Hand meinen Hals greifen, wie sie mir entgegenkommen wird. Weiß, dass wir uns küssen werden, wenn ich will.

Aber ich weiß auch, dass ich Lea verletzen werde, wenn ich Sandra jetzt küsse. Der Moment vergeht. Dieser Stillstand der Welt, in dem ich entscheide, wie sie sich weiterdreht. Sandra lächelt und lässt sich wieder auf den Rücken fallen, meine Hand rutscht auf das Bett und sie legt ihre auf ihren Bauch. Wenn ich an Sandra denke, staube ich meine Erinnerung an diese Intimität ab. In meinem Gefühl sind wir uns immer noch so nahe. Lisa dagegen hört nicht gern, wenn ich von Sandra erzähle und sie diese Intimität spürt. Sie ist nicht begeistert davon, dass ich mit ihr reden will.

~

Sandra zu kontaktieren, ist einfach. Aber sich mit ihr zu treffen, dauert. Es ist Vormittag und kaum was los, als Bene mir auf die Schulter tippt und zur Tür zeigt.

In meinem Kopf trägt sie ihre braunen Haare immer noch zu einem losen Zopf zusammengebunden, ein lockeres Shirt über einer alten Jeans und ihre Chucks, die sie schon ein paar Mal genäht hat. Es sind mindestens drei Jahre vergangen, seit wir uns das letzte Mal geschrieben haben, sechs seit dem letzten Treffen.

Ihr fallen die Haare bis knapp unter die Ohren, akkurat frisiert, und sie trägt eine dunkle Anzughose und passende flache Schuhe, dazu eine helle Bluse. Aber was sich wirklich verändert hat, ist ihre Ausstrahlung. Sie winkt Bene zu, dann macht sie einen Knicks in meine Richtung und hebt affektiert die Arme.

„Hier bin ich."

Ich gehe um den Tresen herum und auf sie zu, sie macht einen Schritt nach vorne und legt einen Arm um mich, wir verharren für einen Moment in der Andeutung einer Umarmung. Sie klopft mir auf die Schulter und hält mich dann eine Armlänge entfernt, um mich zu betrachten.

„Du siehst noch ziemlich genauso aus wie damals."

„Du überhaupt nicht. Ist das gut für mich oder für dich?"

Sie lacht auf, zu kurz, als dass sie es ernst meinen könnte. Dann zieht sie den Gurt ihrer Tasche wieder auf ihre Schulter und sieht sich um.

„Das also ist der Türrahmen. Führ mich rum."

~

Sandra lehnt in ihrem Stuhl, die Beine übereinandergeschlagen, die Hände im Schoß. Sie zuckt mit den Schultern.

„Ich habe das Studium fertig gemacht und bin über das Praktikum in die Firma gerutscht. Seit drei Jahren

China, keine Ahnung, wie lange noch, aber ich denke, nochmal drei Jahre sind für mich drin."

„Gefällt's dir dort?"

„Ist viel zu tun. Und wenn ich dann mal hier bin, komme ich gar nicht dazu, all die Leute zu sehen, die ich gern sehen würde."

„Und jetzt klaue ich dir auch noch Zeit."

Sie runzelt die Stirn und schüttelt den Kopf, beugt sich nach vorne und drückt meine Hand für einen Moment.

„Ach was, ich freue mich. Ist viel zu lange her. Du siehst gut aus."

Wo ist unsere Intimität hin, die ich all die Jahre in meiner Erinnerung gepflegt habe? Oder: War sie jemals da?

„Sandra, was soll das? Was soll dieses oberflächliche Geplänkel?"

„Was meinst du?"

„Alles! Schon unsere Umarmung war, als würde ich eine Großtante auf einer Feier umarmen. Und jetzt reden wir über Sachen, die so belanglos sind, dass wir auch übers Wetter reden könnten."

Ihr Stuhl kratzt über den Boden, als er sich ein Stück nach hinten bewegt.

„Worüber willst du denn reden?"

„Keine Ahnung. Über Dinge, die dir wichtig sind. Wovon träumst du? Was macht dir Angst? Was macht dich glücklich? Was bewegt dich gerade wirklich? Du konntest mir nicht mal sagen, ob es dir in China gefällt."

Sandra nimmt einen Schluck aus der Tasse und verschränkt die Arme.

„Vor drei Monaten habe ich einen Millionärssohn kennengelernt. Ein Fleischereiunternehmen."

Sie schaut sich kurz im Café um.

„Was für ein Zufall. Wir verstehen uns super, wir gehen beide gern reiten und es sieht so aus, als ob er mir demnächst einen Heiratsantrag machen wird. Ich überlege, ob ich meine Mutter nicht nach China nachholen soll, weil drüben einfach alles besser ist."

Ich setze mich auf.

„Wirklich?"

Sandra lacht und es klingt so, wie wir damals gemeinsam Menschen in Anzügen ausgelacht haben.

„Natürlich nicht. Alex, was willst du eigentlich? Wir haben uns seit Jahren nicht gesehen, wir haben nichts miteinander zu tun. Sorry, aber ich will dir gar nicht erzählen, von was ich träume und was mir Angst macht. Oder wie es mir wirklich geht."

Sie greift sich an den Nacken, als wolle sie sich an sich selbst festhalten.

„Mir geht's ganz gut ohne dich. Und wenn du dich nicht gemeldet hättest und ich nicht sowieso hier gewesen wäre, hätten wir uns vielleicht nie mehr gesehen. Das wäre auch okay gewesen."

Sie entspannt sich. Ich sinke in meinem Stuhl zurück.

„Ich hatte gedacht, hatte gehofft, dass unsere alte Nähe nicht verschwindet, egal, wie lange wir uns nicht sehen."

Sandra schnaubt.

„Wir leben ganz unterschiedliche Leben. Ja, das mit uns hätte auch anders laufen können. Ist es nicht. Ist vorbei, und es geht weiter. Und das ist okay so. Du bist eine gute Erinnerung, aber mehr nicht."

Sie leert die Tasse, wischt sich mit der Serviette über den Mund und stopft sie hinein. Sie will gehen.

„Du bist mir immer noch so wichtig, dass ich dich nochmal sehen wollte, bevor ich sterbe." Ich betrachte die zerdrückte Serviette in der Tasse. Sie saugt sich mit dem Rest voll und ich muss sie später rausklauben. „Krebs im Endstadium. Der Arzt sagt, vielleicht noch ein halbes Jahr."

Ich kann sehen, wie sich ihre Kiefermuskeln anspannen. Für einen Moment schließt sie die Augen, dann greift sie nach ihrer Tasche und steht auf, so schnell, dass ich nicht reagieren kann. Sie läuft durch die alte Schlachthalle bis in den vorderen Bereich, in dem Bene gerade bei einem Pärchen abkassiert. Sie bleibt vor ihm stehen, so nah, dass er mit dem Geldbeutel in der Hand innehält und sie ansieht.

„Stimmt das? Das mit dem Krebs?"

Bene blickt zu mir. Dann nickt er. Sandra schüttelt den Kopf, zieht einen Schein aus ihrer Tasche und drückt ihn Bene in die Hand.

„Stimmt so. Behaltet den Rest. Bene, hat mich gefreut, dich mal wiederzusehen."

Sie küsst ihn auf die Wange, und bevor er irgendwas sagen kann, eilt sie auf die Tür zu und aus dem Café. Ich laufe ihr hinterher, bis sie stehenbleibt und sich umdreht.

„Du erbärmlicher Wichser! Es tut mir leid, dass du Krebs hast, aber das gibt dir nicht das Recht, in die Leben anderer zu pfuschen. Komm bitte mal klar. Und wenn das nicht geht, dann zieh wenigstens nicht mich mit rein."

Ihre Wangen sind rot vor Wut. Ich weiche ein wenig zurück, immer noch zu irritiert, um irgendwas zu sagen. Sie bemerkt es und ihre Züge werden weicher. Kein Lächeln, aber ich meine darin die Sandra zu erkennen, die ich in Erinnerung habe.

„Es tut mir wirklich leid. Trotz allem, dir alles Gute."

Sie hebt einen Arm und legt ihn kurz um mich. Ich bewege mich nicht. Sie löst sich, nickt knapp, dreht sich um und geht.

Lisa ist erst schockiert, als ich ihr von dem Gespräch erzähle. Dann zuckt sie mit den Schultern.

„Tut mir leid für dich, aber es ist ihre Entscheidung."

„Du bist doch nur froh, dass sie keine Gefahr mehr für dich darstellt."

Sie schlägt mir auf die Schulter, so fest, dass ich die Tage danach einen blauen Fleck habe. Bene wird es später häusliche Gewalt nennen und darüber lachen. Lisa sieht mich kopfschüttelnd an.

„Manchmal bist du so ein egozentrisches Arschloch. Verstehst du nicht, dass sie exakt dasselbe macht wie du?"

Ich stocke und muss das erst einmal verdauen.

„Aber ich mache das doch, um euch zu schützen! Ich will nur, dass ..."

„Du weißt, dass das Schwachsinn ist."

Ich schüttele den Kopf. Sie beugt sich zu mir, packt mich und küsst mich. Dann blickt sie mich an und lacht, weil ich sie irritiert ansehe.

„Aber wenn du sagst, dass ich das Gleiche mache. Und du sagst, ich muss es akzeptieren." Ich zeige auf sie. „Dann müsstest du es doch genauso akzeptieren."

„Jetzt ahnst du, wie es mir geht."

Ich höre die Trauer und den Schmerz und bekomme eine Gänsehaut. Weil ich niemals für so etwas verantwortlich sein wollte.

„Es tut mir wirklich leid."

Sie nickt in meine Schulter.

„Macht es nicht leichter."

Von Tränen verwässerte Worte. Ich küsse sie weg. Küsse ihre Wangen, die Augenwinkel, ihre Nase, bis ich an die Seite ihrer Lippen komme und diese reagieren. Sie hebt den Kopf und legt ihre Lippen auf meine. Küsst mich zurück. Ihre Hand wieder an meinem Hals, die andere sucht ihren Weg auf meinen Rücken. Ich packe ihre Hüfte und ziehe sie näher an mich.

Wir liegen auf dem Wohnzimmerboden, die Sofadecke zur Hälfte über uns gezogen, mein Kopf auf Lisas Bauch, Lisas Hand in meinen Haaren und meine Finger unter meinen Rippen. Seit ich von ihm weiß, ist der Tumor größer geworden. Ich spüre ihn fast immer, mir ist übel, alle paar Tage muss ich mich übergeben. Dazu die Kopfschmerzen. Lisa hebt den Kopf und zieht meine Hand von den Rippen.

„Lass das."

„Ich mache das ganz automatisch. Als ob ich mich versichern muss, dass er noch da ist."

Lisa seufzt.

„Ich freue mich, wenn er irgendwann nicht mehr da ist."

Wenn er nicht mehr da ist, bin ich auch nicht mehr da, denke ich und kann es nicht aussprechen. Ich drücke ihre Hand und drehe mich, um sie zu küssen, ihre weiche Haut am Bauch, knapp unterhalb ihrer Brüste. Dorthin, wo bei mir der Krebs sitzt.

„Ich hätte gern Kinder mit dir gehabt."

Wir haben uns oft über Kinder unterhalten. Wenn wir Eltern erleben, reden wir darüber, wie wir unsere

Kinder erziehen würden. Wenn wir über einen schönen Namen stolpern, diskutieren wir, wie wir unsere Kinder nennen werden. Wir wissen, dass wir beide Kinder wollen, wir wissen aber auch, dass „jetzt" nie der richtige Zeitpunkt ist. Und wir wissen nicht, ob es ihn überhaupt gibt. Gerade wird mir klar, dass wir ihn verpasst haben. Lisa nickt.

„Ich habe mich gefragt, warum sie nicht auf deiner Löffelliste stehen."

„Weil es zu spät ist. Ich würde sie nicht mehr erleben."

„Du würdest etwas hinterlassen."

„Aber darum geht's mir nicht. Ich will Kinder, weil ich Kinder aufziehen will. Mit dir zusammen." Ich sehe zu ihr auf. „Oder soll ich etwas hinterlassen? Also, ein Kind?"

Lisa betrachtet mich einen Moment, fast ungläubig, und schüttelt dann den Kopf.

„Ich will keine alleinerziehende Mutter sein. Nimm mir das nicht übel. Ich liebe dich und ja, ich wollte auch Kinder mit dir. Aber ich will keinem Kind erklären müssen, warum sein Vater nicht mehr lebt. Und ich will auch nicht in dieser Form an dich erinnert werden."

38

„Wenn sie von den Dingen erzählen, die sie gerne noch getan hätten, dann bekomme ich ein schlechtes Gewissen. Weil ich meine Wünsche noch erfüllen konnte."

„Schwachsinn, brauchst du nicht."

Kasper und ich haben aus seiner Nikotinsucht ein Ritual gemacht. Ich helfe ihm durch das Fenster nach draußen auf die Bank, klettere hinterher und setze mich neben ihn. Frau Renninger sieht es nicht gern, aber die anderen verraten uns nicht. Kasper hat die Augen geschlossen und lässt den Rauch aus seinem Mund entweichen.

„Sind nicht deine Leben. Und du hast in deinem genug Unglück erfahren. Da ist so ein bisschen Ausgleich auch fair. Aber Leben und Fairness passen eh nicht zusammen. Und ich glaube dir auch nicht, dass du dir alle Träume erfüllen konntest. Sonst wäre dein Leben jetzt eine ganz schön triste Angelegenheit."

„Ist ja nicht mehr viel davon übrig."

„Ich bin schon viel länger hier, als ich sollte. Und du doch auch."

„Morgen habe ich meine Untersuchung."

Ich bin überrascht, als Frau Renninger mir sagt, dass ich zur erneuten Untersuchung muss. Ich habe nachgezählt. Elf Wochen bin ich jetzt schon hier. Gefühlt sind erst ein paar Tage vergangen.

Am Anfang stand für mich fest: Das war's. Ich habe mir die Seele aus dem Leib gekotzt, hatte die schlimmsten Kopfschmerzen meines Lebens. Und wenn ich ehrlich bin, habe ich mich darauf gefreut, dass alles endlich vorbei ist. Es wäre in Ordnung gewesen. Dafür bin ich hergekommen.

Natürlich denke ich ständig an den Tod. Wie auch nicht, wenn alle paar Tage eine Gedenkfeier stattfindet und die Kerze für jemanden brennt, den ich zumindest kurz kannte.

Aber das ist nur die eine Seite meiner Zeit hier. Hier ist jeder Moment, jede Alltagshandlung bewusster, demütiger. Wir lachen jeden Tag. Wir weinen manchmal dabei. Wir essen gemeinsam, wir spielen, wir reden. Wirklich tiefgründiges Zeug, denn wenn das Licht am Ende des Tunnels so nah ist, geht es schnell um die wichtigen Sachen. Wir erleben, was wir erleben können. Weil, was soll uns schon passieren? Kasper nickt, als ich ihm das erzähle.

„Ist wie ein Ferienlager. Für Menschen, die nicht mehr nach Hause gehen."

Wer will schon von einem Ferienlager nach Hause?

39

Lisa ruft ihr „Hallo" in die Wohnung, aber es klingt anders, melodischer. Dann lacht sie über sich selbst und kommt zu mir ins Wohnzimmer. Ich klappe den Rechner zu. Habe gerade meinen Platz in einem Friedwald bezahlt, aber das wird sie nie erfahren. Sie zieht sich den Lieblingssessel ran, stemmt ihre Ellenbogen auf die Knie, legt ihren Kopf in die Hände und grinst mich etwas debil an.

„Was ist los?"
„Ich habe gekündigt."
„Deinen Job?"
„Was denn sonst?"
„Aber du liebst deinen Job."

Lisa ist Storemanagerin einer Boutique namens Rule 32, die ihr eigenes Label hat. Eine kleine Kollektion von einfachen, aber hochwertigen Klamotten, die sie seit Jahren produzieren. Auf jedem Kleidungsstück findet sich irgendwo ihr Slogan: *Enjoy the little things*. Erst jetzt fällt mir auf, wie gut dieser Slogan gerade passt.

Sie liebt die Sachen, die sie verkauft, ihre Mitarbeiterinnen sind mittlerweile gute Freundinnen und manchmal glaube ich, die Kundinnen kommen nur wegen ihr in den Laden. Sie lebt das, was ich mir immer gewünscht habe.

„Ich bin demnächst Mitinhaberin eines Cafés."

Ich habe erst mit Bene abgesprochen und dann Lisa gesagt, dass ich ihr meinen Teil des Türrahmens überschreiben werde. Ich will, dass ihn jemand bei den Entscheidungen unterstützt. Ich schaue sie erstaunt an.

„Aber du liebst deinen Job."
„Es ist sinnvoller, wenn ich dort arbeite."

Sie lächelt nicht, sie strahlt. Aber ich fühle mich schlecht.

„Es soll doch nicht nur sinnvoll sein. Ich will dir nicht den Spaß an deiner Arbeit nehmen."

Lisa zuckt mit den Schultern.

„Ich werde immer noch mit Menschen zu tun haben. Und meine Stammkundinnen nehme ich einfach mit."

„Sicher?"

„Klar. Oder passen die nicht ins Café?"

Sie lässt sich nach hinten in den Sessel fallen und lächelt selig. Ich steige über die Kiste, beuge mich zu Lisa und küsse sie. Sie greift nach meinem Kopf und hält ihn fest, als ich mich lösen will. Ihre Zunge leckt über meine Lippen und sie küsst mich nochmal, fester und fordernder. Dann lässt sie mich los.

„Lass uns feiern."

Ich gehe in die Küche. Lisa lacht mir nach.

Wenn sie wüsste, wie oft ich kurz davor bin, einzuknicken. Wie oft ich meine Entscheidung anzweifle. Angst bekomme, dass ich allein sterben werde. Früher, als es sein muss. Aber dann nehmen mir Bene und Lisa die Entscheidung ab. Und wir arbeiten wieder alle daran, dass passiert, was ich will.

Als ich zurück ins Wohnzimmer komme, nickt Lisa zum Laptop.

„Was hast du gemacht?"

„Dinge, die ich regeln will, bevor ich sterbe."

Bei meinem Vater war ich zu jung und nicht dafür verantwortlich. Aber nach dem Tod meiner Mutter saß ich monatelang da, kündigte Versicherungen, stoppte Daueraufträge für Überweisungen, übertrug den Mietvertrag und das Auto auf mich. Sterben ist bürokratische Scheiße.

„Ich muss dir noch einige Dokumente zusammensuchen, wir müssen klären, was du mit der Wohnung machst. Hast du dir schon überlegt, wie ..."
„Ich habe heute gekündigt. Reicht das?"

―

Lisa liegt mit dem Rücken zu mir auf der Seite und ich starre die Decke an. Ich weiß, dass ich nicht mehr weiterschlafen kann, aber wenn ich jetzt das Bett verlasse, wird sie auch wach.

Irgendwann windet sie sich unter der Decke auf die andere Seite und tastet nach mir, lässt ihre Hand auf meiner Brust liegen. Ich greife danach. Lisa hebt den Kopf, öffnet ein Auge, noch voller verknitterter Gedanken, und lässt sich schnaufend wieder ins Kissen fallen.

„Warum bist du denn schon wach?"
„Kann nicht mehr schlafen."
Sie grummelt und legt ihre Hand über meine Augen.
„Besser?"

Ich lächle und spüre, wie ich traurig werde. Jemand hat mal gesagt, „Wenn du zum letzten Mal Sex hast, dann wirst du nicht wissen, dass es das letzte Mal ist."

Plötzlich ist jeder Alltagsmoment wichtig. Jedes Lächeln, jeder Blick, jede Handbewegung, alles könnte zum letzten Mal geschehen. Vielleicht zum letzten Mal Lisas Hand auf meinem Gesicht, das letzte Mal ihr Atmen in der Dunkelheit, ihre Wärme neben mir. Aber wenn ich weiß, dass es das letzte Mal sein könnte, wie kann ich es dann genießen? Es ist, wie am Anfang des Urlaubs traurig zu sein, dass er in zwei Wochen wieder vorbei sein wird. Ich lege meine Hand auf ihre und halte sie fest.

„Wir müssen noch über die Wohnung reden."

Sie zieht die Hand weg, dreht sich auf den Rücken und schlägt auf das Bett.

„Ernsthaft?"

„Was denn?"

„Alex, können wir bitte einen Tag haben, an dem wir uns nicht mit deinem Tod beschäftigen?"

„Aber wir müssen die Sachen klären, bevor ich ..."

„Bene und ich haben deine Entscheidung akzeptiert unter der Voraussetzung, dass wir die restliche Zeit mit dir genießen können. Wie soll das gehen, wenn du andauernd irgendwas klären willst?"

Sie reibt sich die Augen, grummelt verärgert, schmeißt die Decke auf meine Seite, springt aus dem Bett und stapft aus dem Zimmer. Ich höre, wie das Schloss der Klotür zuschnappt. Kurz darauf steht sie wieder vor mir.

„Ich weiß, du machst dir Sorgen. Aber bitte vertrau uns. Wir kriegen das hin."

Ich nicke und traue mich nicht, mein „Aber" auszusprechen.

Die letzten paar Wochen waren eine intensive, eine gute Zeit. Aber ab und an bricht heraus, was unter alldem liegt: die Angst, der Unwille, die Ungewissheit. Dann schreien Lisa und Bene mich an und ich schweige es aus. Dann verbringen wir ein paar Stunden, manchmal sogar einen ganzen Tag ohne Vorbereitung auf das Leben ohne mich. Als ob wir nicht sowieso die ganze Zeit daran denken.

Am Tag vor meiner Abreise ist Lisa schon vor mir wach und aus dem Haus und kommt mit einer Tüte voller Brötchen und einem Kleidersack wieder. Sie betrachtet meine Jeans und das legere Hemd, schüttelt den Kopf und hält mir den Sack hin.

„Dir ist das vielleicht egal, aber wir werden alles dafür tun, dass du an deiner Beerdigung gut aussiehst."

Ich habe alle ab heute Mittag in den Türrahmen geladen und vor, dort einfach den Tag zu verbringen. Ein Tag der offenen Tür, an dem jeder kommen und gehen kann, wie er will.

Ich ziehe den Reißverschluss auf und hole den Anzug heraus. Grobes dunkles Leinen, vereinzelt mit helleren Fäden durchzogen, schwerer und wertiger Stoff, samt Weste und passendem hellem Hemd. Das Edelste, was ich jemals besessen habe.

„Das ist totale Verschwendung."

Ich werde verbrannt und in einem Friedwald begraben. Für diesen Zweck so einen Anzug zu vernichten, schmerzt. Lisa zuckt mit den Schultern.

„Wir fanden es auch erst ein wenig kitschig. Aber deshalb bekommst du ihn schon heute. Und du wirst ihn tragen."

Ich sehe sie belustigt an, aber sie meint es ernst. Ich hätte mich nie so angezogen. Nicht für einen Tag im Türrahmen. Auch wenn es der letzte ist. Oder gerade, weil es der letzte ist. Aber für Lisa, alles.

Sie selbst trägt ein schlichtes dunkles Kleid und schnäuzt sich die Nase, aber damit habe ich diesmal nichts zu tun. Seit ein paar Wochen schleppt sie einen grippalen Infekt mit sich herum. Der hält sie aber auch nicht davon ab, noch mehr zu tun als sonst. Sie hat es nur wenige Tage im Bett ausgehalten, sich Antibiotika eingeworfen und stand kurz darauf wieder im Türrahmen. Mein Immunsystem hält erstaunlich gut durch. Noch.

„Beeil dich. Wir müssen pünktlich sein."

„Wofür?"

40

Das Café sieht aus wie immer. Wie wir es gestern hinterlassen haben. Ich bleibe mitten im Raum stehen.

„Der Türrahmen weiß, was heute für ein Tag ist."

„Deine Mutter weiß, was heute für ein Tag ist."

Ich werfe Bene einen Kuss zu, wir grinsen, dann fallen wir in unsere Routine.

Mein brandneues Jackett hängt an einem der alten Fleischerhaken, wir geben jedem Gast das erste Getränk aus und verweisen auf das Spendenglas, wir unterhalten uns mit allen möglichen Leuten, während wir andere bedienen. Und obwohl wir vollkommen überfordert sind, ist alles gut.

Ich sehe mich um, blicke durch den Gang nach hinten und lasse den Moment auf mich wirken.

„Sie scheinen Spaß zu haben."

„Ist doch gut, oder?"

„Wo bleiben Avisha und Lisa?"

„Sind sie noch nicht da? Ich habe den Überblick verloren. Aber eigentlich egal. Alex, mach locker. Die Leute sind wegen dir da. Rede mit ihnen. Genieß den Tag. Wir kriegen alles hin. Salute."

Er hebt ein Glas mit einer dunklen, leicht trägen Flüssigkeit. Ich schnippe dagegen.

„Auf uns."

Ich lehne am Tresen und beobachte das Treiben im Café. Unser Café. Unsere Verwirklichung meines Traums.

Die Garderobe ist längst zugehängt, die Tische belegt, überall stehen Menschen und reden und lachen und stoßen an. Wie ich es haben wollte.

Ich stoße mich vom Tresen ab und drücke mich an einer kleinen Gruppe vorbei in den Gang, streiche über die geflieste Wand. Langsam gehe ich Richtung Schlachtraum, entferne mich von dem vorderen Trubel und tauche in den hinteren ein. Mehr Menschen, mehr Tische, die Musik ein wenig lauter, die Stimmung noch lockerer.

Eigentlich wollten wir auch hier einen Tresen einrichten. Es den Gästen noch einfacher machen, Dinge zu bestellen. Einer von vielen Plänen, die wir nicht realisiert haben.

Frau Wiesner lacht ihr junges Lachen, das ich selbst am anderen Ende des Raums höre. Sie sitzt am kleinen Tisch direkt neben der Tür neben Gregor. Sie verbringen viel Zeit miteinander. Sie muss mindestens zehn Jahre älter sein als er.

Ich weiß nicht, ob ich das will, was Onkel Gregor vielleicht bekommt. Aber zu wissen, dass ich nicht einmal die Möglichkeit habe, löst einen leichten Schauer aus. Ich hebe den Blick und sehe durch die Tür den Mann vom Friedhof.

Mittlerweile haben wir Nachmittag, ein sonniger Augusttag, und es ist warm, aber er trägt immer noch den dunklen Mantel. Lehnt am Geländer und hat wieder eine Zigarette im Mund. Ich habe ihn noch nie ohne gesehen. Und erst jetzt erkenne ich, dass nicht nur ich ihn ansehe, sondern auch er mich. Mein Kopf zuckt, ich hebe die Hand und er winkt mich zu sich.

~

Er klopft die nächste Kippe aus der Schachtel und bietet sie mir an, ich schüttele den Kopf.

„Ein Krebs reicht mir."

Er hält mir die Schachtel einen Moment länger hin, dann zuckt er mit der Schulter und steckt sie ein. Er zündet die Zigarette am Stummel der alten an.

„Gerade deshalb könntest du jetzt ganz sorgenfrei rauchen."

„Es schmeckt mir einfach nicht."

Ich stelle mich an das Geländer neben ihn, spüre seinen Blick, lasse meinen fest auf den Boden gerichtet.

„Ich habe Angst."

„Wovor?"

„Vor dem Sterben? Und vor der Zeit dazwischen."

Das leise Knistern verglühenden Tabaks, das Innehalten, das Ausatmen.

„Kennst du diese Momente, in denen du dir die ganze Nacht Sorgen um etwas machst, das du sowieso nicht aufhalten kannst? Du deshalb nicht schlafen kannst, was es eigentlich nur noch schlimmer macht? Und dann passiert es und es ist überhaupt nicht schlimm und im Nachhinein fragst du dich, warum das Ganze. Vielleicht ist es mit dem Sterben genauso."

Da ist er wieder, der nüchterne Geruch des Krankenhauses und die technischen Geräusche, vermischt mit dem Wimmern und dem Gestank meines Vaters, der versucht, die Scheiße irgendwie von seinen Händen zu kriegen.

„Ich kenne Fälle, da sah das nicht danach aus."

„Aber du hast noch nie mit jemandem gesprochen, der schon gestorben ist. Zumindest hast du keine Antwort bekommen."

Ich höre zwar zu, aber sehe immer noch meinen Vater vor mir. Und gleichzeitig sehe ich Bene und Lisa und all die Leute im Café.

„Ich habe Angst, dass alle ohne mich auch ganz gut klarkommen. Dass ich nicht wichtig bin."

Wieder ein Zug, wieder eine Pause.

„Wir sind alle wegen dir hier. Ist doch ein ganz guter Schnitt. Aber ich hoffe tatsächlich, dass du niemandem zu wichtig bist. Dass deine Freundin noch ein Leben nach dir haben wird. Wäre doch eine ganz schöne Verschwendung, wenn sie nur noch an deinem Grab sitzen und trauern würde, findest du nicht?"

Er nimmt den letzten Zug, drückt die Kippe am Geländer aus.

„Sie sucht dich übrigens."

Ich sehe auf, blicke durch den Raum und will ihn korrigieren, sagen, dass Avisha nicht meine, sondern Benes, als ich sie sehe. Lisa hebt die Hand, fast schüchtern, und kommt auf die Terrasse. Bleibt vor mir stehen, immer noch in dem dunklen Kleid, aber ohne Make-up, mit einem sanften Lächeln, der verschnupften roten Nase und ihren Sommersprossen, die Haare auf 22 Millimeter abrasiert. Ich kann meinen Blick nicht davon abwenden, von diesem schmalen Rahmen um ihr Gesicht. Ihre Augen werden feucht.

Ich hebe langsam meine Hand und lege sie an ihre Stirn, fahre ihr vorsichtig über den Kopf und spüre den struppigen Widerstand, lege meine Hände an ihre Wangen und küsse sie.

Immer mal wieder prostet mir eine Gruppe zu und ich halte meine Flasche hoch. Andauernd legt jemand eine Hand auf meine Schulter. Irgendwann sitzt Bene mit ein paar Menschen im Innenhof im Kreis um ein paar Teelichter und erzählt von Dingen, die wir gemeinsam erlebt haben.

Franz taucht mit einem Keyboard und Maries Gitarre auf und die beiden improvisieren ein Konzert mit Lagerfeuersongs, bei denen wir mitgrölen können.

Immer wieder greife ich mir Lisa und versuche mich an ein paar ungelenken Tanzbewegungen, bis sie lacht. Dann tingele ich weiter durch den Türrahmen. Es könnte ewig so bleiben.

~

Ich hatte mir überlegt, ob ich statt eines Koffers die Kiste meines Vaters mitnehmen soll. Ich fand es cool und verwegen und irgendwie auch konsequent. Aber dann?

In zwei Monaten, wenn ich tot, verbrannt und beerdigt bin, was passiert mit ihr? Ich kann mir nichts vorstellen, was ihr gerecht werden könnte. Ich nehme also meinen Reisekoffer. Das hässliche, aber funktionale Ding, das ich mir für Geschäftsreisen gekauft habe, in Handgepäckgröße für Flugzeuge. Ich habe ihn nur wenige Male benutzt und bin nie damit geflogen. Niemand wird ihn vermissen.

Ich packe ein, was ich so brauche. Wenig. Ein paar Schlafanzüge, ein paar Klamotten. Die meisten habe ich vor ein paar Tagen gespendet. Das Bild von Bene und mir auf dem Festival, wie wir auf dem Dach des Volvos sitzen, wenige Tage, bevor wir Lisa kennengelernt haben. Lisa im Profil, mit kurzen Haaren, lachend, sie sieht nicht in die Kamera. Lisa und ich, bei der Eröffnung des Türrahmens.

Ich nehme die Briefe und Kondolenzen aus der Innentasche des Jacketts und packe sie in den Koffer. Ich habe sie nicht gelesen, ich habe keine Kraft für noch mehr Abschieds- und Beileidsworte. Im Koffer ist immer noch Platz.

Mit dem Rücken an das Sofa gelehnt sehe ich mich im Wohnzimmer um. Ich will Dinge mitnehmen, aber nicht der Dinge wegen. Sondern als Lesezeichen für Erinnerungen. Ich will nicht gehen und will all das nicht loslassen.

Aber alles, was ich mitnehme, fehlt hier. Hier geht das Leben weiter. Lisa bleibt. Ich atme tief ein und unterdrücke das Schluchzen.

～

Laufendes Wasser, Handtuchgeräusche, elektrische Zahnbürste. Die Klospülung läuft und ich höre Lisa das Bad verlassen und ins Schlafzimmer verschwinden. Müssten wir die Nacht nicht nutzen und gegen den Morgen ankämpfen? Müssten wir nicht jeden Moment auskosten und mit Erinnerungen füllen, die für den Rest des Lebens reichen?

Aber das Leben, unser Leben, besteht zum großen Teil aus Alltag. Und ich liebe ihn, besonders jetzt, wo sein Ende gesetzt und greifbar ist.

41

Ich durchlaufe die ganze Prozedur nochmal: Blutabnahme, Ultraschalls, Magenspiegelung und Computertomografie. Die Untersuchung findet im Krankenhaus in Norden statt. Frau Doktor Bachmann ist für fast alle ausführlichen Untersuchungen der Gäste aus dem Hospiz zuständig. Es ist ein Schlenker in die Vergangenheit, ein kleines Abweichen von der Hospizroutine, und Kasper erzählt mir, dass Frau Renninger danach kommen wird, um die Verlängerung zu bestätigen.

42

Wir sind aufgewacht, wie wir eingeschlafen sind. Und jetzt eine halbe Stunde zu früh am Bahnhof, aber das weiß nur ich. Wir stehen in der Halle. Ich trage den Anzug, neben mir der Koffer und mein Rucksack mit den Sachen, die zu wichtig für den Koffer sind. Die Fahrkarte, meine Akte und alle Bescheinigungen, die ich in den letzten Wochen gesammelt habe. Meinen Laptop habe ich am Morgen neu aufgesetzt und zugeklappt, jetzt gebe ich Lisa meinen schmalen Schlüsselbund und Bene das Handy. Er hat mir immer seine alten Telefone vermacht, wenn er sich ein neues gekauft hat. Einen Moment lang betrachtet er es, dreht es um, als prüfe er den Zustand, und hält es mir nochmal hin.

„Bist du sicher, dass du nicht wenigstens das mitnehmen willst? Du kannst es ja ausgeschaltet lassen."

Ich kann niemandem in die Augen sehen und starre auf das dunkle Display und Benes Finger, dann schüttele ich den Kopf.

„Das würde ich nicht aushalten."

Avisha verteilt Taschentücher und irgendwie ist alles okay. Zumindest geht es mir so, und die anderen sehen auch danach aus. Bene erzählt Gregor vom Rest der Feier, Avisha nestelt an meinem Revers herum und betont nochmal, wie gut mir der Anzug steht, Lisa trifft zufällig einen alten Schulfreund, der auf dem Weg zu seinen Eltern ist.

„Ich muss los."

Stille tritt ein, unvermeidbar und unangenehm.

„Ich weiß nicht, was ich sagen soll."

Gregor tritt vor mich.

„Wir haben doch schon alles gesagt."

Er umarmt mich, Avisha umarmt mich auch, dann

küsst sie mich auf die Wange. Ich sehe zu Bene, seine Hände tief in die Hosentaschen gegraben. Gregor und Avisha haben sich ein wenig entfernt, auch Lisa. Bene stockt. Ich grinse und lege meinen Arm um ihn.

„Ich weiß. Ich liebe dich auch."

Er nickt und umarmt mich. Wir haben wirklich alles gesagt. Trotzdem fühlt es sich an, als sei es nicht genug gewesen.

Ich lockere meine Arme und er zieht seine fester. Ich verharre und lege meinen Kopf auf seine Schulter. Er löst sich und ich drücke zu. Gemeinsam lassen wir los. Lisa sieht auf.

Ihre Arme gleiten um meinen Körper und sie schmiegt sich an mich. Sie trägt das Shirt, in dem ich die letzten Nächte geschlafen habe. Ihres liegt in meinem Koffer. Ich küsse ihren Kopf und lege meinen darauf ab.

„Ich liebe dich."

Ein warmer Schauer auf meinem Rücken und meinen Armen. Ich küsse sie.

„Ich liebe dich."

Küsse sie nochmal. Und zum letzten Mal. Sie tritt einen Schritt zurück und legt ihre Arme um ihren Körper, die anderen stellen sich zu ihr. Ich schlucke, aber der Kloß im Hals löst sich nicht. Ich schultere den Rucksack, greife nach dem Koffer. Sehe zu den anderen. Jeder hat jemanden im Arm, Avisha die Packung Taschentücher in der Hand.

Ich drehe den Kopf wieder, bevor ich in die Passage zu den Gleisen trete. Sie stehen immer noch da. Winken, als ich ihnen einen Luftkuss zuwerfe, mich umdrehe und gehe.

43

Ich balanciere auf den Hinterbeinen des Stuhls, meine Füße gegen Kaspers Bett gestemmt.

„Herr Fink, haben Sie einen Moment?"

Frau Renninger und Frau Doktor Bachmann stehen in Kaspers Zimmertür. Ich verliere die Balance und der Stuhl knallt auf den Boden. Ich schiele zu Kasper, der abwechselnd zur Tür und zu mir blickt und zu kichern anfängt, als er mein erschrockenes Gesicht sieht.

In Frau Renningers Büro sitzen die beiden Frauen mir gegenüber. Ich rutsche instinktiv ein Stück nach hinten und verschränke die Arme.

„Ist alles okay?"

Die Ärztin sieht zu Frau Renninger und hebt eine Augenbraue. Frau Renninger schiebt eine Mappe in ihre Richtung.

„Herr Fink. Die Ergebnisse der Tests sind schon vor ein paar Tagen da gewesen. Ich wollte sie aber nochmal überprüfen lassen, bevor ich mit Ihnen spreche. Alle neuen Tests haben ergeben, dass Ihr Tumor nicht gewachsen ist, das CT ist gleich, und in den neuen Biopsien findet sich kein Anhalt für Malignität."

Frau Doktor Bachmann beugt sich nach vorne und stützt ihre Ellenbogen auf ihre Knie. Sie sieht mich an, als müsste diese Information ausreichen. Als ich nicht reagiere, seufzt sie.

„Herr Fink, die Untersuchung hat ergeben, dass Ihr Magentumor gutartig ist. Das bedeutet, dass Sie zwar weiterhin Beschwerden haben werden. Aber Sie werden in absehbarer Zeit nicht an diesem Tumor sterben."

Die Ärztin lächelt mich an und ich realisiere, dass ich sie unangenehm lange angestarrt habe. Ich sehe zu Frau Renninger, betrachte die Mappe auf dem Tisch einen Moment lang und nicke dann langsam, bevor ich den Kopf schüttele.

„Aber was ist mit der alten Diagnose? Ich meine, wie kann sich das so schnell geändert haben? Und hatte der Krebs nicht schon in der Leber gestreut?"

„Ich habe mit Ihrem alten Arzt Kontakt aufgenommen, und wir haben versucht, genau das herauszufinden. Die Leber hatten Sie damals nicht untersuchen lassen. Das haben wir gemacht, Sie haben dort ein Adenom. Quasi noch ein kleiner gutartiger Tumor. Warum die anderen Ergebnisse so stark abweichen, können wir Ihnen leider auch nicht sagen. Höchstwahrscheinlich gab es eine Verwechslung der Gewebeproben."

Ich muss lachen. In meinem Kopf bahnen sich mehrere Gedanken ihren Weg, werden von Emotionen durchkreuzt und brechen immer wieder mit einem „Aber" ab. Ich schüttele wieder den Kopf.

„Und was, wenn es jetzt eine Verwechslung gab?"

„Glauben Sie mir, wenn ich mir nicht sicher wäre, würde ich Ihnen so etwas nicht sagen."

„Das hat der andere bestimmt auch gedacht."

„Das stimmt. Er sagte aber auch, dass Sie keiner weiteren Untersuchung zugestimmt haben."

„Und heißt das, dass irgendjemand Krebs hat, aber eine gutartige Diagnose bekommen hat?"

„Darum kümmert sich Ihr Arzt. Darüber brauchen Sie sich keine Gedanken machen."

Ich merke, wie Wut über meinen Nacken nach oben zieht. Ich blaffe sie an.

"Und was bedeutet das jetzt? Wie geht's weiter?"

Ich weiß, dass weder Frau Renninger noch Frau Doktor Bachmann einen Fehler gemacht haben. Ich bin trotzdem wütend auf sie, stellvertretend für das gesamte Gesundheitssystem und für alle Ärztinnen und Ärzte, auch jene, die damals meinem Vater hilflos beim Sterben zugesehen haben. Stellvertretend für das Leben generell. Das Licht beginnt zu flackern und ich verstehe, dass das nicht das Ende des Tunnels ist, nur die Beleuchtung. Ich bin noch nicht am Ende angekommen.

"Wie Doktor Bachmann schon sagte, wurden die Ergebnisse erneut überprüft. Wir gehen davon aus, dass sie stimmen. Sie werden nicht an diesem Tumor sterben."

Ich starre Frau Renninger an. Kann ihren Blick nicht deuten.

"Ich kann's kaum fassen, Sie sind der Erste, der hier lebend rauskommt."

"Was soll das heißen, der hier rauskommt?"

~

Kasper zieht an der Zigarette und dreht den Kopf Richtung Fenster. Seit ich weiß, dass ich gehen muss, weigere ich mich, Kasper ins Freie zu tragen. Ich schiebe sein Bett ans geöffnete Fenster, das muss reichen. Helen sitzt auf dem Stuhl neben mir, Martin im Schneidersitz auf dem Tisch.

Im Hospiz arbeiten noch mehr Pflegerinnen und Ehrenamtliche, aber die beiden hier sind mir wirklich wichtig geworden. Von den Gästen ist Kasper der Einzige, der schon so lange da ist wie ich.

„Ein Glück bin ich krank genug, dass sie mich nicht rausschmeißen können."

Er kichert, wird aber wieder ernst, bevor er zu husten beginnt.

„Morgen gehst du also? Krass. Und dann?"

„Ich habe keine Ahnung."

„Na, ist doch klar. Du gehst zurück zu den Menschen, die dich lieben. Zu deinem Café. Ist doch eigentlich voll schön."

Wir drehen alle den Kopf zu Martin. Diesmal hustet Kasper kichernd.

„Klar! Drei Monate, nachdem ich gegangen bin, um zu sterben, tauche ich einfach wieder auf. Wir haben meine Beerdigung gefeiert. Für die bin ich tot!"

Kasper zuckt mit den Schultern.

„Was willst du denn sonst machen?"

„Ich habe doch nicht mal mehr das Geld, um dorthin zu kommen."

„Nimm meine Kreditkarte mit. Ich kann das Geld eh nicht mehr ausgeben. Holt mir halt Helen die Kippen."

„Erst, wenn du nicht mehr im Zimmer rauchst."

Kasper wirft die Arme in die Höhe.

„Fängt das jetzt wieder an! Trägst du mich dann jedes Mal nach draußen?"

Sie lacht hell auf und schüttelt den Kopf, Martin lacht mit und auch Kasper muss grinsen. Und ich weiß in diesem Moment sehr genau, wie sehr ich sie vermissen werde.

Niemand wird gern aus dem Ferienlager geworfen.

44

Der Anzug auf dem Sofa, die Zähne geputzt, ich schließe die Schlafzimmertür hinter mir. Lisa liegt auf ihrer Seite, den Kopf vom Fenster weggedreht, den Arm übers Gesicht. Ich schleiche durch das Zimmer, lasse die knarrenden Dielen aus und lege mich unter meine Decke. Ich darf morgen mein Kissen nicht vergessen. Ohne mein Kissen kann ich nicht schlafen. Ich taste nach Lisa und drücke einen Kuss auf die Stelle der Decke, unter der ihre Schulter liegt.

„Schlaf gut, Liebe meines Lebens."

Ich drehe mich gerade zurück, als sie schnieft.

„Bitte fahr morgen nicht."

Ich lege meinen Arm um sie und sie rutscht zu mir, immer noch mit dem Arm über dem Gesicht. Jetzt spüre ich, wie sie zittert. Sie greift nach meinem Arm, zieht ihn enger um sich.

„Ich muss."

„Du musst nicht."

Ich kann hierbleiben. Kann die Chemo beginnen. Sehen, ob der Krebs sich besiegen lässt. Es gibt ein paar solcher Fälle. Selbst, wenn nicht, ich könnte hier krank sein, vielleicht sogar in diesem Bett sterben.

Bene auf dem Stuhl, den wir nie benutzen, weil immer Klamotten auf ihm liegen. Avisha neben ihm. Lisa hier neben mir. Vielleicht liege ich in ihrem Arm. Ich würde im Kreis meiner Lieben sterben.

Das Bett, die Wohnung und auch alles andere mit dieser Erinnerung verknüpfen. Lisa, die jede Nacht hier liegen wird, ohne einen Arm, den sie enger um ihren Körper ziehen kann.

„Ich glaube, es ist besser so."

Sie zieht den Ärmel über die Augen und dreht sich um, das Gesicht verquollen, die Nase immer noch rot. Ihr Blick wandert über mein Gesicht, als müsse sie sich alles nochmal genau ansehen.

„Und gegen diesen Glauben komme ich nicht an."

Sie legt ihre Stirn an meine, ohne den Blick abzuwenden. Ihre Nase an meiner küsst sie mich. Knapp neben die Lippen. Gleich nochmal. Sie schließt die Augen und öffnet sie gleich wieder. Ich suche zwischen den Decken einen Weg zu ihrem Körper.

Wir sind sanft und vorsichtig. Jede Bewegung, jede Berührung, jeder Kuss bewusst. Immer wieder halten wir inne. Wir weinen und lachen dabei, und nachdem wir beide gekommen sind, lässt Lisa sich fallen. Sie dreht sich zur Seite, betrachtet mich. Die Finger ihrer anderen Hand fahren mir über das Gesicht, über die Brust, über die Beckenknochen. In diesem Moment ist alles okay.

Sie tastet nach einer Decke und zieht sie über uns, rutscht zu mir, küsst mich und legt ihren Kopf in die Kuhle meines Halses. Meine Hand liegt auf ihrem Kopf und streichelt die kurzen Haare.

Sie drückt sich meine Knochen bequem, strahlt Wärme und Vertrauen aus. Und dieses Mal ist es wirklich das letzte Mal.

45

Ich habe mich schon von Kasper verabschiedet, habe meine Sachen in den Kofferraum des Taxis gelegt, Helen umarmt und Frau Renninger die Hand geschüttelt, als ich eine heisere Stimme hinter mir höre. Martin hält die Eingangstür auf, und Kasper rollt heraus, nur um direkt im Schotter hängenzubleiben.

„Warum ist denn hier immer noch kein befahrbarer Weg?"

Als er vor mir steht, hebt er die Arme.

„Hat sich vorher nicht richtig angefühlt. Du bist aus dem Zimmer gegangen, als würdest du morgen wiederkommen. Und wenn ich schon mal draußen bin, kann ich auch eine rauchen."

Er fährt mir durch die Haare, die schon lange nicht mehr so lang waren.

„Pass auf dich auf. Und ruf mal an."

Ich nicke ihm zu, winke den anderen und steige in das gleiche Taxi, das mich vor ein paar Monaten hier abgesetzt hat.

46

Die Bäume auf dem Platz haben keine Blätter mehr, das Laub klebt auf den Pflastersteinen, feucht von einem Regenschauer. Das Café ist hell erleuchtet, und weil Bene sich durchgesetzt hat, hängen schon bunte Lichter in den Fenstern. Fast alle Tische sind besetzt, die Leute unterhalten sich gut. Vor der Tür sitzen ein paar Raucher und beeilen sich, wieder reinzukommen. Im Schlachtraum spielt eine junge Musikerin an ihrem Keyboard, sanft, melancholisch, passend zur Jahreszeit. Lisa ist hinten, als ich durch die Tür komme. Bene rechnet Tisch sieben ab und nimmt mich zuerst nur flüchtig wahr, geht zurück hinter den Tresen und sieht dann auf.

Hält in der Bewegung inne. Er kneift die Augen zusammen, tritt einen Schritt nach hinten und hält sich am Regal fest. Dann breitet sich ein Lächeln auf seinem Gesicht aus, er kommt um den Tresen und wirft sich in meine Arme, hält mich fest.

„Du Arsch!"

„Ich kann nichts dafür. Fehldiagnose."

Bevor Bene weiterfragen kann, sehe ich Lisa aus dem Gang treten. Ich löse mich aus Benes Umarmung, er macht einen Schritt zur Seite. Lisa bleibt vor mir stehen und mustert mich einen Moment, meine zu langen Haare, mein Gesicht. Ich zucke lahm mit den Schultern.

„Überraschung?"

Ich hebe die Arme, mache einen Schritt auf sie zu, als mir Lisa so heftig auf die Brust schlägt, dass ich überrascht nach hinten taumele und gegen den nächsten Tisch stolpere.

Ich bin mittags in den Zug gestiegen und knapp neun Stunden quer durch Deutschland gefahren. Viel zu viel Zeit, um nachzudenken. Um mir auszumalen, wie das Wiedersehen ablaufen könnte. In jeder Version meiner Vorstellung ändert sich spätestens an diesem Punkt die Stimmung im Café. Jeder weiß, dass etwas nicht stimmt.

~

Ich steige aus dem Zug und ziehe den Koffer durch die Straßen, greife ihn einmal mit der linken, dann wieder mit der rechten Hand und vergrabe die andere tief in meiner Jackentasche. Es ist arschkalt. Auf dem Platz sieht man noch die Schneisen der Kehrmaschine, ein großer, nasser Laubhaufen liegt zwischen zwei Bäumen. Die Rollen meines Koffers poltern über das Kopfsteinpflaster, und in den Fenstern neben der Tür leuchten bunte Girlanden. Ich hab's gewusst.

Je näher ich komme, desto langsamer werde ich. Neben dem Laubhaufen bleibe ich stehen. Das Fahrrad am Schutzgitter um den Baum ist schon damals angekettet gewesen. Mittlerweile fehlt der Sattel und jemand hat dem Vorderrad einen kräftigen Tritt verpasst.

Der Türrahmen ist nicht ganz gefüllt. Dennoch wirkt Lisa hinter der Theke geschäftig, sie scheint etwas abzurechnen oder neben der Kasse zu notieren und blickt konzentriert nach unten. Ihre kurzen, krausen Haare werden durch die Lampe über ihr beleuchtet und strahlen in kräftigem Rot. Bene kommt aus dem Gang geeilt und nimmt an Tisch drei noch eine Bestellung auf. Sein Bart ist länger geworden, und wie er vehement auf die Karte tippt, weiß ich, dass er dem Mann etwas empfiehlt, das der von sich aus nie genommen hätte. Er wird begeistert sein, verspricht Bene. Ich höre seine Stimme im Kopf. Meistens hat er Recht. Bene nickt, dann laviert er durch die Tische hinter die Theke. Als er an Lisa vorbeigeht, streicht er ihr über den Rücken. Sie sieht auf. Lächelt und schaut zu, wie er etwas in einem Glas zusammenschüttet. Sieht nach einer Lon-Lon-Milch aus. Sie wechseln ein paar Worte, Bene zuckt mit den Schultern und sagt etwas, das Lisa zum Lachen bringt, und ich muss grinsen.

Es ist schön, die beiden zu sehen. Mir wird warm. Ich habe verdrängt, wie sehr ich sie vermisst habe. Bene steckt den Korken auf das Glas, während Lisa zu ihm tritt. Er dreht sich zu ihr, legt seine Arme auf ihre Schultern. Und dann küsst er sie.

Ihre Hände liegen an seinem Rücken, drücken ihn an sich. Ich spüre, wie mein Gesicht heiß wird. Ihre Lippen lösen sich, endlich. Dann flüstert Bene etwas und küsst sie nochmal, wirbelt sie einmal herum, auf eine Weise, wie es mir nie gelungen ist. Dann bringt er das Glas zu Tisch drei.

Stellt es mit bedeutsamer Geste vor den Gast. Dann sieht er sich erst im Café um, bevor er einen Blick nach draußen wirft.

Eigentlich kann er mich auf diese Entfernung und im Schatten des Baumes nicht sehen, trotzdem stolpere ich nach hinten, weiche meinem Koffer aus, trete in den nassen Haufen und bekomme das Gitter zu greifen. Spüre die Kälte des Metalls an meinen Fingern und sehe plötzlich meinen Atem in kleinen Wölkchen. Beginne zu zittern, und mein Magen zieht sich zusammen. Ich gehe in die Knie, würge einmal Luft nach oben und kotze dann ins Laub.

Auch Kotzen wurde irgendwann zur Routine, wie jeder andere Besuch auf der Toilette. Im Hospiz musste ich mich mit einer so absurden Regelmäßigkeit erbrechen, dass ich irgendwann mit Vorlauf wusste, wenn es so weit war. Dann schlenderte ich gemächlich aufs Klo, stellte mir die Mundspülung bereit und es ging los.

Das hier ist anders.

Ich lande mit den Knien im Laub und spüre die feuchte Kälte, die durch die Hose dringt. Mein Magen zieht sich noch einmal zusammen und ich würge, schüttele mich und spucke den Rest aus.

Wische mit dem Handrücken über den Mund, beuge mich zur Seite und luge am Baum vorbei zum Türrahmen. Lisa steht immer noch hinterm Tresen und redet mit einem Gast. Bene sehe ich nicht mehr. Ich rappele mich auf, ächzend und zitternd, fröstele, packe den Griff meines Koffers und ziehe ihn wieder über den Platz. Irgendwohin, nur weg von hier.

Hätte ich einen Moment länger gewartet, wäre Lisa hinter dem Tresen hervorgetreten und ich hätte die leichte Wölbung ihres Bauches sehen können. Eigentlich noch unauffällig, und vielleicht hätte ich sie nicht bemerkt. Aber sie war da.

Ich sitze in diesem Café, das ich früher zwar schon gesehen, aber nie wahrgenommen habe. Ein Laden aus einer anderen Zeit, mit Gästen, die hier schon seit

Jahrzehnten herkommen. Der Einzige in meinem Alter ist der Mann hinterm Tresen, der immer wieder eine Runde durch den Raum dreht und sich von den Gästen auf die Schultern klopfen lässt, während er mit jedem ein paar Worte wechselt oder neue Bestellungen aufnimmt. Ich bin mir sicher, dass weder Bene und Lisa noch Gäste aus dem Türrahmen hier reinkommen werden, und setze mich an den Tisch in der Ecke, nachdem ich mir auf dem Klo den Mund ausgespült habe.

Die Hände an der heißen Tasse starre ich auf den Tisch. Ich bekomme den Kuss nicht aus dem Kopf. Er wiederholt sich in einem fort, wird durch immer mehr Details angereichert, die vorher bedeutungslos waren. Benes Berührung, als er an Lisa vorbeigeht. Ihr Lachen. Ihr Reden.

Und dann wird mir klar, dass es früher schon Gespräche, Berührungen und Blicke gab.

47

Lisa ahnt, dass sie das Zimmer bekommen wird. Wir stellen zwar die gleichen Fragen wie den restlichen Anwärtern, aber die Stimmung ist eine andere, verspielter, weniger ein Bewerbungsgespräch als ein Schnack unter Freunden. Vielleicht, weil sie tatsächlich gut zu uns passt. Vielleicht, weil wir sie schon kennen. Vielleicht, weil Bene und ich sie beide ziemlich süß finden. Wir haben uns immer wieder in die gleichen Menschen verliebt.

~

„Wir nehmen Lisa, oder?"
„Passt doch. Habe ich schon auf dem Festival bemerkt."
Bene hält sich an der Hauswand fest, er balanciert auf dem Balkontischchen und befestigt die Schnur mit den Gebetsflaggen am Haken, der auch die Wäscheleine hält. Der Balkon grenzt an sein Zimmer, deshalb darf er entscheiden. Und er findet es voll witzig, die Dinger aufzuhängen, auf so eine ironische Art, wie wir manchmal Echt oder Britney Spears auf Partys hören.
Ich sitze auf meinem Stuhl und beobachte ihn, bereit, aufzuspringen und nach ihm zu greifen, falls er nach vorne kippt. Ich glaube, Bene kann viele Dinge leichtsinnig tun, weil ihm unbewusst klar ist, dass ich da bin, falls etwas schiefgeht.
„Du magst sie, oder?"
„Ziemlich."
Er taumelt, ich zucke nach vorne, dann fängt er sich wieder und sieht mich belustigt an.
„Du magst sie auch."

Ich lasse die Hand sinken. Auf dem Festival fand ich sie nett. Aber als sie uns gegenüber auf dem Boden des Zimmers sitzt, im Schneidersitz mit geradem Rücken, und Bene mit offenem Gesicht zuhört, strahlt sie eine Würde und ein in sich ruhendes Selbstverständnis aus, das mich mehr als anzieht. Ich will Zeit mit ihr verbringen, in ihrer Nähe sein und ohne Scheu dieses Gesicht mit seinen Sommersprossen betrachten. Sie wirft mir einen Blick zu und zwinkert, bevor sie sich wieder Bene zuwendet. Als sie geht, umarmen wir uns, ich mag das Gefühl ihres Kinns an meinem Nacken und spüre ihre kühlen Hände an meinem Rücken.

„Wie sehr?"

Ich denke eine Neun und traue mich nicht, sie auszusprechen.

„Sieben."

„Acht!"

Ich höre den Triumph in seiner Stimme, wie auch ich ihn hätte, wenn meine Zahl höher gewesen wäre. Ich nicke und ignoriere das mulmig stechende Gefühl in der Magengegend.

～

Lisa zieht zwei Wochen später ein, wir helfen beim Hochtragen, Zusammenbauen und Einsortieren. Bene ist auffällig freundlich, macht Witze und nimmt ihr die schweren Sachen ab. Und sie lacht, trägt mit ihm Möbel hoch und berührt Bene immer wieder am Arm, wenn er ihr etwas abnimmt.

Als Bene damit anfängt, Dinge aus Kartons zu nehmen und Lisa darüber auszufragen, um interessiert zuhören zu können, reicht es mir. Ich bin müde, sage ich und verschwinde in meinem Zimmer. Ich höre die beiden immer wieder lachen, während ich krampfhaft versuche, mich abzulenken.

~

Hätte ich gefragt, hätte mir Bene alles erzählt. Aber ich frage nicht, mir reicht, was ich mitbekomme. Wie die beiden sich Blicke zuwerfen und stundenlang in Lisas Zimmer sitzen. Die Türe nie verschlossen, nur angelehnt. Ich kann sie reden und kichern hören.

Manchmal fühle ich mich wie das fünfte Rad am Wagen, auch wenn ich weiß, dass Bene und ich länger befreundet sind. Meist sitzt sie zwischen uns, wenn wir abends unterwegs sind, und sie umarmt mich genauso, wie sie Bene umarmt. Sie versucht, das Gleichgewicht zu halten. Nur hält Bene sie länger fest.

~

Ich gewöhne mich daran, demnächst wahrscheinlich mit einem Paar zusammenzuwohnen, und mache mir Gedanken, wie komisch die Stimmung sein wird, wenn sie sich irgendwann trennen, als Julie uns mal wieder zu sich in den Garten einlädt.

Wenn ich jemals hätte LSD nehmen wollen, wäre ich zu Julie gegangen. Sie lebt davon, Goaparties und Festivals zu organisieren, reist viel umher und verbringt nur wenige Wochen im Jahr im Haus ihrer Eltern. Wenn sie feiert, wird der Garten für ein Wochenende zu einem privaten Festival.

Es gibt laute Musik und keine Nachbarn, viel zu trinken, LSD und Gras, einen kleinen Wald, mehrere Lagerfeuer, eine kleine Hütte, ein paar Wohnmobile und Zelte. Wir kommen mit dem Volvo und wollen zu dritt darin übernachten. Sofern ich nicht jemand anderen finde, mit dem ich die Nacht verbringe.

Wir lassen das Auto offen, Bene legt seinen Arm um Lisa, sie setzen sich zu Leuten an einem der Feuer. Ich stromere über das Gelände, rede mit Menschen, die ich kenne und kennenlerne, tanze mit dem einen und der anderen, sehe manchmal Bene, wie er Lisa beim Tanzen zuschaut, und sitze irgendwann an einem Lagerfeuer neben einem Mädchen, das fast unheimlich konzentriert an einem Stock schnitzt.

Die Pupillen riesig, die Iris kaum zu sehen, hält sie den Stock nah ans Gesicht und zieht mit einem Messer feine Linien durch das Holz. Sie sieht mich nur kurz an und arbeitet dann unbeeindruckt weiter. Ich bleibe eine Weile neben ihr, bis jemand eine Hand über meine Augen legt.

Ich zucke zurück, die zweite Hand kommt dazu und drückt meinen Kopf gegen den Körper, der hinter mir steht. Ich taste nach den Händen, kühl und mit langen Fingern, ein schmaler Ring am kleinsten und am Handgelenk ein ausgefranstes Stoffbändchen.

„Hallo Lisa."

Sie seufzt enttäuscht auf und lässt sich neben mich auf die Bank fallen.

„Das Bändchen hat mich verraten, oder? Vielleicht wird es Zeit, es abzumachen."

„Wo ist Bene?"

Sie zuckt mit den Schultern, legt einen Finger um das Bändchen und zerrt daran.

„Ich habe ihn irgendwann verloren."

„So kriegst du das nicht kaputt."

Ich lege dem Mädchen meine Hand auf die Schulter und im Moment ihrer Irritation nehme ich ihr das Messer aus der Hand und schneide das Band durch.

Wir beobachten, wie das Feuer den Stoff verbrennt, und ich glaube irgendwann, das Metall glühen zu sehen. Vielleicht spiegelt sich auch einfach nur der Schein des Feuers darin.

„Tanzen?"

Bevor ich reagieren kann, greift Lisa nach meiner Hand und zieht mich nach oben, weg vom Feuer, hin zur Musik und den Leuten. Ich eile ihr hinterher, mitten in die Menge, und als sie mich loslässt, spüre ich die Kühle ihrer Hand nur noch viel zu kurz auf meiner eigenen.

~

Wir tanzen in der Gruppe, miteinander, lachen, dann sind ihre Hände an meiner Hüfte und sie küsst mich.

Einfach so, kein Anbahnen, keine Zweideutigkeit. Ich habe mir das manchmal vorgestellt, aber nie damit gerechnet. Als ich ihre Lippen schmecke, ihre geschlossenen Augen so nah an meinen, dass sie verschwimmen, muss ich an Bene denken und weiß, dass ich es bereuen werde. Trotzdem lege ich meine Hand an ihren Hinterkopf und spüre ihr Lächeln an meinen Lippen.

Wir suchen uns ein leeres Zelt, sprechen in dieser Nacht nur das Nötigste und schlafen zum ersten Mal miteinander. Und irgendwie ist zwischen uns ab sofort alles klar.

~

Die Rückfahrt ist komisch, ich am Steuer, Lisa auf der Rückbank und Bene neben mir. Eine Zeitlang starrt er nur nach vorne und ich werfe Lisa über den Rückspiegel unsichere Blicke zu, bis er sich aufsetzt, ein Arm über die Rücklehne gelegt. Er zeigt mit dem Finger abwechselnd auf Lisa und mich.

„Ihr beide. Wird das jetzt was Ernstes?"

Ich sehe Lisa nicken und versuche, mich auf die Straße zu konzentrieren, aber ich kann mir das Grinsen nicht verkneifen. Bene schnalzt mit der Zunge.

„Hatte ich jemals eine Chance?"

Lisa schüttelt langsam den Kopf und zuckt entschuldigend mit den Schultern.

„Mann. Wenn du mir das einen Tag früher gesagt hättest. Da war ein echt nettes Mädchen auf der Party."

Für einen Moment ist nur das Fahrgeräusch zu hören, dann brechen wir alle in Lachen aus. Gemeinsam, erleichtert, versöhnlich.

„Wehe, ihr zieht jetzt irgendein Verschwörungs-Ding durch. Ich werde euch gnadenlos auf alles aufmerksam machen, was irgendwie pärchenmäßig ist."

Wir lachen immer noch und nicken heftig.

Danach habe ich mir nie Sorgen gemacht. Nicht wegen Bene und Lisa.

48

Meine Fingerkuppen schmerzen, und ich löse meine verkrampften Finger von der Tasse. Der Kellner kommt an meinen Tisch und fängt meinen Blick.

„Wenn ich dir noch was bringen kann, sagst du Bescheid."

„Ihr habt nicht zufällig irgendwo ein Telefon, das ich benutzen kann."

Er greift in die Tasche und zieht sein Smartphone hervor.

―

„Martin, kannst du mir die Nummer von Kasper geben? Oder mich durchstellen?"

„Eigentlich nicht. Ich dürfte dir noch nicht einmal sagen, wie es ihm geht, wenn du kein direkter Angehöriger bist."

„Ich frage ihn gleich selbst danach."

Martin lacht und die Leitung klickt, ich höre eine Instrumentalversion von „Stayin Alive", dann klickt es wieder und Kasper keucht.

„Ich hätte nicht gedacht, so schnell von dir zu hören! Wie haben sie reagiert?"

„Sie sind zusammen."

Ich höre, wie Kasper die Luft anhält und dann laut loslacht.

„Oh Mann! Scheiße, es ist immer der beste Freund. Tut mir leid. Bist du dir sicher?"

„So küsst man sich nicht, wenn man nur befreundet ist. Was für eine Scheißaktion! Ich bin kaum drei Monate weg, da fangen die was miteinander an. Vielleicht geht das auch schon länger."

Kaspers raue Atemzüge sind mir so vertraut, dass ich weiß, wie er mich gerade ansehen würde.

„Vielleicht lief da schon vorher was. Vielleicht sind sie ja froh, dass ich nicht mehr da bin."

Ich höre eine ganze Weile nur seinen rasselnden Atem.

„Alex, was ist wirklich los?"

Zwei Männer an der Bar lachen laut auf und prosten sich zu. Ich spüre die erste Träne über meine Wange laufen.

Ich führe eine imaginäre Liste an Fragen, die ich meiner Mutter stellen will, mich aber nie traue. Ich bin 17 und habe seit knapp einem Jahr nicht mehr mit ihr über meinen Vater geredet. Dann setzt eine Veränderung bei ihr ein, deren Beginn ich verpasst habe.

Das Ende der Schulzeit kommt, und die Noten zählen schon fürs Abitur. Ich bin kaum zu Hause und vollkommen überfordert, als ich eines Tages mit Sandra in mein Zimmer schleichen will und im Flur Männerschuhe stehen, die nicht mir gehören.

Ich stocke und überlege, ob sie ein Überbleibsel meines Vaters sein könnten. Ob meine Mutter sie irgendwo gefunden und rausgestellt hat. Dann höre ich das helle Lachen meiner Mutter und die Stimme eines Mannes. Ich muss Sandra ziemlich schockiert angesehen haben, sie gluckst und zuckt mit den Schultern.

Ich gehe an meinem Zimmer vorbei und bleibe in der Küchentür stehen. Sandra lugt über meine Schulter. Meine Mutter sitzt am Tisch, neben ihr ein Mann.

Robert hat keine Ähnlichkeit mit meinem Vater, er sieht auch nicht aus wie ein Robert. Eher wie ein Walter, vielleicht sogar wie ein Karl-Heinz, mit seiner zu kurzen Cordhose, unter der seine Tennissocken hervorblitzen und deren oberes Ende vom überquellenden Bauch verdeckt wird, mit seinem krausen Schnauzbart und einer Brille, die er bestimmt seit mindestens 20 Jahren trägt.

Aber als er aufsteht, um mir die Hand zu geben, und mich dabei warm und offen ansieht, ahne ich, was meine Mutter an ihm mag. Er scheint unspektakulär, aber ziemlich nett zu sein. Und vielleicht ist es genau das, was meine Mutter braucht.

Sie haben sich im Supermarkt kennengelernt. An einem Samstagabend kurz vor Ladenschluss hat ein junger Mann Dinge aufs Laufband gelegt, die aussehen, als seien sie für das Wochenende überlebensnotwendig. Kein Alkohol, keine Süßigkeiten, sondern echte Lebensmittel, sagt meine Mutter, für knapp 30 Euro. Beim Einräumen in seinen Rucksack wird er irgendwann unruhig und sucht seine Taschen ab, nur um festzustellen, dass er seinen Geldbeutel nicht dabeihat. Zerknirscht entschuldigt er sich bei dem Kassierer, der abwinkt und sagt, er solle die Sachen einfach liegenlassen. Meine Mutter ist als Nächste an der Reihe und hat Mitleid mit dem Mann, weil ihr klar ist, dass es zu spät ist, um vor Ladenschluss noch einmal herzukommen. Da meldet sich Robert. Er steht hinter meiner Mutter, sie hat ihn bisher nicht bemerkt, bis er meint, dass er den Einkauf des jungen Mannes bezahlen möchte.

Dieser lehnt zuerst ab, aber Robert geht an meiner Mutter vorbei und hält seine Kreditkarte hoch. Sie einigen sich darauf, dass der junge Mann ihm das Geld später schickt.

Meine Mutter, erfreut, dass es solche Menschen noch gibt, und beschämt, dass sie nicht selbst auf die

Idee gekommen ist, spricht Robert an. Sie findet es toll, dass er das gemacht hat. Er winkt ab, selbst wenn er das Geld nicht mehr bekommt, sei das in Ordnung. Er wisse, wie es sei, ein Wochenende ohne richtiges Essen auszukommen.

Zwei Wochen später treffen sie sich zufällig im selben Laden wieder und Robert erzählt, dass das Geld tatsächlich in einem Umschlag gekommen ist. Mama ist begeistert.

~

Die Stimmung in unserer Wohnung wird leichter, ich höre meine Mutter oft telefonieren. Robert tut ihr gut. Wenn er da ist, wirkt sie fröhlicher, als ich sie lange Zeit gesehen habe.

Immer wieder esse ich mit den beiden zu Abend, höre ihren Gesprächen zu. Vieles von dem, was meine Mutter erzählt, ist auch für mich neu. Sie spricht immer noch nicht über Papa, aber ich hoffe. Dass ich dann auf meinem Platz in der Küche sitze, die Stimme meiner Mutter im Ohr. Ich ihn endlich ein wenig besser kennenlerne. Und ganz vielleicht irgendwann meine Fragen stellen kann.

~

Auch wenn ich denke, dass meine Mutter etwas Besseres verdient hat, zumindest vom Aussehen her, bin ich Robert extrem dankbar. Mittlerweile sitzen wir manchmal auch nur zu zweit in der Küche, meine Mutter und ich. Sie tröstet mich, als das mit Sandra zu Ende geht, ich kann sie mit dummen Witzen zum Lachen bringen, und sie wird rot, wenn ich sie auf Robert anspreche.

Und dann erfährt sie von Roberts Frau, seinen beiden Kindern. Dass er mit ihr seine Familie betrügt. Als sie ihn konfrontiert, macht er klar, dass er seine Familie nicht verlassen wird. Dann sagt er, dass er nächste Woche anruft, um Weiteres zu bereden, und geht.

Als ich abends nach Hause komme, erzählt sie mir das mit trockenen Augen und leerem Gesichtsausdruck, ihre Reaktion langsam, wie weggetreten. Ich umarme sie, unfähig, irgendetwas Passendes zu sagen, und halte sie fest, sie legt ihre Hand auf meinen Arm und wir schweigen.

Am nächsten Tag komme ich mit Bene von der Schule heim und meine Mutter ist nicht zuhause. Es klopft an der Tür.

Eine ältere Frau und ein junger Mann in grüner Uniform, ihre Mützen in der Hand. Hinter ihnen steht eine Dame von der Seelsorge.

Sie fragen, ob ich Alexander Fink bin, der Sohn von Dorothea Fink. Eine Nachbarin hat sie gefunden. Auf dem Dachboden, wo wir unsere Wäsche trocknen. Sie sprechen ihr Beileid aus und fragen, ob ich alleine bin. Bene tritt hinter mir in den Flur, die Frau von der Seelsorge wechselt ein paar Worte mit ihm, geht sicher, dass er sich um mich kümmern kann. Akuter Herzinfarkt, sagen sie. Vielleicht ist das der medizinische Begriff für ein zu oft gebrochenes Herz.

„Ich habe beide aus ihrem alten Leben gerissen. Ich habe ihnen meine Entscheidung aufgezwungen." Ich fahre mit dem Finger den Rand meiner Tasse nach. „Wer bin ich, da reinzugehen und jetzt, wo sie sich gerade gefangen haben, wieder alles durcheinanderzubringen? Das kann ich nicht machen."

„Wenn ich an ihrer Stelle wäre, würde ich das gerne selbst entscheiden. Dieses Mal."

„Sobald ich da reinlaufe und ‚Hallo' sage, haben sie ja keine Möglichkeit mehr. Sie können dann ja nicht mehr sagen, ‚Wir wollen lieber nicht wissen, dass du noch lebst, wir wollen lieber zusammenbleiben.'"

„Vielleicht wollen sie zusammenbleiben, obwohl sie wissen, dass du noch lebst."

Ich lache trocken auf.

„Sage ich doch. Vielleicht ganz gut, dass ich weg bin."

Kaspers Bart kratzt am Telefonhörer.

Ich trinke den Rest aus meiner Tasse, kalte Schokolade, die dickflüssig nach unten fließt. Gerade so viel, dass ich den Geschmack im Mund habe.

„Du bist ein Glückspilz. Du kannst einfach nochmal anfangen."

„Super Idee."

„Gibt's keine Dinge, die du immer schon mal tun wolltest?"

„Habe ich alle gemacht."

„Alle?"

Ich seufze, lege das Telefon zur Seite und krame in meinem Rucksack. Das Notizbuch von Lisa sieht genauso unbenutzt aus, wie es ist. Zuhause habe ich noch ein wenig Tagebuch geführt, aber im Hospiz fiel es mir erst wieder beim Zusammenpacken in die Hände. Ich klappe die Löffelliste auf. Lisas Schrift und meine Krakelei. Türrahmen, meine Eltern, Sandra, Lea, Abschiedsfeier.

„Alle Dinge in meinem Notizbuch sind durchgestrichen."

„Du hast ein ganzes Notizbuch?"

„Nur eine halbe Seite."

„Und da stand wirklich alles drauf?"

„Da stehen keine Kinder drauf. Aber das war ja auch klar, dass ich das nicht mehr machen konnte. Also, du weißt schon."

Am anderen Ende der Leitung ist es für einen Moment still. Dann schnieft Kasper und hustet kurz.

„Du kannst dich ganz schön glücklich schätzen, so viel geschafft zu haben."

Ich nicke, wohl wissend, dass Kasper es nicht sehen kann. Ich sehe den weißen Springer vor mir, im leicht flackernden Licht der Kerze neben Peters Namen. Muss an all die Gespräche im Hospiz denken, an mein schlechtes Gewissen. Es sind oft kleine Dinge, die Sachen im Alltag, über die man sich kaum Gedanken macht. Ich runzele die Stirn und blättere die wenigen beschriebenen Seiten um. Dann schreibe ich „Peter" auf eine leere Seite.

„Peter wollte noch einmal ein Schachspiel gewinnen."

„Und?"

Ich schreibe das Schachspiel hinter Peters Namen.

„Woher kam Lilia nochmal? Irgendwo in Italien."

„Gardasee. Alex, was wird das?"

„Wilhelm, tanzen gehen. Lindy Hop." Ich schreibe, während ich spreche. „Was noch?"

„Khalil wollte einen Berg besteigen. Einen Achttausender."

„Stimmt!"

„Und ich wollte immer so ein Tattoo knapp über meinem Hintern."

„Ein Arschgeweih? Echt?"

„Nein, ich würde mich totlachen, wenn du das machst. Das wäre eine gute Art zu sterben."

Ich betrachte meine Liste.

„Das willst du also machen, ja? Die Liste der letzten Dinge abarbeiten? Die der anderen?"

Liste der letzten Dinge! So viel besser als Löffelliste.

„Wenn du das so sagst, hört sich das irgendwie lächerlich an."

„Ist es auch. Aber es sind doch die Sachen, bei denen wir uns lächerlich fühlen, die uns im Gedächtnis bleiben."

„Also, mache ich das?"

„Oder du gehst zu Lisa und Bene."

„Dann mache ich das."

Nachdem ich es ausgesprochen habe, überschwemmt mich eine erregte Euphorie, und ich muss an Lisa denken. Sie wäre stolz auf mich. Ich mache, ganz alleine. Ich habe etwas entschieden, obwohl ich nicht weiß, ob es das Richtige ist.

„Denk dran, zwo, vier, eins, zwo. Weihnachten."

Ich stutze. Dann verstehe ich. Irgendwas in mir will protestieren, aber wir wissen beide, dass Kaspers Kreditkarte meine einzige Geldquelle ist.

„Du weißt, dass du das nicht tun musst."

„Du auch."

49

Wieder rund 500 Kilometer in den Norden, nach Halberstadt in den Ortsteil Ströbeck. Das Schachdorf.

Erstmal ein Dorf wie jedes andere in Sachsen-Anhalt. In die flache Landschaft gewürfelte Häuser an schmalen Straßen, umsäumt von Feldern, viele rote Backsteingebäude mit nur einem Stockwerk, einige mit Fachwerk, dazwischen Bäume und Grünflächen. Der dunkle, spitze Kirchturm ist von fast überall sichtbar.

Aber je näher der Bus mich in die Dorfmitte bringt, desto offensichtlicher wird der Bezug zum Spiel. An vielen Häusern hängen Figuren und Bretter, und bald zeigen Schilder in die Richtung des Schachmuseums, zum Schachladen und zum Platz des Schachspiels. Dort steige ich aus.

In Ströbeck wurde vor mehr als tausend Jahren ein Adliger festgehalten, der aus Langeweile den Bauern, die ihn bewachten, Schach beibrachte. Das Spiel wurde schnell bei allen Dorfbewohnern beliebt und ist noch heute Tradition. So die Legende. Hier steht die weltweit einzige Schule, in der Schach ein Pflichtfach ist.

Der Platz ist umsäumt von liebevoll hergerichteten Häusern und einer gepflasterten Straße. In seiner Mitte ein durch schwarze und weiße Steine gelegtes Schachbrett, hier findet regelmäßig das Lebendschach statt. Links davon führt eine halbe Treppe zu der grünen Tür des Schachmuseums.

Auf den Bildern, die ich gesehen habe, war der Platz immer voller Menschen. Die Leute auf dem Feld passend zu ihrer Figur gekleidet, dahinter die Zuschauer, mitfiebernd. Jetzt haben wir Samstagnachmittag, und bis auf eine Frau mit ihrem Kinderwagen ist niemand zu sehen. Sie schiebt den Wagen über die Steine, das Kind wackelt mit dem Kopf.

Hinter der grünen Tür liegen weiß gestrichene und hell erleuchtete Räume, die Wände wurden entfernt, die Stützbalken freigelegt, und wo keine Schachbretter oder Figuren stehen, hängen Bilder oder stehen Texttafeln. Über Schach, Spielweisen und seine Meister, selbst über ein Schachmusical, von dem ich noch nie gehört habe.

Der Gewölbekeller ist ausgebaut, noch mehr Vitrinen, Bilder und Legenden. Und überall Tische mit eingelassenen Schachbrettern. In einer Ecke ein Buchregal, in dem nicht nur Schachbücher stehen, sondern auch Romane und Erzählungen wie „Harry Potter und der Stein der Weisen", „Alice hinter den Spiegeln" und natürlich die „Schachnovelle".

Die Frau, die den Eintritt kassiert hat, ist zwar freundlich, aber zurückhaltend und starrt auf das vor ihr stehende Brett. Zuerst denke ich, sie spielt gegen sich selbst, dann bemerke ich das Buch, aus dem sie die Züge nachvollzieht. Sie sieht auf, als ich näher komme, ein rundliches, offenes Gesicht mit dunkelbraunen, leicht gewellten Haaren.

„Haben Sie Fragen? Kann ich Ihnen helfen?"

„Ich würde gern Schach lernen."

„Wir bieten im Museum keine Kurse an. Aber Sie werden im Ort einige finden, die es Ihnen gerne beibringen. Schach sollte man nicht aus Büchern lernen. Und auch nicht allein spielen."

Sie zieht ein Blatt hervor und setzt den Stift an, verharrt und sieht mich an.

„Wo kommen Sie denn her? Gibt es dort niemanden, der Ihnen Schach beibringen kann?"

„Ich hasse Schach. Mein letztes Spiel ist 15 Jahre her und ich habe verloren."

„Gute Voraussetzung."

„Ein Freund von mir war leidenschaftlicher Spieler. Er wollte noch einmal eine Partie gewinnen, aber ist vorher gestorben. Jetzt will ich für ihn spielen."

Sie lehnt sich nach hinten und klappt das Buch zu. Sie ist vielleicht zehn Jahre älter als ich, aber in ihrem Blick liegt etwas Mütterliches. Oder wenigstens eine Ahnung von Verständnis. Sie schnalzt mit der Zunge und erhebt sich.

„Einen Moment bitte. Ich bin gleich wieder da. Falls jemand kommt, Eintritt drei Euro, Kinder einen."

～

Ich sitze mit irgendeinem Buch an einem der Schachtische, als sie wiederkommt. Hinter ihr tritt ein älterer Mann ein, fast einen Kopf kleiner als sie, graues Haar umrahmt sein ähnlich rundes Gesicht und läuft in einem spitzen Vollbart zusammen. Er trägt eine eckige Nickelbrille mit großen Gläsern und erinnert mich an einen Gartenzwerg, dem jemand die Mütze geklaut hat.

Er grummelt und kommt auf mich zu, ich erhebe mich und strecke ihm die Hand entgegen, aber er setzt sich einfach mir gegenüber und sieht zu mir auf, mit dem Blick eines Lehrers, der auf seinen Schüler warten musste.

„Judit sagt, Sie mögen Schach nicht, aber Sie wollen es lernen. Warum?"

„Ein Freund von mir ..."

Er schüttelt den Kopf, ungeduldig und unwirsch.

„Ja, ich weiß. Aber warum? Er ist doch tot."

Die blaugrauen Augen fixieren mich, die Stirn in Falten.

„Ich will das für ihn machen."

„Aber warum?"

Ich spüre Trotz in mir aufsteigen, krame das Notizbuch aus dem Rucksack und zeige ihm die Seite mit der Liste.

„Weil es hier steht."

Der Mann zieht das Buch mit zwei Fingern näher und starrt darauf. Dann lehnt er sich zurück, die Arme verschränkt zwirbelt er die Spitze seines Bartes.

„Ich kann Ihnen beim Schach helfen. Sie sind schon zu alt, um es schnell und einfach zu lernen. Aber ich kann Ihnen trotzdem einiges beibringen. Wir werden Zeit brauchen, ein paar Wochen vielleicht. Wo wohnen Sie?"

„Noch nirgends."

„Meine Tochter hilft Ihnen. Wir treffen uns morgen um halb zehn hier."

„Danke. Was bekommen Sie von mir dafür?"

Er schnaubt.

„Das ist kein gutes Buch. Stellen Sie es zurück."

50

Kasper braucht nur ein paar Abende, bis er Martin so weit hat, im Archiv nach Lilias Akte zu sehen. Elisabetta Monello, geboren und aufgewachsen in Pregasina bei Riva del Garda, an der nördlichen Spitze des Gardasees.

~

Ich lande in Verona, nehme mir einen Mietwagen und bin knapp anderthalb Stunden später in Riva, einer touristisch vollkommen erschlossenen Stadt, die im Januar ausgestorben ist. Die Gipfel um den See sind verschneit, vereinzelt laufen dick eingepackte Menschen mit kleinen Hunden an der Promenade entlang. Der See liegt dunkelblau, klar und verlassen da. Ich halte auf dem fast leeren Parkplatz, betrachte zwei Dutzend angekettete Tretboote und die alten Gebäude direkt am Wasser, sehe zu den Bergen rechts von mir.

Zwei steile Tunnel und knapp 20 Minuten später komme ich 400 Meter höher wieder ans Tageslicht. Die Straße führt am Hang entlang, und links von mir schimmert die Wasseroberfläche. An einer Aussichtsplattform samt Marienstatue macht die Straße einen Knick Richtung Berg, vor mir taucht das Holzschild auf, von einem kleinen Dach geschützt und mit gelben Lettern: „Benvenuti a Pregasina".

Ich fahre langsam daran vorbei, die asphaltierte Straße mit ausgefransten Rändern ist kaum breiter als mein Wagen. Wenn mir jemand entgegenkommt, muss ich in die Einfahrten ausweichen.

Riva ist farbenfroh, hergerichtet und fast schon zu restauriert. Pregasina bietet auch Hotels und freie Zimmer, aber die Mauern an den Straßen bröckeln und niemand versucht, seine Mülleimer und die danebenstehenden Säcke zu verstecken.

Die Straße schlängelt sich nach oben, Radfahrer kommen vorbei. Dann biege ich um eine Felsformation. Eine Serpentine über mir sehe ich das Dach, die Fenster, den über die ganze Seite verlaufenden Balkon, die roten Fensterläden und die rosafarbenen Wände. Ich stelle den Wagen auf dem Parkplatz gegenüber ab. Das Hotel Rosalpina, seit Jahrzehnten betrieben von der Familie Monello.

Im Erdgeschoss befindet sich ein Restaurant, samt Terrasse mit Blick auf den See zwischen den Bergen hindurch. Ich setze mich an den ersten Tisch und versuche, die Sonne und den Ausblick zu genießen, bis es mir doch zu kalt wird und ich ins Restaurant wechsele und meine Suppe dort esse.

Das Gebäude hat sich einen Charme bewahrt, irgendwas zwischen 50er- und 70er-Chic, mit rosa-weißen Deckchen und Bonsaibäumen auf den eckigen Tischen, die Stühle mit dunkelbraunem Kunstleder bezogen. Wir wenigen Gäste werden von einer schlanken, älteren Dame bedient. Sie hat ein schmales Gesicht mit hohen Wangenknochen, das strohblonde Haar ist zu einem Zopf nach hinten gebunden und ihre Anwesenheit hier so selbstverständlich, dass sie nicht nur eine Angestellte sein kann. Je länger ich sie beobachte, desto ähnlicher sieht sie Lilia. Sie deckt den Tisch vor mir ab und bleibt mit dem Geschirr in der Hand abrupt neben mir stehen.

„Kann ich Ihnen noch etwas bringen?"

Ihr Deutsch hat nicht den italienischen Akzent, den ich erwarte. Sie spricht dunkler, mit rollendem „r", es klingt fast osteuropäisch gefärbt. Ich bin so tief in meinen Gedanken, dass mir nicht in den Sinn gekommen ist, dass sie mein Starren bemerken könnte. Ich werde rot und greife nach der Karte, schlage sie auf und verdecke damit das Notizbuch. Ich habe es nach dem Essen hervorgeholt, aber noch will ich Lilias Wunsch nicht durchstreichen.

Ich bin zwar hier, aber nicht wirklich da. Dann hätte ich genauso gut im Auto sitzen bleiben können.

„Soll ich gleich nochmal wiederkommen?"

„Haben Sie noch freie Zimmer?"

51

Morgens drücke ich Judit einen Kaffee in die Hand und stelle die Figuren auf. Wir spielen auf einem alten Brett, das zusammengeklappt als Box für die Figuren dient. Einige wurden im Laufe der Zeit ersetzt. Sie sind abgegriffen und das Holz hat Kratzer und Macken, dem schwarzen König fehlt das Kreuz auf dem Kopf und einer der weißen Läufer kippt manchmal zur Seite. Um halb zehn kommt Herr Polgar, macht seinen ersten Zug, setzt sich und bedankt sich für den Kaffee.

Nach ein paar Tagen und den ersten Monologen weiß ich, dass er unter der ruppigen Grimmigkeit genauso herzlich ist wie seine Tochter. Wenn wir uns nicht sehen, lässt er mich gegen sie spielen.

Nach jedem Matt stelle ich die Figuren stoisch wieder auf, frage, was mir in der Nacht durch den Kopf gegangen ist. In manchen Spielen mache ich einen Zug rückgängig, wenn ich meinen Fehler bemerke. Für seine Antworten nimmt er sich Zeit, und je länger sie ausfallen, desto sanfter wird seine Stimme, melodisch, beinah, als würde er singen, und oft verliert sich sein Blick im Himmel hinter dem Fenster neben uns.

Wir siezen uns bis zum Schluss. Er lässt mich regelmäßig auflaufen und scheitern. Mir ist bald klar, dass ich seine Tochter niemals werde schlagen können. Er grinst nur.

„Natürlich nicht. Sie spielt, seit sie die Figuren halten kann. Ich habe sie unterrichtet, sie ist die Beste. Aber Sie müssen sich mit den Besten messen, wenn Sie herausfinden wollen, wie gut Sie sind und wie gut Sie werden können."

52

Ein Hinterhof in der Nähe des Bahnhofs, altes Industrieviertel, eine zum Tanzstudio umfunktionierte Lagerhalle, der „Swing-Boden".

Wilhelm wollte tanzen gehen. Lindy Hop. Vielleicht macht er das gerade mit Lilia. Wo auch immer sie sind.

Ich kann nicht einfach tanzen gehen, weil ich nicht tanzen kann. Die Grundschritte der Standardtänze habe ich mit Sandra in der Tanzschule gelernt, und ich kann mich im Club rhythmisch zur Musik bewegen. Lisa hat immer gelacht und gesagt, selbst das geht nicht als Tanzen durch.

Ich schlendere über den Asphalt, unter dem an vielen Stellen das Kopfsteinpflaster zu sehen ist, durch den leeren Eingangsbereich, der Musik hinterher bis in den Tanzsaal. Die Räume pastellfarben hell gestrichen, überall weitläufiger Parkettboden und Schwarzweißfotos von Musikern und Tänzern. An den Wänden des Saals stehen alte Bänke, wie ich sie aus dem Sportunterricht kenne, eine Seite ist verspiegelt und in einer Ecke gibt es verschiebbare Podeste. An den Decken hängen Gestänge mit großen Scheinwerfern und Lautsprecher, aus denen gutgelaunte Big-Band-Swingmusik dröhnt. Ich trete durch die Doppeltüren neben das Klavier und bleibe stehen, weil ich sie nicht stören will.

Sie ist in meinem Alter, vielleicht ein wenig jünger, die schwarzen Haare zu einem Zopf zusammengebunden. Ein enges Shirt und kurze Shorts, den Kopf erhoben, lächelt sie in den Spiegel und ihr Körper wirbelt. Ihre Füße berühren kaum den Boden, das Becken kreist, und ihre Arme scheinen ihre eigene Freude zu haben, scheinbar unkontrolliert und trotzdem irgendwie miteinander verbunden. Manchmal sehe ich einen Vogel, dann wieder schlangenartige Bewegungen, und ich kann kaum einzelne Schrittfolgen oder Muster voneinander trennen. Sie tanzt, wie ein Schmetterling fliegt, mit jedem Schlag entscheiden die Arme, die Füße und das Becken neu, wohin sie wollen. Sie sieht aus, als mache sie sich keine Gedanken darüber, was ihr Körper tut.

Irgendwann wirft sie mir durch die Spiegelung einen Blick zu, und als das Lied zu Ende ist, steht sie still und das Lächeln verschwindet. Für einen kurzen Moment schließt sie die Augen und der Kopf sackt nach unten, der nächste Song beginnt. Dann straffen sich die Schultern, sie dreht sich um. Ich zeige auf die Tanzfläche.

„Das sah großartig aus. Und so leicht."

„Danke. Wollen Sie das auch können?"

Sie nimmt sich ein Handtuch von der Bank und wischt über ihr Gesicht. Ihre Unterarme und Schenkel glänzen. Sie ist nicht aus der Puste, aber sichtlich angestrengt. Also doch nur ein Mensch.

„Ich muss nicht unbedingt das können. Aber ich möchte Lindy Hop lernen."

„Schön, Sie sind hier richtig. Wir haben jeden Mittwochabend Swing-Tanzkurs, und bald machen wir auch Lindy Hop. Haben Sie schon Tanzerfahrung? Haben Sie eine Tanzpartnerin?"

„Keine Partnerin. In der Schule mal ein Grundkurs. Seitdem nie wieder getanzt."

„Und nun wollen Sie jemanden beeindrucken?"

„So in etwa. Wie lange bräuchte ich, um Lindy Hop einigermaßen anständig zu lernen? Geben Sie auch Einzelunterricht?"

Sie hebt eine Augenbraue.

„Haben Sie eine Wette verloren?"

Ich sitze im Eingangsbereich, tippe mit dem Fuß im Takt der Musik und warte, bis sie aus der Umkleidekabine kommt, frisch geduscht und umgezogen. Die Haare hängen ihr leicht gelockt ins Gesicht, sie stellt zwei Gläser und eine Wasserflasche auf den Tisch und ich erzähle.

Vom Tumor, vom Hospiz, von Kasper und Lisa und Bene und von meiner Liste. Von Peter und dem Schach, von Lilia und Wilhelm und seinem Bett. Sie leert die Flasche Glas für Glas.

„Er wollte noch einmal tanzen gehen. Lindy Hop. Deshalb bin ich hier."

„Hört sich an wie eine Wette mit dir selbst. Hast du überhaupt Lust auf Tanzen?"

„Ich habe Lust, es für Wilhelm zu machen. Und an Schach hatte ich erstmal auch keinen Spaß. Und Geld ist kein Problem, solange ich mit Karte zahlen kann."

Sie betrachtet mich eine Zeitlang, leert ihr Glas, nickt.

„Okay, ein Intensivkurs Lindy Hop. Die Grundschritte kann ich dir in ein paar Stunden zeigen. Aber Tanzen lebt von seiner Geläufigkeit. Du brauchst deine Konzentration für andere Sachen, die Basics musst du können, ohne drüber nachzudenken. Du willst deiner Tanzpartnerin oder deinem Tanzpartner das Gefühl geben, dass du genau weißt, was du tust. In knapp vier Wochen haben wir hier ein Lindy-Hop-Wochenende für Fortgeschrittene. Ich trainiere dich vier Tage die Woche, dann machst du da mit und am Sonntag gibt's einen Tanzabend. Dort kannst du dann so Lindy Hop tanzen, dass es niemandem auffällt. Deal? Ich bin übrigens Martha."

Hinter ihr geht die Eingangstür auf und eine Frau tritt ein, kurz geschnittene krause Haare, in einer Latzhose und mit zwei vollen Jutebeuteln über der Schulter.

„Wir werden in den kommenden Wochen viel Zeit miteinander verbringen. Ich bin gespannt, wie du dich schlägst."

Martha hat große Augen mit dunkelbrauner Iris, wie ein Reh. Sie legt den Kopf leicht schräg und presst lächelnd die Lippen zusammen. Ich schmunzele und lehne den Kopf ein wenig weiter nach vorne.

„Ich auch."

Die Frau beugt sich zu Martha herab. Martha dreht den Kopf zur Seite, küsst sie und schaut dann wieder zu mir.

„Jess, das ist Alex. Ich bringe ihm in vier Wochen Lindy Hop bei."

Jess grinst, ich ziehe meine Hand aus Marthas Griff und gebe sie ihr.

„Ich gelobe, ein guter Schüler zu sein."

„Wenn nicht, dann kümmere ich mich um dich." Sie zwinkert mir zu und legt eine Hand auf Marthas Schulter. „Bist du fertig für heute? Ich habe eingekauft und fange an zu kochen."

„Ich komme mit. Alex, morgen um neun Uhr, bring bequeme Kleidung mit."

53

Pregasina am Gardasee hat nur 200 Einwohner, und nach ein paar Tagen habe ich, glaube ich, jeden gesehen. Ich gehe ein einziges Mal im nahegelegenen Ledrosee ins viel zu kalte Wasser und leihe mir ein Fahrrad, um die alte Straße nach Riva runterzubrettern.

Ein in den Fels gehauener Weg, der bis vor 40 Jahren die einzige Möglichkeit war, in das Dorf zu kommen. Immer am Rand der Klippen entlang, kaum abgesichert und voller kleiner Tunnel, hölzerner Brückenkonstruktionen und Serpentinen – so schieße ich dem See entgegen, voll auf Adrenalin, mit verschwitzten Händen und aufgerissenen Augen.

Zurück schiebe ich und winke den Radfahrern zu, die an mir vorbeikommen. Ich habe einen Tumor, ich darf schieben.

Ich lerne Giovanni Monello kennen, sehe die gleichen zotteligen grauschwarzen Haare und charakteristischen Augenbrauen, das Lachen und die Art, beim Sprechen mit den Händen zu tanzen, wie Lilia es andauernd gemacht hat. Und ich verstehe, dass Zofia angeheiratet ist.

Zofia ist nur im Speisesaal, um Gäste zu bedienen oder abzuräumen, ansonsten hält sie freundlich Distanz. Giovanni dagegen sitzt oft selbst an einem der Tische und liest Zeitung, immer mit einem Espresso oder einem Glas Rotwein. Er grüßt mich und fragt, wie es mir geht, macht einen Witz und geht dann lachend.

Ich wusste selbst nicht, wie lange ich bleibe. Aber am Morgen des achten Tages, ich habe Muskelkater in den Schenkeln und mich gleichzeitig schon lange nicht mehr so friedlich gefühlt, wird mir klar, wie sehr ich diesen Ort mit seiner Luft, seiner Umgebung, den Menschen und dem Essen vermissen werde. Und ich weiß, dass ich Lilias Wunsch erfüllt habe.

Ich streiche ihre Zeile durch, hebe den Kopf und schaue auf den See hinaus. Wo auch immer Lilia jetzt ist, sie wird für Spaß sorgen, mit ihrer klingelnden Mütze durch die Gänge tanzen und laut lachen, wenn sie nicht gerade jemandem irgendwas erzählt. „Pregasina" ist das einzige Wort, das ich verstanden habe, und ich bin froh und dankbar, hier zu sein. Ich taste nach meinem Tumor, atme tief ein und drücke die Finger unter die Rippen. Wir kommen erstaunlich gut miteinander aus, der Tumor und ich.

Als Frau Doktor Bachmann mir empfohlen hat, alle zwei Monate einen Arzt aufzusuchen und den Tumor regelmäßig überprüfen zu lassen, hat sich alles in mir dagegen gesträubt. Ich hatte abgeschlossen und wollte sterben. Aber vor dieser Aussicht zu sitzen und dieses Gefühl von Zufriedenheit zu genießen, macht etwas.

Nachdem ich Lisa vor ein paar Jahren mit einem Urlaub an der französischen Atlantikküste überrascht habe, sind wir über Nacht zurückgefahren. Die Route, die uns am Rand von Paris entlangführte. Selbst aus einigen Kilometern Entfernung konnten wir den Eiffelturm sehen, schummrig durch den Nebel leuchtend. Näher bin ich der Stadt nie gekommen. Aber auf einer Raststätte auf dem Dach des alten Volvo zu sitzen und den gerade so erkennbaren Eiffelturm zu sehen, Lisas Schulter an meiner, das war ein ähnliches Gefühl von Zufriedenheit. Oder mit einer kühlen Flasche Malzbier auf der Bank vor dem Türrahmen.

Ja, es ist mein Leben, mit dem ich machen kann, was ich will. Aber langsam verstehe ich, wie viele Menschen gerne mit mir getauscht hätten. Gerne mehr Zeit gehabt hätten.

54

Ich verrate niemandem, dass ich Geburtstag habe. Ich spiele mit Herrn Polgar, wie an jedem anderen Tag, kaufe mir am Abend zwei Flaschen Malzbier und trinke sie schweigend. Jetzt also doch 31.

~

Er ignoriert die Besucher, die an unserem Tisch stehen bleiben, also ignoriere ich sie genauso. Es wird kälter und schneit irgendwann, wir spielen immer öfter im Schein der Museumsbeleuchtung, während es vor den Fenstern schon dunkel ist. Wir sind ein lebendiger Teil der Ausstellung, manchmal sitzen Menschen eine ganze Weile neben uns und sehen zu.

Nach jedem Spiel dreht Herr Polgar das Brett. Manchmal spielt er kommentarlos und schscht mich, wenn ich zu einer Frage ansetze, manchmal erklärt er mir jeden seiner Gedankengänge, erläutert die nächsten möglichen Züge und ermuntert mich, alles nachzuvollziehen.

Irgendwann schmilzt der Schnee, und als er am 23. Dezember die Figuren in die Schachtel räumt, fragt mich Herr Polgar, ob ich über Weihnachten nach Hause fahren werde.

„Ich bleibe hier."

Er schließt die Schachtel und schiebt sie in die Mitte des Tisches.

„Dann können wir ja auch morgen spielen."

„Wir können auch erst nach Weihnachten weitermachen."

„Morgen, halb zehn."

Bene zieht mit mir in die Haus-WG und seine Eltern beschließen, oft genug Weihnachten gefeiert zu haben. Ein paar Jahre sind wir dann zu erwachsen und zu cool, bis Lisa uns ziemlich deutlich macht, wie wichtig ihr Weihnachten ist. Also improvisieren wir aus Zweigen und einer Leiter einen Weihnachtsbaum und schleppen den riesigen Sessel von der Straße in ihr Zimmer. Wir kochen gemeinsam und singen sogar, und Bene und ich können das irgendwie nicht ernst nehmen. Aber nach dem dritten Jahr haben wir unsere eigene Tradition entwickelt. Es ist irgendwie egal, woher sie kommt und was sie anderen bedeutet. Weil diese Abende, auf die wir wochenlang hinfiebern, die wir erst zu dritt und dann mit Avisha zu viert verbringen, intensive Momente sind und schöne Erinnerungen. Mein Gefühl von Zuhause. Solange es mein Zuhause war.

Wir spielen, bis Judit beginnt, das Museum um uns herum zu schließen. Wir beenden das aktuelle Spiel und Herr Polgar räumt die Figuren in die Schachtel.

„Meine Töchter kommen heute Abend mit ihren Familien. Es wird ein volles Haus."

„Schön."

„Da fällt ein Weiterer nicht auf."

„Ich möchte Ihr Familienfest nicht stören."

„Halb acht, Sie können mit Judit kommen."

Er stellt die Schachtel in die Mitte des Tisches und verlässt das Museum.

Der Weihnachtsbaum strahlt durch die Glasfront, die die alten Tore der umgebauten Scheune ersetzt hat. Ein ehemaliges Bauernhaus am Ortsrand. Frau Polgar ist so klein wie ihr Mann, die kastanienbraunen Haare trägt sie zu einem kurzen Bob mit Seitenscheitel geschnitten, der Ansatz wächst grau nach. Wie bei meiner Mutter, damals. Sie nimmt ihre Tochter in den Arm und schüttelt mir die Hand.

„Laszlo ist begeistert von Ihnen. Es ist schon lange her, dass er jemandem Schach beibringen konnte."

Wir sitzen an einem langen Tisch vor dem Weihnachtsbaum, behängt mit Lichtern und Kugeln und bunten, knisternd eingepackten Süßigkeiten. Wir essen Fischsuppe, gebratenen Fisch und Kohlrouladen, Mohn- und Nussrollen und Kekse, bis ich nur noch übersatt und müde den Kindern dabei zusehe, wie sie sich die Süßigkeiten vom Baum angeln, den Leuten zuhöre, mitlache und eine Gänsehaut bekomme.

Ich spiele gegen fast alle Schach. Sitze in einem von zwei tiefen Sesseln in der Ecke der alten Scheune, hinter uns stehen Bücherregale. Das Brett und die Figuren sind viel edler als die im Museum. Wenn ich eine Partie verliere, setzt sich jemand anderes mir gegenüber. Ich verliere gegen jeden, selbst gegen den zwölfjährigen Laszlo, der nach seinem Großvater benannt ist. Bene würde das hier lieben. Er würde wahrscheinlich auch gegen jeden hier verlieren. Aber er genießt das Spielen. Langsam verstehe ich, wieso. Und ich merke, wie sehr ich ihn vermisse. Sie beide vermisse.

Ein Mädchen sitzt in ein Buch vertieft zwischen den Resten des Geschenkpapiers, zwei Geschwister jagen sich mit den Spielzeugautos durch den Raum, von irgendwoher kommt festliche Musik und die Erwachsenen sitzen in Grüppchen zusammen und unterhalten sich. Knapp 500 Kilometer entfernt sitzen zwei Leute dick eingepackt auf einem engen Balkon, im Wohnzimmer ein improvisierter Baum aus Büchern oder Kartons oder irgendwas anderem. Wahrscheinlich die zweite Flasche Wein. Vielleicht denken sie kurz an mich. Und dann küssen sie sich. Ach, Scheiße.

Herr Polgar kommt zu mir, ich wische die Feuchtigkeit aus meinen Augenwinkeln.

„Ich freue mich, dass Sie da sind."

„Wir sehen uns jeden Tag."

Er nickt ernst.

„Das meine ich."

Er dreht mir die weiße Seite zu und ich ziehe den ersten Bauern. Sobald ich die Figur loslasse, bewegt er seine.

„Wer war der Mann, für den Sie das hier machen?"

„Peter. Ein Freund. Ich habe ihn im Hospiz kennengelernt."

„Haben Sie dort gearbeitet?"

„Ich war Gast. Eigentlich sollte ich tot sein."

Er wirft einen meiner Türme um und sieht mich an. Ich nehme ihm den Bauern und erzähle. Vom Tumor, vom Hospiz, von Kasper und Lisa und Bene und von meiner Liste. Das Brett leert sich, er drängt meinen König und meinen letzten Bauern in eine Ecke und zieht die Dame davor.

„Er wollte noch einmal ein Spiel gewinnen. Deshalb bin ich hier."

Er lässt die Königin los und sieht auf.

„Das tut mir alles leid."

Ich zucke mit den Schultern und will ihn nicht anschauen. Mir reichen seine Worte und das Mitgefühl in seiner Stimme.

Ich kann den König nicht aus der Ecke ziehen, weil die Dame den Weg versperrt. Den Bauern ebenso wenig.

„Ich kann nichts machen."

Ich sehe hoch und er lächelt.

„Das nennt man Patt. Sie können nicht mehr ziehen."

„Also haben Sie gewonnen?"

„Remis. Unentschieden. Gratulation."

Ich schaue ungläubig auf das Brett und dann ihn argwöhnisch an.

„Haben Sie es darauf angelegt?"

„Würde ich nie tun. Ihre Geschichte hat mich abgelenkt. Betrachten Sie es als Weihnachtsgeschenk."

55

Kurz vor neun bin ich da, trinke mit Martha noch eine Tasse Tee und dann fangen wir an. Morgens knapp vier Stunden, nachmittags gibt sie meist einen Kurs und ich soll in meinem Apartment üben. Weiche Knie, Bouncen und Swingen, Gewicht verlagern, Half und Rock Step, offene und geschlossene Position.

Ich bin wieder 16, in dem immer leicht nach Schweiß und Nebelmaschine riechenden Keller der Tanzschule, zusammen mit Sandra und einigen Freunden. Und obwohl wir alle die gleichen komischen Bewegungen machen, ist es mir peinlich. Immer kichert jemand und ich glaube, ich bin der Grund.

Und dann sehe ich Sandra mit ihrem verächtlichen Blick bei unserem letzten Gespräch, ein Destillat all dessen, was ich jemals falsch gemacht habe.

Diese Unsicherheit verklebt mein Denken. Verdreht nicht auch Martha die Augen, wenn ich schon wieder aus dem Takt komme? Ich habe all das erfolgreich verdrängt, jahrelang nicht ernsthaft getanzt, sondern nur übertriebene Bewegungen gemacht. Lisa damit zum Lachen gebracht. Jetzt weiß ich wieder, warum. Mir kommt es vor, als werde es bei jedem Mal schlimmer, ich immer verkrampfter. Spaß haben wir beide nicht. Am Ende der ersten Woche bricht Martha mitten in einer Bewegung ab, lässt meine Hand los und schiebt sich aus meinem Griff. Die Musik swingt fröhlich weiter und ich fühle mich elend.

„Alex, so wird das nichts. Du leistest das hier nur ab, du hast offensichtlich keinen Spaß und ehrlich gesagt eine Scheißmotivation. Ich glaube nicht, dass du zuhause übst. Du hast gelogen. Du hast gesagt, du wirst ein guter Schüler sein."

Sie hat Recht. Ich höre mir zwar Swingmusik an und bewege mich zu Hause ein bisschen, aber es gibt immer irgendwas anderes. Börsennachrichten oder so.

„Mir ist es egal, ob du tanzen lernst. Wenn du keinen Bock hast, dann lassen wir das." Sie sieht auf die Uhr an der Wand und schüttelt den Kopf. „Schluss für heute. Wir sehen uns am Montag und dann sagst du mir entweder, dass wir aufhören, oder du zeigst mir, dass du das wirklich willst."

~

Ich gehe in mein Apartment, abwechselnd wütend auf Martha und auf mich. Warum mache ich das überhaupt? Als ob Wilhelm mir gerade zusieht und enttäuscht ist, weil ich nicht für ihn tanze. Was für ein Schwachsinn.

Aber der Gedanke, dass Peter und Lilia sehr wohl irgendwie mitbekommen, was ich mache, gefällt mir. Ich packe gerade meinen Rucksack für ein Wochenende bei Kasper, der sich hoffentlich über meinen Besuch freut, als es an der Tür klopft.

Das muss Martha sein, weil nur Kasper und sie die Adresse haben und ich mir sehr sicher bin, dass Kasper nicht hierherkommt, in den ersten Stock eines Altbaus in einer Kopfsteinpflasterstraße. Es klopft wieder, und schuldbewusst ziehe ich die Tür auf. Jess lächelt mich an.

Wir sehen uns zwar immer wieder, aber seit unserer Begrüßung haben wir nicht mehr miteinander gesprochen. Sie setzt sich an den Küchentisch, bedankt sich für das Wasser und wartet, bis ich sitze.

„Martha schwankt zwischen Wut und Verzweiflung. Ich kenne sie seit acht Jahren und ich habe sie schon lange nicht mehr so erlebt."

Ich zucke mit den Schultern. Jess leert das Glas, kippt die letzten drei Tropfen auf die Tischplatte und zieht mit dem Zeigefinger Wasserlinien.

„Ich liebe diese Frau und ich tue sehr viel dafür, dass es ihr gut geht. Gerade geht es ihr nicht gut und du bist schuld daran."

„Wird das eine Drohung?"

Jess sieht auf und schmunzelt. Sie hat ein schmales Gesicht, eine hohe Stirn und eine prägnante Nase, ihre hellen Lippen und die Zähne leuchten. Sie ist nicht hübsch oder süß, sie strahlt eine würdevolle Erhabenheit und Stärke aus, und das macht sie schön.

„Für die Drohungen ist Martha zuständig. Sie ist die beste Lehrerin, die du finden kannst. Aber Zwischenmenschliches ist nicht ihre Stärke."

Ich reagiere nicht.

„Sie bricht später zu einer Convention auf und kommt erst Sonntagabend zurück. Wir haben also zweieinhalb Tage, um dich zu motivieren und auf ein Niveau zu bringen, auf dem ihr beide miteinander arbeiten könnt."

Sie dreht den Kopf und sieht zur offenen Schlafzimmertür. Auf dem Bett liegt der Rucksack.

„Oder hattest du was anderes vor?"

56

Zu Beginn des neuen Jahres schlage ich mit meinem weißen Springer Herrn Polgars zweiten Turm und setze ihn matt. Zwei Atemzüge lang herrscht Stille, dann klatscht Judit aus dem Hintergrund sanften Beifall.

Herr Polgar nickt und packt die Figuren ein.

„Wir sind fertig." Er nimmt den weißen Springer und hält ihn mir hin. „Nehmen Sie ihn. Ich wünsche Ihnen alles Gute."

Er greift die Schachtel, schüttelt meine Hand und verlässt das Museum.

Ich schaue ihm einen Moment nach, dann drehe ich mich zu Judit, strahle und reiße die Arme nach oben. Sie lacht, und ich lache auch.

„Gratulation. Und danke. Sie haben ihm eine große Freude gemacht. Er durfte schon lange nicht mehr unterrichten. Ich habe einen schwarzen Turm zuhause. Ich war vier, damals."

Sie schmunzelt abwesend, den Blick auf unseren Tisch gerichtet, ihre Stirn legt sich in Falten. Eine Erinnerung, die nicht nur schön ist. Dann sieht sie wieder mich an.

„Was jetzt?"

Ich blättere in meinem Notizbuch und streiche die erste Zeile durch. Fühlt sich gut an.

Bitte sehr, Peter.

57

Giovannis Faust klopft auf meinen Tisch und ich schrecke auf.

Er lacht.

„Entschuldigung, das wollte ich nicht. Guten Morgen. Was werden Sie heute unternehmen?"

Er wartet, aber sein Körper will schon weiter, in der anderen Hand hält er die zusammengerollte Zeitung. Er wird sie für die Gäste auf den Tisch neben dem Eingang legen.

„Ich fürchte, ich werde heute abreisen. Ich muss weiter."

Er verharrt in der Bewegung, zieht die Augenbrauen hoch.

„Das ist schade. Müssen Sie zurück nach Hause?"

Ich schüttele den Kopf und betrachte die Liste im Notizbuch. Ich weiß, dass ich nicht gehen kann, ohne gefragt zu haben.

„Ich hoffe, ich trete Ihnen nicht zu nahe, aber Lilia, Elisabetta, war das Ihre Mutter?"

Giovanni runzelt die Stirn und sieht mich irritiert an.

„Lilia war meine Tante. Sie ist vor vielen Jahren nach Deutschland gegangen. Letztes Jahr ist sie gestorben. Woher kennen Sie sie?"

„Ich war im gleichen Hospiz. Ich bin ihretwegen hier."

Er setzt sich mir gegenüber, rollt die Zeitung immer wieder neu zusammen – und ich erzähle. Vom Tumor, vom Hospiz, von Kasper und Lisa und Bene und von meiner Liste. Zofia kommt zu uns an den Tisch, weil ihr Mann nicht auf ihre Rufe reagiert. Als Lilias Name fällt, sieht sie ihren Mann fragend an, der sie nur kurz anblickt, dann setzt sie sich dazu.

„Sie wollte noch einmal hierherkommen."

Zofia fasst ihrem Mann an die Schulter, er greift nach ihrer Hand. Selbst in seiner Trauer sieht er Lilia ähnlich. Er wischt sich mit der Hand über die Augen.

„Lilia war die Schwester meines Vaters. Aber ich habe sie nicht kennengelernt. Sie wollte immer raus aus Pregasina, die Welt sehen. Mein Vater hat ihr das verboten. Er war der Meinung, dass sie hierbleiben müsste, sich um das Hotel kümmern. Genauso, wie er es tat. Da ist sie eines Nachts einfach verschwunden. Das war kurz nach meiner Geburt.

Jahrelang hat mein Vater nicht über seine Schwester geredet. Wenn jemand gefragt hat, ist er wütend geworden, hat sie verflucht. Sie soll bloß nie wieder zurückkommen, hat er gebrüllt. Sie hat geschrieben. Postkarten aus Paris, aus Ägypten, aus Berlin, manchmal sogar Briefe, aber mein Vater hat alles weggeworfen.

Dann wurde er krank. Und eines Nachts haben wir ihn weinend in Lilias altem Zimmer gefunden. Er hat vor dem Bett gekniet und so laut geschrien, dass wir alle wach geworden sind.

Er hat sich bis zu seinem Tod gegrämt, dass er Lilia damals vertrieben hat. Wir haben ein paar Mal versucht, sie zu finden, haben Verwandten geschrieben und alte Freunde kontaktiert, aber niemand hat gewusst, wo sie war. Ich musste ihm versprechen, dass ich Lilia sage, wie leid es ihm tut. Er war sich sicher, dass sie ein besseres Leben gefunden hat. Dass sie nicht mehr an uns denkt. Letzten Sommer ist er gestorben. Zwei Monate später kam der Brief, dass auch Lilia gestorben ist."

Er zieht ein Stofftaschentuch aus seiner Hose, dreht sich weg und schnäuzt sich. Legt seinen Kopf an Zofias Schulter, ich höre seine gedämpften Schluchzer. Ich betrachte das Webmuster der Tischdecke, die Knicke, die das Notizbuch mittlerweile hat, Lisas feine Schrift neben meiner. Er hebt den Kopf. Ich schiele zu ihm und er lächelt mich an, verschämt.

„Entschuldigung, Alex, dass Sie sich das anhören müssen."

„Ist doch meine Schuld, ich habe Ihnen das erzählt."

„Es ist ein schöner Gedanke, dass Lilia nach Hause kommen wollte. Vielleicht können sich die beiden tatsächlich versöhnen."

In meiner Fantasie tanzt eine ältere Version von Giovanni mit Lilia, während sie in einer Sprache singen, die ich nicht verstehe.

„Und dass Sie hier sind, das ist für mich ein Wunder."

Ich streiche über das Papier. Versuche, einen Knick zu glätten und bloß nicht aufzusehen. Zucke mit den Schultern.

„Wäre schön, wenn sie sich schon hier versöhnt hätten."

„So wie die Dinge stehen, sind Sie das Beste, was hätte passieren können."

Ich schaue noch eine Weile auf das Papier, meine Finger und die Tischdecke, bis sich seine Hand auf meine legt. Eine breite, raue, warme Hand, die dunklen Haare auf den Knöcheln angegraut, in der meine eigene fast verschwindet. Ich sehe auf, in seine geröteten, offenen, lächelnden Augen.

„Danke."

58

„Schön, dass du anrufst!"

Ich warte seit Stunden auf meinen Flug und mein Rücken schmerzt von der harten Plastikschale des Sitzes. Verona hat nur ein Terminal und es gibt wirklich nicht viel zu sehen. Ich freue mich, Kasper zu hören, aber diesmal ist irgendwas anders.

Er klingt fast zu gut gelaunt. Vielleicht sogar gespielt fröhlich?

„Was ist passiert?"

„Wie kommst du drauf, dass etwas passiert ist?"

„Ich höre es dir an, alter Mann."

Kasper schnaubt ins Telefon.

„Ich hatte gestern Besuch."

Ich schließe die Augen. Scheiße.

„Frau Doktor Bachmann? Was sagt sie?"

„Was? Nein, die war letzte Woche da, alles wie immer."

„Was dann?"

„Na ja, ich lag hier im Bett, was auch sonst. Hier hat's tatsächlich geschneit und der Blick aus dem Fenster ist wirklich schön. Gibt's bei dir auch Schnee?"

„Kasper!"

Er kichert und ich bin mir sicher, irgendwas ist überhaupt nicht in Ordnung.

„Es klopft, und da steht diese junge Frau neben Martin. Sie hat kurz rasierte Haare, ist dick in einen Mantel eingepackt und hat einen Koffer in der Hand."

Ich reiße die Augen auf und setze mich auf. Wie hat Lisa herausgefunden, wo ich bin? Hat sie Doktor Münchenberg so lange gefragt, bis er irgendwann nachgegeben hat? Und nun ist sie dort und ich bin in Italien. Urlaub machen.

„Und dann hat sie gesagt, sie heißt Xenia und sie soll Grüße von Alex ausrichten, sie würde mir das Arschgeweih stechen."

Ich brauche einen Moment, um die neuen Informationen zu verarbeiten, dann klickt es.

Während Kasper Martin bearbeitet, ihm Lilias Akte rauszusuchen, erzähle ich Martin von meiner Idee, Kasper einen Tätowierer zu schicken.

„Aber er will doch nicht wirklich ein Arschgeweih."

Die Vorstellung von Kasper mit einem schwarzen Tribal knapp über dem Steißbein ist zu gut. Ich lache auf.

„Er kann sich aussuchen, was er will. Oder auch gar nichts. Aber er soll die Möglichkeit bekommen. Die Frage ist nur, wie kriegen wir den Tätowierer an Frau Renninger vorbei?"

„Helen sagt, wir sind dafür da, dass es den Menschen in den letzten Tagen so gut wie möglich geht. Wenn er ein Tattoo will, dann soll er eines bekommen."

„Und jetzt trägst du ein Arschgeweih?"

„Ach was. Aber als sie dann bei mir saß, zeigte sie mir Fotos und Motive und ich dachte, warum nicht? Dieser Körper stirbt sowieso bald. Also haben wir nach etwas Passendem gesucht und haben es gefunden."

„Kippen?"

„Ein kleines Boot, so ein gefaltetes Papierboot auf dem Wasser, ganz einfach."

„Ein Origamiboot. Gute Wahl. Und wo hast du das jetzt?"

„Xenia sagte, viele haben das auf dem Knöchel. Ich hab ihr dann meinen Stumpf gezeigt."

„Die Arme."

„Sie hat es locker genommen. Wir haben uns für den Unterarm entschieden. In Schwarz, auf blauem Wasser, das aussieht wie Wasserfarbe."

„Hat's wehgetan?"

„Ich bin andere Schmerzen gewohnt. Und es ist schon eine Weile her, dass mich eine Frau stundenlang bearbeitet hat."

Ich vermisse den alten Mann. Und die 12-Jährige, die in ihm steckt. Die das Nachtlicht braucht, nur mit offener Tür schlafen kann und andauernd kichert. Ich betrachte meinen eigenen Unterarm.

„Du fehlst mir, weißt du das?"

„Ach, Alex ... Ich bin der, der immer nur im Bett liegt. Ich bin nicht cool."

„Trotzdem kannst du mir fehlen."

„Ich habe eine Idee."

„Ich komme dich besuchen?"

„Du lässt dir auch ein Tattoo stechen."

59

Ich komme ein wenig früher in das Tanzstudio und betrachte die Gruppe alter Menschen, die sich zu langsamer Musik bewegt.

Die Herren tragen fast alle einen Anzug oder wenigstens ein Hemd über einer dunklen Hose, zwei sogar einen Hut, und die Damen haben Röcke oder Kleider an. Ihre Bewegungen sind ruhig und getragen, sie tanzen konzentriert, aber alle lächeln sie dabei versonnen.

„Freitagnachmittag gehört der Saal dem Altenheim. Viele von ihnen würden sich gern mehr bewegen, hier können sie es zumindest ohne Scheu tun."

„Und wo üben wir jetzt?"

„Folge mir."

Jess führt mich eine Etage nach oben und durch die linke Tür, dann stehen wir in einem Raum, vielleicht halb so groß wie der Saal unter uns. Beide Hälften des Daches sind zum größten Teil verglast und mit Schnee bedeckt. An den Wänden lehnen riesige Leinwände, ein paar angefangene Bilder stehen auf Staffeleien und überall ist Farbe.

In der Mitte des Raumes ist ein Podest, vielleicht drei auf drei Meter, mit dem gleichen Boden, der auch im Saal verlegt ist. Knapp unter dem Dach hängen Bilder unterschiedlicher Größe in einer Reihe, sie zeigen tanzende Menschen. Teils als Bleistiftstrichzeichnung und in einem Stehblues umschlungen, teils farbenfroh expressionistisch und ausschweifend. Auf einigen erkenne ich Martha, nicht am Gesicht, aber in ihrer Haltung und Ausstrahlung, wie sie allein oder mit anderen tanzt. Auf einem großen direkt gegenüber der Tür hat sie dem Betrachter den Rücken zugewandt und tanzt mit Jess, die mir in die Augen sieht. Ein angefangenes Bild auf einer Staffelei zeigt ein wild umhertanzendes Strichmännchen, das mich an Höhlenmalereien erinnert. Und an die Striche, die Jess mit dem Wasser auf meinem Tisch gemalt hat.

„Wow."

„Ich will dir was zeigen."

Auf einem Tisch steht ein aufgeklapptes Notebook, ein quadratischer Schwarzweißfilm zeigt ein paar Bedienstete in Arbeitsklamotten, die hinter einer Bühne Instrumente wegräumen, bis zufällig eine Klaviertaste gedrückt wird.

„Das ist aus *Hellzapoppin'*. In der Hölle ist der Teufel los, so heißt er auf Deutsch. Kennst du den? Ein Klassiker in der Swingszene."

Ein Mann spielt ein paar Töne auf dem Klavier, ein weiterer stellt sich mit dem Kontrabass daneben. Kurz darauf erscheinen der Koch, der Chauffeur und die Zimmermädchen, machen Musik und tanzen mit übertrieben strahlendem Lächeln auf dem Gesicht.

„Der Welt ging es schlecht Ende der 1920er, die Wirtschaftskrise. Tanzen war eine gute Möglichkeit, den Alltag für kurze Zeit zu vergessen. Sie tanzten für die gute Laune, sie war Teil der Show. Gleichzeitig erlaubt Lindy Hop extrem viel Freiheit, er hat kaum Regeln. Was du daraus machst, ob du dich von anderen Tänzen, von Tierbewegungen oder was auch immer inspirieren lässt, ist dir überlassen."

Die Musik endet und die Tänzer landen erschöpft und glücklich auf dem Boden, bis drei Männer hinter einem Vorhang hervorlugend klatschen und die Tänzer aufscheuchen. Jess klappt den Bildschirm runter, springt auf und stellt sich auf die Plattform, streckt mir ihre Hand entgegen.

„Lass uns Spaß haben!"

Wo Martha enttäuscht geguckt hätte, lacht Jess. Sie kontert meine Fehler mit Optimismus und treibt mich zu Bewegungen an, die mich selbst staunen lassen. Als sie in der Pause wiederkommt, stockt sie, als sie mich weinend in der Mitte des Podestes sitzen sieht. Sie setzt sich neben mich, gibt mir die Flasche Wasser und legt mir eine Hand auf die Schulter. Ich schniefe und grinse.

„Mein Leben lang war ich mir sicher, dass ich einfach nicht tanzen kann. Wenn Lisa wollte, dass ich mit ihr tanze, oder wenn sie mich einfach an der Hand auf die Tanzfläche gezogen hat, habe ich mich komisch bewegt, damit wir alle lachen konnten und um zu verstecken, wie dumm ich mich dabei gefühlt habe. Weil ich es einfach nicht konnte. Aber jetzt ... Mit dir ist es sicher auch nicht leicht. Aber möglich."

„Und deshalb weinst du?"

Ich zucke mit den Schultern und Jess drückt mich kurz an sich. Aber die Tränen und das Lächeln sind für Lisa.

Weil mir klar wird, dass sie diejenige war, bei der ich gemerkt habe, dass ich in diesem Leben, trotz all der Scheiße, die ich bis dahin durchmachen musste, glücklich werden könnte.

Als Martha am Montagmorgen die Musik auflegt und zu mir auf die Tanzfläche kommt, mit skeptischem und distanziertem Blick, umfasse ich sie, nehme ihre Hand in meine, lege die Erinnerung an das Wochenende in mein Lächeln. Nach dem Lied lässt sie meine Hand los, tritt einen Schritt nach hinten.

„Du hast geübt."

„Und wie."

„Ist das deine Entscheidung? Hältst du das die kommenden drei Wochen durch?"

„Ich versuche es."

„Tu es oder tu es nicht. Es gibt kein Versuchen."

60

Die Gipfeltänzer in Altona. Ich schlendere durch den Laden, sehe mir Schlafsäcke, Stiefel, Steigeisen, Extremwetterkleidung, Zelte und Literatur an, bis mich jemand anspricht und ein Stockwerk höher ins Gipfelbüro zu Carsten schickt. Carsten sieht mich kommen, klappt den Rechner zu und beugt sich über den Tisch, um mir die Hand zu geben. Er hat ein schmales Gesicht voller Sommersprossen, strahlend blaue Augen und seine ausgeblichenen Locken gehen direkt in den Bart über.

„Ich will einen Achttausender besteigen."

„Dann bist du bei uns richtig. Hast du einen bestimmten Wunsch oder geht's dir nur um die magische Grenze?"

„Hauptsache achttausend. Am liebsten den leichtesten."

„Das wollen sie alle am Anfang. Und dann sind sie süchtig. Je nachdem, wo deine Stärken liegen, empfehle ich dir den Shisha Pangma oder den Cho Oyu. Wie ist denn deine Kondition? Welche Gipfel hast du bisher gemacht?"

„Ich denke, meine Kondition ist okay. Aber ich war noch nie klettern. Das ist meine erste richtige Tour in die Berge."

Carsten verengt die Augen.

„Ist das ein Witz?"

„Nein, überhaupt nicht. Das steht auf meiner Liste, ich will auf einen Achttausender. Aber keine Angst, ich trainiere gerne dafür."

Carsten lehnt sich nach hinten und schüttelt den Kopf.

„Sorry, dabei können wir dir nicht helfen. Das wirst du nicht hinkriegen."

Ich stutze und runzele die Stirn.

„Wie meinst du das?"

Carsten betrachtet mich und presst die Lippen zusammen.

„So, wie ich es sage. Einen Achttausender besteigen ist immer noch nichts für jeden. Wir bieten solche Touren an, aber müssen auch entscheiden, wer dafür geeignet ist."

Er zuckt mit den Schultern und ich spüre, wie mir heiß wird. Ich schaue in den Laden runter, ob uns irgendeiner zusieht, mithört, wie der Typ mich als ungeeignet abstempelt.

„Du weißt doch überhaupt nicht, wer ich bin und was ich kann oder worum es hier geht. Woran machst du das jetzt fest? Was ist das für eine Scheiße?"

Carsten verschränkt die Arme.

„Ich mache das hier seit 20 Jahren und ich kann dir sagen, das ist kein Witz, so eine Expedition. Du warst noch nie Bergsteigen und willst direkt auf 8000 Meter Höhe? Das ist Selbstmord, und da mache ich nicht mit."

„Dann gehe ich halt zur Konkurrenz. Du verstehst nicht, was das für mich bedeutet."

Carsten seufzt.

„Ich muss hier weitermachen. Aber du hast Recht. Ich sollte wenigstens verstehen, worum es dir geht. Wir treffen uns heute Abend zum Essen und dann reden wir."

61

Ich komme mir vor wie in einem magischen Labyrinth mit zu vielen Möglichkeiten. Keine ist, wie sie zu sein scheint, und wenn ich mich endlich entschieden habe, einen Plan gefasst habe, drehen sich die Gänge und ich stehe wieder vor einer Wand und neuen Möglichkeiten, von denen keine meinem Plan entspricht.

Es ist spät geworden und dicke Flocken segeln zwischen mir und dem Eingang im gelben Licht der Laternen herunter, auf eine Schneedecke, durch die heute noch keiner gestapft ist. Ich brauche bessere Schuhe und doch nochmal einen Wintermantel. Ich eile durch den Schnee und klopfe am Empfang meine Schuhe ab. Höre Schritte den Gang entlangkommen. Sehe Helen, wie sie sich die Einmalhandschuhe abzieht und an der Desinfektionsstation im Speisesaal hält. Sie reibt ihre Hände und lächelt, bevor sie aufblickt, dann erkennt sie mich. Sie umarmt mich und hält mich fest, wie ich in den letzten Wochen von niemandem gehalten worden bin.

In meiner Nase eine Mischung aus Desinfektionsmittel und Waschpulver. Ich habe sie vermisst. Bevor das Gefühl und die Erinnerung an Kaffee und Geschirrgeklapper und kurze Haare zu mächtig werden, schiebe ich sie beiseite.

„Was machst du hier?"

„Kasper besuchen. Er weiß noch nichts davon."

„Ich bin heute alleine, eine Kollegin ist krank, deshalb muss ich gleich weiter. Ich komme später vorbei."

Sie drückt meinen Arm und eilt den Gang zurück zu einem der Zimmer, dessen Ampel rot leuchtet. Der Gedanke, dass seit meinem Weggehen fast jedes Zimmer seinen Bewohner gewechselt hat, gibt mir ein ganz komisches Gefühl.

Zwei Finger auf dem Handlauf gehe ich bis zu Kaspers offener Tür. Vorsichtig schiebe ich meinen Kopf hinein, dann klopfe ich zweimal sanft mit den Knöcheln. Im Zimmer brennt nur das gelbe Nachtlicht, und Kasper liegt zum Fenster gedreht, der Mund ist leicht geöffnet, die Lippen eingefallen. Seine Haut spannt sich am Unterkiefer und am Hals, als würde er fast nur noch aus Knochen bestehen. Er liegt still. Ich kann keine Atmung erkennen, keinerlei Bewegung, und für einen Moment bin ich mir sicher, dass er tot ist.

62

Ich habe den Anzug zum ersten Mal an, Lisa trägt das dunkle Kleid, schnäuzt sich die Nase, und ich weiß nicht, warum wir uns beeilen müssen.

Bene und Avisha warten unten auf uns, er in einem schwarzen Anzug, sie in einem schlichten Kleid. Beide grinsen, als ich in dem Anzug auftauche. Keiner hat mich je so gesehen. Selbst ich nicht. Bene streicht mir über die Schulter und nickt anerkennend.

„Wir haben ihn gemeinsam ausgesucht. Hättest du ruhig schon früher tragen können."

Wir steigen ins Auto, und nach der ersten Kreuzung ist klar, dass wir nicht zum Türrahmen fahren. Zehn Minuten später parkt Bene vor der grauroten, mit Efeu bewachsenen Mauer, die den Friedhof eingrenzt.

„Das ist doch ein Witz, oder?"

Wir gehen an Gregors Florett vorbei, er steht am Eingang, zusammen mit Frau Wiesner und vielleicht zwei Dutzend weiteren Leuten. Freunde und Gäste, aber auch Menschen, die ich nicht kenne. Alle in klassischem Schwarz. Manche von ihnen haben Blumen dabei. Ich greife nach Lisas Hand und werde langsamer.

„Was ist das hier?"

Lisa legt ihren Arm um meine Hüfte, schnieft und schiebt mich weiter.

„Ich habe doch gesagt, wenn, dann kriegst du eine richtige Beerdigung."

Ihre Stimme klingt immer noch nasal.

Avisha geht vor, Bene und Lisa nehmen mich in die Mitte und führen mich durch die Menge auf den Friedhof, steuern auf die Aussegnungshalle zu. Die Leute schließen sich uns an. Ich drehe den Kopf und sehe über die Grabsteine in die Richtung, in der meine Eltern liegen. Von wegen, nie wieder hierherkommen.

Eine junge Gärtnerin sitzt neben der offenen Tür in der Sonne und raucht. Als sie uns sieht, winkt sie und steht auf. Bene streckt die Arme aus. Die Frau drückt den Rest ihrer Zigarette in einen silbernen Taschenaschenbecher und umarmt erst Bene und Avisha und drückt dann Lisa an sich. Ich hebe erstaunt die Brauen.

„Alex, das ist Marie."

„Hallo Alex." Sie nickt mit dem Kopf in Richtung Halle.

„Geht schon mal rein. Ich hole Franz."

Es ist dunkel und riecht nach Holz und geschmolzenem Kerzenwachs. Einige Reihen Bänke sind aufgestellt und ganz vorne stehen ein Pult und eine kleine Orgel, dazwischen ein Metallgestell, an dem ein paar Kränze hängen. Kleine Scheinwerfer beleuchten eine leere Stelle in der Mitte.

Wir setzen uns in die erste Reihe, Bene zeigt nach vorne.

„Ich wollte einen Sarg, aber Lisa war dagegen. Bedank dich bei ihr."

Die Halle ist für vielleicht 50 Menschen ausgelegt und halb gefüllt. Komisch, den Leuten zuzusehen, wie sie ihre Plätze einnehmen und immer wieder zu mir blicken. Manche winken mir zu. Onkel Gregor setzt sich mit Frau Wiesner hinter uns und legt mir die Hand auf die Schulter. Ich sehe ihn an und nicke und weiß nicht, was ich fühlen soll. Ich komme mir ausgesetzt vor, vorgeführt. All die Menschen sind wegen mir gekommen. Nur weil ich meinen Kopf durchgesetzt habe.

Ein massiver Kerl schlappt durch den Mittelgang nach vorne, neben ihm läuft Marie. Ich erkenne sie erst nicht, weil sie ihre Latzhose gegen eine dunkle Robe getauscht hat, die Ärmel hochgekrempelt. Bei jedem Schritt sehe ich die dreckigen Spitzen ihrer Stiefel. Sie zeigt auf mich, und für einen Moment bin ich mir sicher, dass es Ärger geben wird. Dann streckt der Kerl mir seine Pranke hin.

„Ich bin Franz. Hast du ein Lieblingslied?"

Ich sehe das rote Küchenradio vor mir, höre das Lied, das meinem Vater so gefallen hat. In all den Jahren habe ich es immer wieder gehört, zufällig in Kaufhäusern oder auf Autofahrten. Ich habe nie herausgefunden, wie es heißt. Und je mehr Zeit vergeht, je verschwommener meine Erinnerung an den Moment in der Küche wird, desto unsicherer bin ich, ob das Lied, das ich höre, wirklich das aus dem Küchenradio ist.

„Irgendwie schon, aber ich weiß nicht, wie es heißt. Spiel, was du passend findest."

Marie schnaubt grinsend.

„Die Sachen, die er passend findet, passen keinem anderen."

Franz boxt gegen Maries Schulter und sie taumelt zur Seite. Dann zuckt er erstaunlich schnell vor ihrer Hand zurück und flieht hinter die Orgel. Marie zupft an der Robe und wirft einen Blick in die Halle.

„Wir warten noch ein paar Minuten. Du glaubst nicht, wie viele Leute zu spät zu Beerdigungen kommen."

Sie grinst zu mir herunter.

„Was ist meine Aufgabe?"

Sie legt mir die Hand auf die Schulter, zum Teil verdeckt durch die viel zu große Robe, eine schmale Hand, feingliedrige Finger mit kurz geschnittenen Nägeln. Ähnlich dunkle Ränder, wie mein Vater sie hatte.

„Du bist der Tote. Du musst nur hier sitzen und zusehen."

Meine Hand wandert zu meinem Bauch, zwei Finger unter meine Rippen. Marie drückt meine Schulter.

„Genieße es einfach. Ich gehe noch eine rauchen, dann geht's los."

Sie lockert ihren Griff, lässt ihre Hand noch einen Moment liegen. Nickt mir zu, wohlwollend. Ich glaube, den Tumor zu spüren, oder vielleicht auch nur meinen flauen Magen. Aber irgendwas in ihrem Gesicht beruhigt mich. Meine Schultern entspannen sich und ihr Lächeln wird breiter, die Falten um den Mund und die Augen sichtbarer. Dann geht sie durch den Gang nach draußen.

Vor mir klickt es, Franz kommt hinter der Orgel hervor und setzt sich auf den Hocker. Sie gibt ein warmes Brummen von sich, so leise, dass wohl nur wir es hören können. Franz schließt die Augen und bewegt den Kopf hin und her, legt ihn in den Nacken und schüttelt die Schultern und die Hände aus. Dann sieht er mich amüsiert an und beugt sich mir entgegen, ich rutsche nach vorne.

„Freu dich! Kaum einer kriegt seine Beerdigung mit."

„Keine Ahnung, was ich davon halten soll."

Er rutscht noch näher, kippt den Stuhl in meine Richtung.

„Ehrlich gesagt ist es egal, was du davon hältst. Es sieht zwar so aus, aber Beerdigungen werden nicht für die Toten veranstaltet."

Er hebt den Kopf und sieht über mich hinweg.

„Oh, es geht los!"

Marie steht in der Tür neben einem großen dürren Mann, der sich an den Rahmen lehnt. Er hat schwarze Haare, die ihm in die Augen fallen, trägt einen dunklen Mantel und zieht an einer Zigarette. Ich habe ihn schon mal gesehen, als ich meine Eltern hier besucht habe.

Ein tiefer, warmer Ton erklingt und ich spüre den Boden vibrieren, wie sich die Vibration auf meinen Körper ausbreitet. Ich blicke zu Franz, der aufrecht auf seinem Hocker sitzt, den Ton hält und immer noch zur Tür sieht. Das Gemurmel in der Halle wird leiser, alle setzen sich ein wenig gerader hin und schauen nach vorne.

Marie nimmt dem Mann neben ihr die Kippe aus dem Mund, zieht daran und steckt sie ihm wieder zwischen die Lippen. Mit ihrem ersten Schritt wird aus dem Ton eine Harmonie, die in eine getragene, fast schon melancholische Melodie übergeht.

Damit beginnt meine Beerdigung.

~

Marie holt einen Zettel aus der hinteren Hosentasche. Sie legt ihn auf das Pult, sieht zu mir und dann zu Franz. Ein paar letzte Takte, dann lässt er die Melodie auf einem hellen Ton ausklingen. Marie zieht das Mikrofon ein wenig nach unten.

„Liebe Gäste, liebe Familie und Freunde von Alexander Fink. Heute ist ein besonderer Tag. Nicht nur für mich. Normalerweise stehe ich bei Beerdigungen da hinten an der Tür und warte darauf, dass die Zeremonie vorbei ist und ich das Grab wieder zuschaufeln kann. Heute gibt es aber kein Grab. Und der Pfarrer darf von dieser kleinen Veranstaltung nichts erfahren, er hätte mir niemals die Robe geliehen."

Verhaltenes Gelächter im Publikum.

„Vor ein paar Monaten hat Alex sich entschieden, uns morgen zu verlassen und alleine zu sterben. Und heute haben wir die Gelegenheit, uns von ihm zu verabschieden."

Ich glaube, den meisten Leuten hier geht es wie mir. Sie haben keine Ahnung, was sie von alldem halten sollen.

„Und wie das bei Beerdigungen so üblich ist, hat derjenige, der am meisten redet, keine Ahnung von den Leuten, um die es geht."

Marie blickt zu Lisa und Bene. Sie sitzen zwischen mir und Avisha, nah beieinander. Bene sieht zu Marie, Avisha drückt seine Hand. Lisa betrachtet mich, zwischen ihren Fingern lugt ein Taschentuch heraus. Sie lächelt ihr einseitiges trauriges Lächeln und sieht mich so lange und offen an, bis ich ihrem Blick ausweiche und den Kopf senke.

„Aber ich hatte Hilfe von den beiden Menschen, die Alex am nächsten stehen. Lisa, die Frau, die die vergangenen sieben Jahre mit Alex verbracht hat, die letzte und wichtigste Frau in seinem Leben. Und Bene, sein bester Freund, den er schon immer kannte. Auch wenn sie nicht selbst hier stehen, sind es ihre Erinnerungen, ihre Liebe, ihre Trauer."

Lisa muss niesen, und für einen Moment ist es still. Dann lachen wir, ein paar Leute flüstern Gesundheit. Lisa schnäuzt sich die Nase und hebt eine Hand, zeigt Marie, dass sie weitermachen soll.

„Alex hat seine eigenen Eltern früh und tragisch verloren.

Er war 19, als seine Mutter Dorothea aus dem Leben schied, plötzlich und ohne Vorwarnung. Und erst sieben, als sein Vater Daniel starb, an dem gleichen beschissenen Krebs, den Alex nun selbst hat. Alex war damals ein kleiner Junge, der nichts tun konnte, als seinem Vater beim Sterben zuzusehen. Er will es anders machen und wir bewundern ihn für seine Entscheidung. Wir müssen sie akzeptieren, auch wenn das bedeutet, einen geliebten Menschen früher zu verlieren, als es sein muss. Alex ist ein großartiger Mensch, einer, der sich freut, wenn andere sich freuen. Der es liebt, wenn es anderen gutgeht. Das leitet ihn durch sein Leben, danach strebt er. Bene hat ihn sein ganzes Leben auf diesem Weg begleitet und mit ihm vor genau einem Jahr ein Café eröffnet. Er hat mir erzählt, wie viel Arbeit in dieser ganzen Sache steckt. Aber auch mindestens genauso viel Freude. Und dass er allein niemals diesen Schritt hätte machen können. Dass es dafür Alex gebraucht hat.

In den letzten Wochen haben Bene und Lisa mir so viele Dinge über Alex erzählt, Anekdoten von ihren gemeinsamen Reisen und ihrem Leben. Geschichten, die mich erst zum Lachen und dann zum Weinen gebracht haben. Weil sie mir zeigen, was für ein wunderbarer Mensch vor mir sitzt, und weil ich nicht mehr die Chance haben werde, ihn besser kennenzulernen."

Marie sieht mich an und stemmt sich dann mit den Ellenbogen auf das Pult, nah an das Mikro.

„Wenn Leute intellektuell wirken wollen, dann zitieren sie den kleinen Prinzen auf den Bändern ihrer Kränze. Immer der gleiche Spruch: ‚Und wenn du dich getröstet hast, wirst du froh sein, mich gekannt zu haben.'"

Sie zeigt auf die Kränze hinter sich.

„Der ist auch heute dabei. Zweimal! Aber wisst ihr, wie der Satz weitergeht? ‚Du wirst immer mein Freund sein. Du wirst dich daran erinnern, wie gerne du mit mir gelacht hast.' Wir werden um einen Menschen trauern, der unsere Leben bereichert hat. Ein Mensch, der es selbst nicht leicht hatte, aber es anderen leicht machen wollte. Ein Mensch, der immer für andere da war."

Sie dreht sich zu mir.

„Ich habe keine Ahnung, ob es einen Himmel gibt und ob wir uns dort wiedersehen. Ich hoffe es, weil ich mir vorstelle, wie viel Spaß wir alle mit diesem gutaussehenden, viel zu jungen Mann haben können. Aber noch haben wir eine Nacht. Eine Nacht, in der wir gemeinsam lachen und Spaß haben. Eine Nacht, in der wir Alex zu unserem Freund machen können. Eine Nacht, an die wir uns erinnern werden."

Kurz ist es still und ich spüre die Gänsehaut an meinen Armen, dann klatscht Franz, und kurz darauf applaudieren alle. Auch ich. Ich brauche einen Moment, bis ich annehmen kann, dass Marie über mich gesprochen hat, dass die Leute für ihre Worte, aber eben auch für mich klatschen. Und dass sie wegen mir Tränen in den Augen haben.

Marie wartet, bis der Applaus abebbt.

„Heute gibt es keinen Sarg, keine Kondolenzen. Lasst uns stattdessen im Türrahmen feiern."

Franz beginnt zu spielen, ba da dadaa, und die ersten Leute kichern. Als sie nach dem Refrain von „Always look on the bright side of life" mitpfeifen, läuft mir ein Schauer über den Rücken. Ich spüre eine Hand auf meiner Schulter und hebe den Kopf, Marie steht vor mir.

„Komm, wir gehen als Erstes raus."

Ich lockere meine Finger, lasse das Holz und Lisas Hand los und stehe auf. Lisa, Avisha und Bene erheben sich und umarmen mich, ich spüre ihre nassen Wangen an meinem Hals und wische meine eigenen Tränen an ihnen ab.

Am Eingang steht immer noch der Typ mit den schwarzen Haaren. Er hat eine Kippe im Mund und eine frisch angezündet, die er Marie hinhält. Sie greift danach und zieht daran, hebt die Arme und drückt mich an sich. Dann eilt sie zum Haus in der Mitte des Friedhofs. Ich drehe mich zu Lisa, greife ihr Gesicht mit beiden Händen und küsse sie, lange und fest. Bis sie zurückzuckt.

„Nicht, du wirst krank."

Ich küsse sie nochmal. Dann drücke ich Bene einen Kuss auf die Wange.

„Ihr seid verrückt. Danke dafür."

Onkel Gregor und Frau Wiesner stehen vor mir. Die alte Dame legt ihre Hände auf meine Schultern, streckt den Kopf und küsst mich auf die Wange.

„Es tut mir wirklich leid um Sie. Genießen Sie bitte die Zeit, die Sie noch haben."

Gregor nimmt mich in den Arm. Seine Augen sind rot. Dann nestelt er einen Umschlag hervor.

„Wir haben lange nach einer passenden Karte gesucht, aber nichts gefunden. Deshalb das hier. Das ist der neue Mietvertrag für den Türrahmen."

Trotz all der Sachen, die wir in letzter Zeit besprochen haben, haben wir nie darüber geredet, ob wir weitermachen wollen. Weil klar ist, dass wir weitermachen werden. Dass Lisa und Bene das hinkriegen. Ich sehe Gregor fragend an. Er tippt auf den Umschlag.

„Ich erlasse euch ein weiteres Jahr die Miete. Fehlt nur noch eure Unterschrift. Alex, diskutier nicht mit mir, ihr habt genug anderes, worüber ihr euch sorgen müsst."

Ich setze an, etwas zu sagen, schließe dann aber meinen Mund und sehe, dass Bene und Lisa genauso überrascht sind. Dann umarme ich ihn nochmal.

„Danke, Onkel Gregor. Nicht nur dafür. Danke für alles."

Er hält mich einen Moment fester und schüttelt den Kopf.

„Ich wünschte, ich könnte mehr tun."

Bene nimmt mich am Arm und zieht mich zum Ausgang, doch ich bleibe stehen. Lea ist da.

Die Haare zu einem Zopf zusammengebunden, den Kragen des dunklen Mantels hochgeschlagen, ein weiteres Paar verheulter Augen. Ich blicke sie überrascht an, dann verziehe ich das Gesicht.

„Du hast es rausgekriegt."

„Was glaubst du denn? Ich wusste doch, dass da noch mehr ist."

„Ich wollte dir das ersparen."

„Lass das mich entscheiden. Als ich hiervon erfahren habe, wollte ich mich verabschieden. Richtig."

Lea wischt am unteren Rand ihrer Brille entlang, hebt das Gestell durch den Finger ein wenig an.

„Wahrscheinlich hast du das schon zu oft gehört in letzter Zeit, aber es tut mir leid. Wirklich."

„Danke."

„Ich hoffe, dir ergeht es so gut wie möglich."

Ich spüre, wie es um mich herum leiser wird, wie ich mich aus der Gegenwart entferne und die Zeit stehenbleibt. Ich brauche ihren Mann nicht kennenzulernen, um ihn zu beneiden.

Was ist schlimmer? Eine Frau und einen besten Freund zu hinterlassen oder eine ganze Familie?

Bene legt seinen Arm an meinen Rücken, die Zeit läuft weiter, die Lautstärke wird wieder aufgedreht und Franz spielt eine neue Melodie. Don't worry, be happy. Am Arsch.

Ich blicke wieder in die Richtung, in der das Grab meiner Eltern liegt, schüttele die Gänsehaut ab und folge Bene zum Auto.

Wir steigen ein, Bene startet den Motor, dreht sich nach hinten, um auszuparken, und tritt abrupt auf die Bremse.

„Hey, alles okay?"

Ich habe mich in den Sitz fallen lassen, angeschnallt und plötzlich zieht sich alles in mir zusammen, meine Kehle wird trocken und ich fühle mich einfach nur allein. Die klarste Vision dessen, wozu ich mich entschieden habe, trifft mich mit voller Wucht: all diese Liebe hinter mir zu lassen.

Monatelang hatte ich mich einigermaßen unter Kontrolle, konnte die schwachen Momente überspielen. Aber jetzt bricht alles heraus.

Ich versuche, dagegen anzukämpfen, aber ich kann die Tränen nicht aufhalten. Schluchze los, schnappe nach Luft. Bene stellt den Motor ab und greift nach mir, aber ich lehne mich schon an seine Schulter und rutsche an ihm entlang in seinen Schoß, ziehe die Füße an und umfasse mit den Händen meinen Oberkörper, halte mich an mir fest. Die Handbremse drückt mir in die Seite und mein Gurt zieht mich zurück, meine Knie poltern gegen die Mittelkonsole.

Ab morgen werde ich ohne diese Menschen sein. Morgen beginnt mein Sterben.

63

In meiner Erinnerung ist der Kombi von Benes Vater senfgelb, aber fast alle meine Erinnerungen sind sepiafarben. Er holt uns von der Schule ab. Das macht er sonst nie. Wir denken beide, dass Bene etwas ausgefressen hat. Sein Vater öffnet den Kofferraum und nimmt uns die Rucksäcke ab. Bene ist vorsichtig, weil er nicht weiß, was los ist, ich bin neugierig, was gleich passieren wird.

Bene bekommt regelmäßig Ärger von seinen Eltern. Zurecht. Trotzdem haben ihre Standpauken den versöhnlichen Unterton liebender Eltern, die ihrem Kind nicht lange böse sein können.

„Alex, du übernachtest heute bei uns."

Er sieht mich ernst an und in diesem Moment wissen wir, was passiert ist.

„Es tut mir leid, Alex."

Er schlägt den Kofferraum zu und öffnet die Tür zur Rückbank. Bene und ich klettern ins Auto und schnallen uns an. Benes Vater startet den Motor und ich hänge im Sitz, starre auf die Lehne vor mir und spüre die Tränen kommen. Dann Benes Hand, die meine greift und sie festhält. Und ich, der in seinen Schoß fällt und zu weinen beginnt, während Bene mir über den Rücken streicht.

Zehn Jahre später sitzen wir auf meinem Bett. Die Polizei ist seit vielleicht einer Stunde weg. Bene schüttelt den Kopf.

„Alter, was für eine Scheiße."

Dann nimmt er mich in den Arm. Ich lasse ihn gewähren. Die Tränen kommen erst später wieder, als ich bei Bene übernachte, den Rücken zu ihm gedreht, zitternd, und er mich die ganze Nacht im Arm hält.

༄

„Lass es raus. Ich weiß, es ist scheiße."

Ich schniefe und nicke. Ziehe verschleimte Luft nach oben und seufze wimmernd.

„Ich hab Angst, Bene."

Ich spüre ihn atmen, spüre, wie er den Kopf bewegt.

„Klar hast du Angst. Jeder hätte Angst. Ich habe auch Angst."

„Du musst nicht sterben."

„Aber ohne dich weiterleben."

Ich höre den riesigen Kloß in seinem Hals, und sein Oberkörper bebt, bevor ich sein Schluchzen höre.

Meine Flanke schmerzt und der Gurt schneidet mir in die Haut, meine Beine schlafen in der Position langsam ein, aber ich will mich nicht bewegen, will nicht weg von Bene, will genau hier sein.

༄

Bene beruhigt sich und nimmt seine Hand von meinem Rücken, ich sehe zu ihm hoch. Er wischt sich die Tränen aus dem Gesicht und den Rotz von der Nase. Guckt sich suchend um, deutet an, den Rotz an mir abzuschmieren, und ich zucke zurück. Wir kichern heulend, dann schüttelt Bene lachend den Kopf.

„Das sieht so unbequem aus, wie du da liegst."

„Lass mich, ich liege gerne hier."

„Bleib liegen, solange du willst."

„Ne, jetzt hast du den Moment kaputtgemacht."

Ich richte mich auf und spüre, wie meine Beine zu kribbeln beginnen. Bene schnallt sich wieder an.

„Ich vermisse dich jetzt schon."

Mir fällt nicht ein, was ich antworten könnte. Bene wischt sich noch eine Träne aus dem Gesicht, dann startet er den Wagen.

64

Ich trete ins Zimmer und Kasper macht einen trockenen Atemzug, schmatzt und fährt sich mit dem Handrücken über das Gesicht wie ein alter Kater. Ich kann nicht anders, als zu grinsen. Seine Lider heben sich ein wenig und seine Augen wandern ziellos umher. Sein Gesicht ist eingefallen, die Augen liegen tiefer in ihren Höhlen, er wirkt schwächer. Plötzlich grinst auch er, und seine Augen gehen weit auf.

„Alex!"

„Entschuldige, ich wollte dich nicht wecken."

„Ich kann doch eh nicht schlafen."

„Du hast gerade nicht geatmet. Ich dachte, du seist tot."

„Ja, Atemaussetzer, die habe ich schon länger. Aber noch bin ich stark genug, mein Körper weckt mich dann."

Er hebt seine dürren Arme in Siegerpose und lächelt leicht verloren. Dann zuckt er mit den Schultern.

„Deshalb kann ich ja auch nicht schlafen. Komm her."

Ich beuge mich zu ihm herunter, umfasse seinen Körper und das Sauerstoffkabel und halte ihn fest, diesen kranken Mann, der mir wichtig geworden ist.

„Du hast mir gefehlt, alter Mann."

Kasper drückt fester zu.

„Wenn wir schon so weit sind, kannst du mich nicht gleich ans Fenster setzen?"

Ich klinke das Sauerstoffkabel ab und hebe ihn in den Rollstuhl. Er ist leichter geworden.

Ich erzähle, was ich am Telefon weggelassen habe, Kasper schimpft, weil es keine Fotos gibt, und zeigt mir sein Origamiboot. Helen sieht nach uns, sagt, sie kommt später nochmal, und draußen wird der Schnee immer dichter. Irgendwann ist Kasper schläfrig, und als Helen wieder da ist, hat er schon eine Weile nichts mehr gesagt, sodass ich verstumme und ihm beim Schlafen zusehe. Helen geht neben mir in die Hocke.

„Ich möchte nicht, dass du heute Abend noch fährst. Du kannst ins Gästezimmer. Oder ich hole dir ein Feldbett und du legst dich hier dazu."

„Ja, Pyjamaparty!"

Kasper kichert und betrachtet uns mit halboffenen Augen.

Kurz darauf baue ich also das Bett auf, während Helen Bettzeug holt, schlüpfe unter die Decke und lausche Kaspers Atem, den Aussetzern und seinen Bewegungen. Die ganze Nacht kann ich mich nicht an die Aussetzer gewöhnen und mache mir Sorgen um ihn. Aber in seiner Nähe zu sein, ist besser als der weiße Springer. Besser als Pregasina.

~

Zum Frühstück ist Martin da und sitzt mit uns im Speisesaal, ich kenne keinen anderen Gast. Das Gedenkbuch mit Peters, Lilias und Khalils Seiten ist mittlerweile voll, ein neues liegt aufgeschlagen neben der Kerze.

~

„Was mache ich, wenn ich mit den Träumen durch bin?"

„Darüber kannst du dir Gedanken machen, wenn du durch bist."

Wir sitzen auf der Terrasse am Speisesaal, an die Wand gelehnt, und betrachten den verschneiten Garten und den Wald vor uns. Jemand war spazieren und hat Spuren auf dem eingeschneiten Weg hinterlassen. Ich habe uns in Decken eingepackt, aber ich bin trotzdem froh, wenn Kasper sich mit der Zigarette beeilt.

„Ja klar, aber ich kann doch schon mal vordenken."

„Du könntest zu Lisa und Bene fahren."

Ich runzele die Stirn. Ich denke oft an dieses erste Leben, aber mir ist klar, dass ich nicht zurückkehren werde. Ich frage aus einem ganz anderen Grund.

„Warum bist du eigentlich hier? Du kannst dir doch locker jemanden leisten, der sich zuhause um dich kümmert."

„Klar kann ich das. Aber ich habe ein Anrecht auf einen Platz wie jeder andere auch."

„Ich will dir kein schlechtes Gewissen machen. Ich will wirklich wissen, warum du nicht zuhause geblieben bist."

„Weil es kein Zuhause mehr war. Es war nur noch ein Haus, sowieso viel zu groß für mich allein. Solange ich laufen konnte, konnte ich unterwegs sein, konnte Menschen mit nach Hause bringen. Aber nachdem ich das Bein verloren hatte, musste ich darauf hoffen, dass Menschen mich besuchen. Als es dann hieß, dass ich bald sterben würde, habe ich mich gefreut. Wegen der Menschen hier."

Ich traue mich nicht, nach seinen Eltern zu fragen. Nach einer Ehefrau oder nach Kindern. Jemand hat mir mal gesagt, an einem Küchentisch ist entweder Platz für die Zeitung oder für Kinder. Kasper ist wohl der Typ, der sich für die Zeitung entschieden hat.

„Aber du stirbst nicht. Zumindest nicht so schnell, wie jeder dachte."

„Und?"

„Ich stelle mir eine Wohngemeinschaft mit uns beiden sehr schön vor. Wir könnten jemand anderem den Platz hier freimachen. Martin und Helen abwerben. Du wärst nicht alleine. Ich hätte was zu tun. Ich habe gerne was zu tun. Ich freue mich, wenn es Menschen, die mir wichtig sind, gut geht. Deshalb habe ich das Café eröffnet. Mit dir wäre es sowas wie eine ganz kleine Version davon. Oder sowas Ähnliches."

Immer wieder löst sich eine Schneeladung von den Bäumen im Wald vor uns und Äste pendeln nach oben. Ich spreche vor mich hin, fast schon gemurmelt, und ich traue mich nicht, Kasper anzusehen. Er zieht an der Kippe, lehnt den Kopf nach hinten gegen die Wand, den Blick in den klaren Himmel gerichtet.

„Das ist ein schöner Gedanke."

„Ja?"

Er nickt, zieht nochmal und drückt die Zigarette in den Aschenbecher.

„Komm, wir gehen rein. Mach du deine Liste fertig. Und dann sehen wir weiter."

Ich werfe meine Decke auf seinen Schoß und schiebe ihn in den Speisesaal, froh, dass er nicht sieht, wie sehr ich grinse.

65

„Nachmittags hast du doch immer frei, oder?"
„Ich sollte üben."
„Du könntest mir trotzdem einen Gefallen tun, als Wiedergutmachung für deinen abgesagten Besuch."
„Der wäre eine Überraschung gewesen, da kann man nicht von abgesagt sprechen."
„Kannst du mir morgen etwas abholen und mitbringen?"

Also schlendere ich am nächsten Tag am anderen Ende der Stadt durch ein verkehrsberuhigtes Wohngebiet, suche die Hausnummer und habe keinen Schimmer, was Kasper sich bestellt hat. Die Tür geht auf und ich stehe vor einer jungen Frau, die Haare kurz geschnitten und blond gefärbt, die Arme bis zu den Handgelenken tätowiert.

Ich hätte spätestens in diesem Moment darauf kommen müssen, aber ich bin in Gedanken beim Lindy Hop. Sie führt mich durch einen kurzen Gang um eine Ecke und in einen Vorraum samt Sesseln und Schreibtisch. Auf dem Beistelltisch liegen Magazine und zwei Fotobücher, an den Wänden hängen Bilder von tätowierten Menschen.

„Du stehst auf Tattoos?"
„Zwangsläufig. Setz dich. Ich hole das Formular."
„Was für ein Formular?"
Sie zieht eine Schublade auf und hält inne.
„Du bist doch Alex, oder? Weißt du nicht, wieso du hier bist?"
„Ich soll was abholen für ..."
Mitten im Satz verstehe ich, wo ich bin. Und warum mich der alte Fuchs hierhergeschickt hat.

„Er hat mir einen Termin gemacht."

Xenia nickt, zieht das Blatt hervor und legt es vor mich.

„Ich dachte, du kommst schneller drauf."

„Und was ist, wenn ich gar kein Tattoo will?"

„Er hat das Gleiche gesagt."

Ich unterschreibe, fast ohne zu zögern. So wie wir es damals beim Café hätten machen sollen. Wie ich es schon zu oft hätte machen sollen. Mir fallen all die wunderbaren Dinge ein, die ich erlebt habe, weil Menschen, meist Bene oder Lisa, mich sanft dazu gedrängt haben. Jetzt, wo ich allein bin, muss ich dem Teil in mir, der zögert, einen inneren Dränger zur Seite stellen. Ich nenne ihn Kasper.

Sie nimmt mir das Blatt ab, führt mich durch die nächste Tür und wir stehen im Studio. Noch mehr Bilder von Tattoos, an einer Seite ein Waschbecken, Seife, Desinfektionsmittel und Einmalhandschuhe. Es riecht nach Hospiz. Nach Ferienlager für Erwachsene. In der Mitte des Studios stehen eine Liege und ein Sessel samt breiten Armlehnen, in den Schränken dahinter Farben, kleine Maschinen und Vorratsschachteln. Der Raum ist hell gestrichen, durch eine Glasfront kann man in den Garten dahinter sehen, nichts davon entspricht meinem Bild eines Tattoostudios. Ich setze mich auf den Rand der Lehne, Xenia sich mir gegenüber mit einem dicken Ordner in der Hand.

„Jetzt, wo du weißt, dass du ein Tattoo bekommst, musst du nur noch entscheiden, was für eines. Hast du eine Idee?"

66

Drei Wochen später muss ich mich daran gewöhnen, den Saal nicht mehr für uns alleine zu haben. Knapp zwei Dutzend Leute stehen und sitzen im Kreis um Lennart und Sylvia, ein schwedisches Tanzpaar und wichtig in der Szene. Wir üben, bis es Sonntagabend ist, auf der Bühne eine Big Band spielt und wir alle in passende Klamotten gekleidet bis in die Nacht tanzen.

Für den Großteil der Leute hat der Abend gerade erst begonnen, als ich merke, dass er für mich bald zu Ende sein wird. Meine Schuhe sind neu und nicht eingetanzt, meine Boxershorts und mein Hemd kleben an meiner Haut, mein Kopf schmerzt, und ich fühle mich schon seit einer Weile, als müsse ich mich übergeben.

Fast alle sind zu zweit gekommen und es haben sich kaum Frauen allein angemeldet. Ich habe mit Martha und ein paar anderen getanzt, unter anderem mit Marlene, die im Körper eines Jungen geboren wurde und mich um etwa einen Kopf überragt.

Aber jetzt sitze ich schon seit einer Weile allein am Tisch und komme mir dumm vor. Hier braucht mich niemand. Hier kann ich niemandem eine Freude machen, hier müssen Menschen sich meiner erbarmen. Ich fühle mich nicht groß und erhaben, keine Dankbarkeit, kein erkämpfter Sieg. Aber ich bin hier.

Bitte sehr, Wilhelm. Das war für dich.

67

Carsten sitzt schon am Tisch, als ich komme. Er begrüßt mich per Handschlag und empfiehlt mir eine Hamburger Spezialität. Die Getränke kommen und ich hätte gern auf irgendwas angestoßen, aber er nimmt gleich einen Schluck und sieht mich auffordernd an. Also erzähle ich. Vom Tumor, vom Hospiz, von Kasper und Lisa und Bene und von meiner Liste.

Der Kellner bringt unsere Gerichte, und für eine Weile essen wir schweigend. Ich habe das alles mittlerweile so oft erzählt, dass es mir plump vorkommt. Das Hochgefühl, das ich in Ströbeck und in Italien hatte, ist abgestumpft. Carsten wartet, und ich rede weiter. Das Schach, Italien, die Tattoos, das Tanzen und Khalil.

„Er wollte einen Achttausender bezwingen. Deshalb bin ich hier."

Carsten kratzt die Reste auf seinem Teller zusammen. Ich habe noch knapp die Hälfte meines Essens vor mir, schon zu kalt, als dass es noch schmeckt. Er fährt sich über den Mund und schiebt den Teller zur Seite. Mein Notizbuch liegt aufgeschlagen zwischen uns.

„Krasse Geschichte. Ich bin beeindruckt von dem, was du geleistet hast. Aber so leid es mir tut, nichts davon befähigt dich, einen Achttausender zu besteigen. Lass mich bitte ausreden. Ich glaube dir, dass du dich in Dinge reinhängen kannst. Aber wir reden hier nicht von ein paar Wochen Training. In 8000 Metern Höhe hat die Luft nur noch halb so viel Sauerstoff. Manche Leute haben schon bei 2500 Metern mit der Höhenkrankheit zu kämpfen. Besonders, wenn sie Höhe nicht gewohnt sind. Wir könnten natürlich gemeinsam trainieren. Wir gehen erstmal wandern und üben Steigeisenklettern an Bäumen und fangen dann mit ‚einfachen'

Bergen an, bis wir beim Mt. Blanc mit seinen 4800 Metern sind. Dann vielleicht der Kilimanjaro und der Aconcagua, das sind knapp 7000. Und dann, wenn all das funktioniert, könnten wir uns auf den Cho Oyu vorbereiten. Selbst für erfahrene Wanderer würde ich dafür rund drei Jahre einplanen. Du bist leider nicht einmal das. Und dabei geht's nicht nur um die Erfahrung und die körperliche Verfassung."

Carsten stockt und lacht dann ungläubig auf.

„Du hast einen Tumor! Ganz egal, wie fit wir dich bekommen, du wirst immer eingeschränkt sein. Und es geht auch um die Psyche. Du bist auf einem Berg nie nur für dich selbst verantwortlich. Du bist Teil einer Gruppe. Du musst dich auf die anderen verlassen können, wie sie sich auf dich verlassen müssen, ganz egal, was für eine Scheiße dir oder jemand anderem passiert. Es geht nie nur um dein eigenes Leben."

Ich starre stoisch, fast bockig auf meinen Teller und schiebe mir das Essen in den Mund, während Carsten redet. Jetzt blicke ich auf.

„Du hast mit deinem Leben ja irgendwie schon abgeschlossen. Für dich wäre es also gar nicht so schlimm, auf dem Berg zu sterben. Für mich übrigens auch nicht, ich lebe für die Gipfel. Aber denk mal an die anderen. Wie schlimm es ist, jemanden aus der Gruppe zu verlieren. Jemand, mit dem du Wochen, Monate, manchmal sogar Jahre trainierst. Die extremsten Situationen erlebst. Jemand, der tagelang mit dir im Zelt auf 5000 Metern sitzt, während ihr euch an die Höhe gewöhnt. Mit dem du dich gegenseitig aufwärmst und der mit dir darauf wartet, dass der Schneesturm vorbeigeht. Wenn so jemand stirbt, während du mit ihm unterwegs bist, dann musst du noch nicht mal der Tourguide sein. Du kannst dir auch rational vollkommen klarmachen, dass es nicht deine Schuld war. Es wird trotzdem an dir nagen, für den Rest deines Lebens."

Carsten schüttelt den Kopf und blinzelt die Tränen weg.

„Weißt du, wenn du mir sagen würdest, dass es immer dein Traum gewesen ist, so einen Berg zu besteigen, dann würde ich mich vielleicht noch darauf einlassen. Unter ganz bestimmten Bedingungen. Aber für dich ist das nur ein Punkt auf dieser Liste. Und das kann ich nicht machen, es tut mir leid."

Ich leere den Teller und schiebe ihn beiseite, warte, bis Carsten wieder aufsieht.

„Ich bin beeindruckt von dem, was du erlebt und getan hast. Und ich sage das nicht leichtfertig. Aber bitte verzichte auf den Berg."

Er rutscht nach vorne und kommt mir so nahe, wie es der Tisch zulässt.

„Scheinbar geht es hier überhaupt nicht ums Geld. Deshalb muss ich dir das jetzt sagen: Wenn du weitersuchst, wirst du jemanden finden, der dich mitnimmt. Aber ich habe dir das alles auch deshalb erzählt, damit du genau das nicht machst. Bitte."

Wie hoch ist die Chance, dass Kasper in drei Jahren noch leben wird? Was bringt es, meinen Willen durchzusetzen und diese Zeile im Notizbuch abzuhaken, statt die Zeit mit Kasper zu verbringen? Aber Kasper sagt, ich soll die Liste fertigmachen.

„Ich habe keine Ahnung. Was für eine Scheiße."

„Sehe ich auch so. Ich habe noch nie jemandem so sehr davon abgeraten, mein Kunde zu werden."

Wir grinsen beide, obwohl uns nicht danach ist. Er sucht nach der Kellnerin. Ich winke ab.

„Lass, ich zahle später. Danke für deine Zeit."

Er gibt mir die Hand, nimmt seine Jacke von der Lehne und geht. Ich bestelle mir noch was zu trinken, ziehe das Notizbuch zu mir und betrachte die Seiten. Carsten hat Recht, ich habe viel gemacht und viel erreicht. Aber es fühlt sich nach vollkommenem Scheitern an. Wie soll ich jetzt guten Gewissens mit Kasper zusammenziehen?

Jemand stellt das Glas auf meinem Tisch ab und ich bedanke mich, ohne aufzusehen. Jemand anderes bleibt mir gegenüber stehen und stemmt die Hände auf meinen Tisch.

Ich blicke auf und sehe ihn vor mir, mit offenem Mund, das rundliche Gesicht mit einem dunklen, lockigen Siebentagesbart bedeckt, die Haare so lang, dass er sie nicht mehr geschnitten haben kann, seit ich ihn zum letzten Mal gesehen habe. Ich schließe die Augen und schüttele den Kopf.

Ich habe gedacht, dass der Abend bisher scheiße gelaufen sei.

„Hallo Bene."

68

Bene keucht und stolpert nach hinten, starrt mich mit aufgerissenen Augen an.

Ich könnte versuchen, ihn zu beruhigen. Aufstehen und sanft auf ihn einreden. Aber ich bleibe sitzen und sehe ihm zu, wie er die Fäuste ballt, die Arme eng um seinen Körper schlingt und mit unterdrückter Erregung zwei Tische entfernt hin und her geht. Dann zeigt er auf mich, dreht sich um und geht vor die Tür. Ich kann ihn durch das Fenster sehen.

Er wirft mir immer wieder einen Blick zu und schüttelt den Kopf, sagt etwas oder stöhnt ungläubig. Ich beobachte ihn und leere mein Glas in langsamen Schlucken. Meine Hand zittert und ich spüre mein Herz schlagen. Die Wände meines Labyrinths sind näher gekommen, ich stehe im letzten Zimmer und kann nur die Laufrichtung ändern. Ich habe Angst, weil ich nicht weiß, was passieren wird. Aber irgendwas wird passieren.

Bene kommt wieder herein, tritt an den Tisch und beugt sich nah an mein Gesicht.

„Du verfluchtes Arschloch!"

„Ich freue mich auch, dich zu sehen."

Er presst die Kiefer aufeinander und ich sehe seine Muskeln arbeiten. Er will etwas sagen und setzt an, dann schließt er abrupt den Mund. Für einen kurzen Moment sieht er aus, als hätte er Mitleid mit mir. Er schüttelt den Kopf. Im Nachhinein verstehe ich, was er in dem Moment realisiert.

„Du bist so ein Idiot."

Wir erregen Aufmerksamkeit. Keine Szene, in der alle Gäste verstummen und wir der Mittelpunkt des Geschehens sind, aber doch so viel, dass ein Kellner fragt, ob alles in Ordnung ist. Ich nicke und sehe zu Bene.

„Willst du was trinken? Oder hast du gar nicht so viel Zeit? Was machst du überhaupt hier?"

Bene lacht ungläubig auf und setzt sich. Auf den Stuhl, auf dem vorher Carsten saß.

In einer anderen Zeitrechnung.

Bene und Lisa und der Türrahmen waren Teil eines hinter mir liegenden Lebens, auf das ich zurückblicke voller Wehmut und Erinnerungen, ohne Möglichkeit, es wieder zu erleben. Aber jetzt sitzt Bene vor mir und alles, was geschehen ist, seit ich mich vor einem halben Jahr verabschiedet habe, ist wie ein intensiver Traum, aus dem ich gewaltsam geweckt worden bin und dessen Details ich jetzt schon vergesse.

„Selbst wenn ich Pläne gehabt hätte, du hast sie gerade durchkreuzt. Aber das ist ja nichts Neues."

Er sieht wütend aus. Und traurig. Verzweifelt, und ich weiß nicht, was ich tun kann. Bevor ich etwas sagen kann, redet er weiter.

„Erzähl mir alles. Was ist passiert, seit du am Bahnhof weggegangen bist? Wo bist du hin? Und warum lebst du noch?"

⁓

Anfangs hört er mit regloser Miene zu, so als erlaube er sich nicht, zu reagieren. Aber ich habe mit diesem Menschen fast mein ganzes Leben verbracht, und bald lächelt er, wenn ich grinse, und hat Tränen in den Augen, wenn ich meine spüre.

Ich musste meine Geschichte in letzter Zeit viel zu oft erzählen, mich immer wieder erklären, aber bei Bene ist es anders. Er ist mir trotz allem nah, sodass ich nicht über mich erzählen kann wie über einen Fremden, sondern mit ihm alles nochmal erlebe.

Als der Bescheid kommt, die Fehldiagnose und meine Fahrt nach Hause, richtet Bene sich auf und lehnt den Oberkörper über den Tisch. Ich erzähle, wie ich ihn und Lisa gesehen habe, die Art, wie sie miteinander umgingen, die Berührung und der Kuss. Bene stöhnt auf und legt das Gesicht in seine Hand.

„Du Idiot! Deshalb bist du nicht reingekommen?"

„Weißt du noch, meine Mutter und Robert, der Wichser? Sie war nach zehn Jahren gerade wieder klar mit dem Leben, als er sie betrogen hat. Das hat sie umgebracht."

„Ich weiß. Aber, Alter. Das ist doch was ganz anderes."

„Nichts anderes! Ihr habt euch aneinander festgehalten. Ihr saht glücklich aus. Ich wollte das nicht zerstören. Nachdem ich schon ..."

Bene schließt die Augen und atmet lange und kontrolliert aus.

„Was für eine Scheiße. Erzähl weiter."

„Was denn?"

Ich merke, wie ich wütend werde. Weil ich mich für die Entscheidungen, die ich ihnen zuliebe getroffen habe, verteidigen muss. Aber Bene winkt ab und ich verstehe noch nicht, dass es um was anderes geht.

„Erzähl weiter. Was hast du dann gemacht?"

Ich tippe auf die Liste, die immer noch auf dem Tisch liegt. Schach, Italien und Tanzen. Ich ziehe mein Shirt hoch und zeige ihm das Tattoo, erzähle von meiner Idee, mit Kasper zusammenzuziehen, und von meinem Dilemma mit dem Achttausender.

„Deshalb bin ich hier."

Bene zieht das Notizbuch zu sich und betrachtet die beiden Seiten. Dann ext er sein Glas, schiebt das Notizbuch rüber, steht auf und nickt mir zu.

„Ich wünsche dir alles Gute."

„Was ist los? Gehst du?"

„Du hast doch alles erzählt. Mehr kann ja nicht mehr kommen. Ich will dich bei deinen Plänen nicht stören."

„Alter, setz dich. Wie geht's dir denn? Wie geht's euch? Was macht das Café? Und warum bist du in Hamburg?"

Bene steht neben dem Tisch, sieht zur Tür.

„Ich bin mit Gregor hier. Dieses Oldtimertreffen, erinnerst du dich? Er hat uns davon erzählt. Das war dieses Wochenende. Das ist unser Hotel, morgen fahren wir wieder heim."

„Ihr seid zu zweit in diesem kleinen Auto hier hochgefahren? Wie war's?"

„Scheiße unbequem. Mache ich nie wieder. Aber ich habe Gregor noch nie so glücklich gesehen."

Ich muss kichern und auch Bene grinst, wird aber gleich wieder ernst. Er will gehen.

„Erzähl mir vom Türrahmen. Wie geht's euch?"

Er schüttelt den Kopf, beugt sich zu mir runter.

„Das interessiert dich doch nicht. Hat dich doch nie interessiert."

„Was? Was soll das? Natürlich, ihr seid die wichtigsten Leute in meinem Leben. Ihr steht auf meiner Liste ganz oben."

Ich tippe auf das Notizbuch und die durchgestrichene erste Zeile. Bene grinst kalt.

„Du hast die Zeile durchgestrichen. Aber hast du die Zeit wirklich mit uns verbracht?"

Ich stutze und sehe das Notizbuch irritiert an, bis ich die Hitze in meinem Gesicht spüre. Bene hat Recht. Aber ...

„Aber ..."

„Du spielst dir doch selber was vor. Ich wünsche dir alles Gute, Alex."

Er richtet sich auf und geht.

„Grüß Lisa von mir."

Er verharrt, und der kleine giftige Stachel des Zorns in mir freut sich, das letzte Wort zu haben. Er dreht sich um und allein bei seinem Blick fühle ich mich so schlecht, dass ich mich entschuldigen will. Es aber nicht tue. Mich nicht traue.

„Du willst es wissen? Komm mit."

69

Sein Zimmer sieht aus wie meines und durch seine Fenster sieht man den beleuchteten Hafen. Ich setze mich auf den Stuhl, Bene lässt sich auf der Bettkante vor mir nieder. Er sitzt vornübergebeugt, die Ellbogen auf die Knie gestützt, die Fingerspitzen aneinandergelegt, sieht mich ernst an.

„Lisa ging's richtig scheiße, nachdem du weg warst. Am Bahnhof hat sie uns umarmt und gemeint, sie braucht ein bisschen Zeit für sich. Aber nachts hat sie angerufen. Ich hab kein Wort verstanden, da war nur Schluchzen und Wimmern. Also haben wir sie zu uns geholt.

Tagsüber hat sie sich ganz gut gehalten, wer sie nicht kennt, hätte die Augenringe nicht gesehen. Sie hat immer noch die Leute im Türrahmen zum Lachen gebracht, mehr gearbeitet als vorher, dabei ging es ihr gut. Aber immer wieder war sie ganz verloren, wenn sie einen Moment verschnaufen konnte. Und nachts hat sie geweint. Sie wollte es vor uns verbergen, bis Avisha sie zu uns ins Bett geholt hat und ihr gesagt hat, dass sie ihre Trauer nicht unterdrücken soll.

Ungefähr zwei Wochen haben wir alle kaum geschlafen. Avisha und ich haben versucht, sie nicht alleine zu lassen, aber manchmal hat sie sich uns entzogen. Die ersten Male hatten wir Angst, sie würde sich etwas antun. Aber nach ein paar Stunden ist sie immer wieder aufgetaucht.

Als sie wieder in ihrer Wohnung schlafen wollte, waren wir dauernd in Kontakt. Sie hat irgendwelche Kleinigkeiten geschrieben, witzige Bilder weitergeschickt oder auf Dinge reagiert, die wir ihr geschickt haben. Es ging nie um den Inhalt, das war uns allen klar.

Immer wieder übernachteten Avisha oder ich bei Lisa, und wenn sie allein war, schlief sie im Wohnzimmer und der Fernseher lief die ganze Nacht. Wenn ich abends in die Wohnung kam, lag sie unter der Bundeswehrdecke auf dem Sofa, und im Fernseher lief irgendwas. Sie konnte nicht allein sein. Und alles in dieser Wohnung schreit nach dir.

Avisha hat sich irgendwann zurückgezogen, weil es ihr selbst zu viel wurde, und ich habe immer mehr Zeit mit Lisa verbracht. Habe versucht, sie aufzuheitern.

Meine Trauer war anders. Ich habe Trost darin gefunden, für sie da zu sein. Habe mich zu ihr aufs Sofa gesetzt, ihr die Tränen aus ihrem Gesicht gewischt und zugehört. Sie hat sich an mich geschmiegt, ihren Kopf auf meine Schulter gelegt. Und dann. Haben wir uns irgendwann geküsst. Du weißt, wie sehr ich sie mag. Was für eine tolle Frau sie ist. Und du warst tot."

Bene zuckt mit den Schultern und ich nicke. Ich kann ihnen nichts vorwerfen. Bene lächelt müde.

„Aber als Paar haben wir nicht funktioniert. Wir konnten uns gegenseitig halten und einander aufbauen, wir haben uns geliebt, aber nicht auf die beziehungsfähige Art. Ich glaube, wir haben beim Sex immer beide an dich gedacht. Also haben wir uns das irgendwann eingestanden, und nachdem es geklärt war, konnten wir wieder anders miteinander umgehen. Wir haben uns noch geküsst und waren liebevoll zueinander, aber wir wussten, dass wir kein Paar waren.

Avisha hat das Ganze natürlich nicht mitgemacht, also bin ich irgendwann zu Lisa gezogen. Wobei das Beziehungsding in dem Moment auch nicht das Wichtigste war, wir mussten nämlich gleichzeitig mit der Schwangerschaft klarkommen."

Er schaut beim Sprechen auf seine Finger, ich sitze nach vorne gebeugt. Jetzt richte ich mich auf. Runzele die Stirn und spüre die Gänsehaut, bevor ich die Bedeutung seiner Worte verstehe.

„Lisa ging es scheiße und wir dachten, das ist ihre Art zu trauern. Sie hat kaum geschlafen und gegessen, sie war immer noch verschnupft, ihr war übel und sie musste sich immer wieder übergeben. Wir sind zum Arzt, und er hat uns zur Schwangerschaft gratuliert.

Wir haben es nicht verstanden, weil Pille und so. Der Arzt sagt, dass die Antibiotika die Wirksamkeit der Pille wohl beeinträchtigt haben. Und wir haben immer ein Kondom benutzt."

Ich blinzele und rutsche auf dem Stuhl nach vorne.

„Lisa ist schwanger? Von mir?"

Ich stehe auf und gehe zur Tür, aber irgendetwas in Benes Gesicht verhärtet sich. Als er keine Anstalten macht, sich zu erheben, setze ich mich wieder.

„Bene, was ist passiert?"

Er starrt auf den Boden zwischen uns.

„Lisa hat noch bei diesem Gespräch nach einer Abtreibung gefragt."

Ich stöhne auf.

„Alex, du bist gegen ihren Willen, gegen unseren Willen gegangen."

„Du weißt, wieso."

Bene betrachtet mich und muss nichts sagen.

„Sie sagte, dass sie kein Kind von dir aufziehen will. Sie wollte nicht auf diese Art an dich erinnert werden. Aber mehr noch, sie wollte dich und deine Entscheidung nicht vor einem Kind verteidigen müssen. Eine Entscheidung, die sie nie gutgeheißen hat. Was für ein Bild konnte sie von dir zeichnen?

Der Arzt meinte, eine Abtreibung ginge nur nach einer Schwangerschaftskonfliktberatung und dreitägiger Bedenkfrist. Wenn es nach Lisa gegangen wäre, hätte sie diesen Termin gleich gemacht. Sie war so wütend auf dich, auf dein potentes Sperma und immer wieder auf deine Entscheidungen. Sie hat dich so sehr vermisst, und sie wollte sich das nicht antun. Auch dem Kind nicht. Es musste dir nur ein wenig ähnlich sehen, vielleicht sogar ein paar deiner Angewohnheiten haben. Selbst, wenn es die guten gewesen wären, stell dir vor, wie sehr Lisa daran kaputtgegangen wäre. Aber es kam nie zum Beratungsgespräch.

Weil uns irgendwann klar wurde, dass dein, dass euer Kind nichts für die Entscheidungen seines Vaters kann. Wenn wir uns anstrengen, könnte Lisa einen tollen Menschen in die Welt bringen und wir würden ihn zu einem großartigen erziehen. Ein Ersatz für das Leben, das wir mit dir verloren hatten. Die drei Monate verstrichen, eine Abtreibung war nicht mehr möglich und wir wussten nicht, ob es ein Mädchen oder ein Junge werden würde. Aber für Lisa war klar, es würde Alex heißen. Das war kurz vor deinem Geburtstag. Es gab übrigens Malzbier für alle. Wir haben auf dich angestoßen.

Lisa und ich haben uns ausgesprochen, beschlossen, dass wir nur sehr gute Freunde sind, die zusammenwohnen, und wir haben uns auf das Kind gefreut. Ich hab mich wie ein wichtiger Onkel gefühlt, vielleicht sogar wie ein Ersatzvater. Ich konnte ihm am meisten über dich erzählen. Ich fühlte mich irgendwie dazu verpflichtet."

Benes Stimme verliert sich in der Erinnerung. Er spricht warm und liebevoll und sieht dabei ernst und traurig aus. Er schluckt hörbar und schaut zu mir. Tränen fließen über sein Gesicht.

„Uns ging's vielleicht fünf Wochen gut. Das Café lief super. Lisas Bauch wurde langsam sichtbar, und wenn ich meine Hand draufgelegt habe, konnte ich mir einbilden, was zu spüren. Ihr war nicht mehr übel, wir haben versucht, uns nicht über die Ultraschallbilder lustig zu machen, haben nach einer Hebamme gesucht. Wir waren beide im Türrahmen, kurz vor Silvester, als sie plötzlich bleich vor mir stand. Leichte Unterleibsschmerzen und Blutungen.

Wir sind sofort in die Klinik, der Arzt hat ihr Blut abgenommen und einen Ultraschall gemacht, und ich kriege dieses Bild nicht aus meinem Kopf.

Lisas mit Paste beschmierter Bauch. Der Arzt, der viel zu lange nichts sagt und auf den Bildschirm starrt. Wie er sein Beileid ausspricht. Wie Lisa und ich danach alleine im Raum sind, ihr Shirt immer noch nach oben geschoben, ich auf dem Stuhl neben ihr, und sie an meiner Schulter weint, während ich nur Kälte spüre. Und Schmerz. Und dieses alte schlechte Gewissen.

Seit dein Vater gestorben ist, tröste ich Menschen, die mir wichtig sind. Ich war damals sieben Jahre alt, ich hab nicht viel mehr verstanden, als dass dein Vater nicht mehr da war. Und ich habe mich so schlecht gefühlt, weil ich meinen ja noch hatte. Wie sollte ich jemals verstehen können, wie es dir geht? Wie sollte ich dich jemals trösten? Ich hab's dir nie erzählt, aber nachdem du nach Hause gegangen bist, bin ich im Schoß meines Vaters gelegen und habe lange versucht, es zu verstehen. Er konnte mir keine Antwort geben. Er hat gesagt, Alex braucht jemand, der ihm hilft. Dem er vertrauen kann. Sei da.

Ich war immer für dich da. Und dann für Lisa. Ich mache das gerne, aber ein Teil in mir fühlt sich so schlecht dabei, so schuldig, dass es nicht mich erwischt. Dass es irgendwie nie mich erwischt."

Ich bin vom Stuhl auf den Boden gerutscht und drücke mein Gesicht gegen Benes Beine, schüttele den Kopf und versuche, wimmernd seine Worte zu übertönen. Versuche, diese Wahrheit nicht an mich ranzulassen, sie nicht anzunehmen.

Benes Hände auf meinem Kopf und an meinen Schultern, er hält mich fest und weint genauso wie ich. Seine Stimme ist distanziert, fast emotionslos. Als ob er etwas abspult, das ihn nicht mehr berührt. Nicht berühren soll.

„Der Fötus war schon zu weit entwickelt. Sie nennen es die ‚kleine Geburt'. Die Hebamme, die Lisa kontaktiert hat, war dabei. Alex liegt im Gemeinschaftsgrab für Fehlgeburten auf dem Waldfriedhof. Es tut mir so leid."

Ich weiß nicht, wie lange ich vor dem Bett kauere, in Wellen schluchze, den Oberkörper vor und zurück wiege. Bene setzt sich irgendwann zu mir runter und hält mich fest. Er weint lautlos, den Blick in der Dunkelheit hinter dem Fenster verloren.

„Wie geht es Lisa?"

„Sie hält sich gut. Sie geht zu einer Therapeutin und es gibt diese Selbsthilfegruppe. Dort war ich ein paar Mal mit ihr. Manchmal schläft sie bei mir im Zimmer. Meistens allein vor dem Fernseher."

Ich hebe den Kopf und betrachte Bene. Er hat sich die Haare aus dem Gesicht geschoben und sieht aus wie in der Zeit, als er Gel benutzt hat.

Ein Teil in mir ist immer neidisch auf ihn gewesen. Weil er noch beide Eltern hat. Weil ihm nie was passiert. Ich habe nicht verstanden, dass sein Leiden zwar nur zweiter Hand, aber mindestens genauso grausam ist. Dass er den Menschen, die er liebt und die leiden, nur zusehen kann. Er kann ihnen nicht wirklich helfen, kann ihnen den Schmerz nicht abnehmen. Vielleicht ist das sogar schlimmer.

„Wie geht es dir, Bene?"

Er sieht mich an. Zuckt mit den Schultern.

„Wäre besser, wenn ihr nicht so leiden müsstet. Aber lieber mit euch leiden, als euch nicht in meinem Leben haben. Lieber dich trösten, als nicht zu wissen, was mit dir los ist."

Sein Blick wird unklar, ist auf den Boden irgendwo neben mir gerichtet. Meine Kopfhaut beginnt zu jucken und ein Schauer arbeitet sich meinen Körper entlang. Je mehr Bene mir von Lisa und unserem Baby erzählt, desto größer ist der Drang, bei ihr zu sein. Mittlerweile bin ich mir sicher, dass meine Anwesenheit die Fehlgeburt nicht verhindert hätte. Aber ich hätte da sein können. Da sein sollen.

Ich rappele mich auf, setze mich mit angezogenen Beinen vor Bene.

„Ich komme mit zurück."

Bene schüttelt den Kopf.

„Ich wusste, dass du keine Wahl mehr hast, wenn du all das weißt. Was wärst du für ein Wichser, wenn du nicht mitkommen würdest."

„Der Wichser, der vorher gegangen ist."

Wir lachen beide, kurz, aber gemeinsam. Ich vermisse diese Verbundenheit.

„Es fühlt sich an, als könnte ich entscheiden. Und ich will mit zurück."

„Bist du sicher? Ich meine, du hast im letzten halben Jahr ziemlich geilen Scheiß erlebt. Wir dagegen, wir haben uns hauptsächlich um dieses Café gekümmert."

„Das ursprünglich mein Traum war."

„Ist ein guter Traum."

70

Wir schlafen nicht. Wir fragen, erzählen, kichern und weinen, bis wir irgendwann eindösen, auf dem Boden zwischen Bett und Stuhl. Morgens stehen wir am Bahnhof, der ICE wird in einer Viertelstunde hier sein und mich zurückbringen, in ein Leben voller Lisa und Bene und Türrahmen und Kopfschmerzen und so viel Freude, dass ich Angst davor habe. Bene telefoniert mit Gregor und versichert ihm, dass alles okay ist und er rechtzeitig beim Auto sein wird. Ich rufe bei Kasper an.

Ich kann ihm jetzt nicht alles erklären, aber ich muss ihm wenigstens Bescheid geben. Es klingelt ungewöhnlich lange, dann höre ich Helens Stimme, gehetzt, vielleicht sogar besorgt.

„Kasper geht's nicht gut."

„Was heißt, nicht gut? Ihm geht es schon seit Monaten nicht gut."

„Wir glauben, dass er in den nächsten Tagen sterben wird."

„Was?"

„Dafür ist er hergekommen."

„Aber nicht jetzt!"

„Das liegt nicht in meiner Hand."

„Kannst du ihn mir geben?"

„Er ist nicht mehr ansprechbar."

Im Hintergrund schreit Kasper auf, ich habe ihn noch nie so voller Schmerz gehört. Ich drehe mich zu Bene, er steht vor einem der Werbedisplays, die Hände in den Taschen und die Schultern nach oben gezogen. In der riesigen Halle ist es nicht windig, aber trotzdem kalt.

„Ich kann nicht nach Hause. Noch nicht. Kasper geht's scheiße."

Bene starrt mich für einen Moment an und schüttelt dann den Kopf.

„Ich wusste es."

„Nein, glaub mir, ich komme. Nicht heute. Aber ich komme."

Er schnaubt.

„Das glaube ich erst, wenn du da bist."

Ich umarme ihn, drücke ihn fest, aber er behält seine Hände in den Taschen.

„Du willst mir böse sein. Aber geht irgendwie nicht."

Bene muss grinsen und wird sofort wieder ernst.

„Mach keinen Scheiß!"

„Bitte sag Lisa nichts. Ich will ihr alles selbst erzählen."

„Jaja, Feigling. Pass auf dich auf."

„Gute Fahrt euch."

Ich haste zum nächsten Automaten und Bene winkt mir mit dem Stinkefinger.

71

Ich habe ihn noch nie ohne Bart gesehen. Sie haben das Gebiss rausgenommen, seine Lippen spannen sich über das Zahnfleisch nach innen. Die Decke ist bis zur Brust hochgezogen, seine Arme liegen angespannt neben seinem Körper, unter den halb geschlossenen Lidern bewegen sich seine Augen unruhig, er atmet flach, und immer wieder keucht er. Selbst, wenn er ausgesehen hätte, wie ich ihn kenne, schreit sein Verhalten danach, dass etwas nicht stimmt. Bevor ich an sein Bett treten kann, nimmt Helen mich sanft am Arm und zieht mich nach draußen. Vor der Tür umarmt sie mich, Frau Renninger hält mir die Hand hin.

„Wie geht es ihm?"

„Du siehst es ja. Katatonischer Zustand und verminderte Reaktionsfähigkeit. Manchmal spricht er klar, aber zum großen Teil scheint er nicht zu verstehen, was man ihm sagt. Er reagiert, ist dabei aber aufgeschreckt und ungerichtet."

Aus Kaspers Zimmer ertönt ein lauter kurzer Schrei und dann ein Keuchen. Wir alle drehen den Kopf Richtung Tür. Helen seufzt.

„Er verspürt andauernd Harndrang, aber seine Blase ist leer. Wir haben ihn heute schon dreimal auf die Toilette gesetzt, aber es kommen immer nur ein paar Tropfen. Jetzt trägt er Inkontinenzhosen."

Frau Renninger nickt.

„Ungeweinte Tränen. Typische traumatische Reaktion."

„Er trägt Windeln? Und wieso traumatische Reaktion?"

Helen und Frau Renninger wechseln einen Blick, dann dreht sich Frau Renninger zu mir, deutet ein Lächeln an und geht. Ich sehe ihr irritiert hinterher.

„Kasper wollte seinen Sohn anrufen."

„Kasper hat einen Sohn? Davon hat er nie was gesagt."

„Er hat vor ein paar Tagen zum ersten Mal von ihm erzählt.

Kasper war mal verheiratet und seine Frau wurde schwanger. Kurz darauf hat er sich aber von ihr getrennt, und sie hat ihm den Kontakt verweigert. Als sein Sohn alt genug war, um selbst zu entscheiden, haben die beiden sich getroffen.

Sie müssen sich extrem gestritten haben. Das war vor 30 Jahren, seitdem haben sie nicht mehr miteinander gesprochen. Wir wussten alle nichts davon, aber plötzlich ist es aus ihm herausgesprudelt. Das Nachtlicht in seinem Zimmer ist von seinem Sohn.

Er wollte ihn kontaktieren. Noch einmal treffen, bevor es zu spät ist. Martin hat ihm geholfen, die Nummer rauszusuchen, Kasper hat sich rasiert, die Friseurin war da und ich habe sein Zimmer aufgeräumt.

Vorgestern hat er angerufen und die Schwiegertochter ist rangegangen. Er hat nichts von ihr gewusst. Er hat gesagt, wer er ist und ob er seinen Sohn sprechen könnte. Sie muss sehr nett gewesen sein, aber sie meinte, dass ihr Mann nicht zu sprechen sei. Und als er nachgefragt hat, wann er anrufen kann, sagte sie, gar nicht. Er ist vor 15 Jahren gestorben. Am CUP-Syndrom. Das ist ein Krebs, bei dem man nur die Metastasen, aber nicht den Primärtumor findet. Er wird fast immer viel zu spät entdeckt."

Kasper schreit wieder, so laut, dass er im gesamten Hospiz zu hören sein muss.

„Nach dem Telefonat konnte er uns noch alles erzählen. Jetzt reagiert er kaum noch. So schreit er seit anderthalb Tagen."

Meine Augen schmerzen, als wollten sie weinen, aber ich bin leer. Kasper sieht Jahre älter aus. Ihn mit geschorenem Kopf zu sehen, ohne Bart und Zähne, die Augen tief in ihren Höhlen, die Haut über den Schädel gespannt, zieht mir den Magen zusammen.

Ich trete vorsichtig an sein Bett, jemand hat es hochgefahren, sodass ich auf Augenhöhe bei ihm sitzen kann. Ich greife nach seiner zitternden Hand und er schreckt auf, zieht keuchend die Luft ein und starrt mich an, mit aufgerissenen Augen, tief erschüttert. Er schüttelt den Kopf und macht unartikulierte Laute, bevor er zurück ins Kissen sinkt.

Seine Lippen sind rissig, jemand hat sie mit Butter eingeschmiert, seine Haut ist trocken, aber warm, und als meine Hand in seine gleitet, drückte er sie.

„Hallo Kasper. Ich bin's, Alex."

Ich spreche leise und sanft, dennoch schreckt er erneut auf, schaut mich aus diesen riesigen Augen an, verwirrt und verängstigt, stöhnt und hustet, dann sinken die Lider wieder herunter.

„Weißt du, wer ich bin?"

Er sieht kurz fast böse zu mir.

„Glaubst du, ich bin blöd?"

Ein Schauer durchläuft seinen Körper und ich bin mir sicher, dass er keine Ahnung hat.

„Hast du Schmerzen?"

Er prustet und schüttelt den Kopf.

„Kann ich dir irgendwie helfen?"

Wieder dreht er den Kopf zu mir, diesmal ganz klar, voller Leid. Er zuckt mit den Schultern.

„Das ist ein anderer Schmerz. Da kann keiner was machen."

Ich streiche über seinen Kopf, über die kurz geschorenen Haare, und Kasper entspannt sich für einen

Moment, dann reißt er sich nach oben und schreit so laut, fast wie ein Tier, dass ich neben ihm zusammenzucke. Er versucht, sich aus der Decke zu kämpfen, schüttelt meine Hand ab und zieht sich an der Triangel nach oben. Er schiebt eine Hand in den Schritt und nestelt an der Windel. Sie können es nennen, wie sie wollen, es ist eine Windel.

„Ich muss aufs Klo! Hilfe!"

Er schlägt auf den Notfallknopf, und kurz darauf steht Helen im Zimmer und hilft mir, Kasper zu beruhigen.

„Alles ist gut! Herr Haron, wenn Sie pinkeln müssen, lassen Sie es einfach laufen."

Kasper sieht Helen an, als sei sie dumm. Oder als halte sie ihn dafür.

„Ich kann doch nicht ins Bett pissen! Lasst mich aufs Klo!"

Helen und ich, wir können nicht anders, wir müssen prustend grinsen. Gleichzeitig spüre ich die Gänsehaut und mein Mitleid, meine Tränen und die Hitze im Gesicht.

―

Immer wieder versucht er, aus dem Bett zu kommen, immer wieder sage ich ihm, dass er es laufen lassen kann, und jedes Mal schüttelt er vehement den Kopf, fast schon beleidigt, dass ich das überhaupt vorschlage. Dann rutscht er zurück, ich decke ihn zu und greife nach seiner Hand. Er drückt sie und ich streichele ihm über den Kopf und die Schulter.

Bis er irgendwann wieder abrupt meine Hand abschüttelt.

„Lass los! Warum hältst du meine Hand? Ich muss schiffen!"

„Lass es laufen! Du hast eine Windel an."

„Spinnst du? Ich mach doch nicht ins Bett!"

Dann sinkt er wieder zurück, hält meine Hand fest und mich zerreißt es. Er keucht und schreit auf. Ich streichele ihn.

„Kasper, alles ist gut. Ich bin da."

Manchmal wird sein Blick klar. Aber er reagiert auf keine Fragen. Also erzähle ich. Von Carsten und der Tatsache, dass ich niemals einen Achttausender besteigen werde. Von Bene und Lisa und dem Kind.

„Und du hast es noch gar nicht gesehen. Ich war bei Xenia."

Ich ziehe mein Shirt hoch und zeige ihm meine linke Flanke, das längliche schwarze Viereck, das an den Rippen liegt.

„Erkennst du es? Es ist ein Türrahmen! Und ich kann mich an ihn anlehnen."

Kasper sieht nicht auf, reagiert nicht. Er hat die Augen halb geschlossen und atmet unruhig.

„Ich habe angerufen, weil ich dir irgendwie klarmachen wollte, dass wir nicht zusammenziehen werden. Aber deshalb musst du nicht gleich sterben! Du könntest mitkommen oder so."

~

Gegen Nachmittag kommt Helen wieder ins Zimmer, leise, mit einer Wanne voller Wasser, und zieht sich Latexhandschuhe an.

„Ich will ihn frisch machen. Möchtest du dabeibleiben?"

Kasper hat meine Hilfe nie angenommen, wenn er aufs Klo musste. Aber jetzt kann ich ihn nicht allein lassen.

„Wir legen ihn zur Seite. Du kannst seinen Oberkörper stützen."

Sie nimmt sanft die Decke von seinem Körper, öffnet die Verschlüsse der Windel und greift an seine Hüfte, warnt Kasper, dann drehen wir ihn auf die Seite. Kasper schreit auf, verängstigt und voller Schmerz, und sein dünner und fleckiger, aber erstaunlich kräftiger Arm fasst nach meinem.

„Kasper, alles ist gut! Helen macht dich sauber. Ich bin da! Alles ist gut."

Kasper wimmert und sucht Halt, umgreift meine Schulter und meinen Nacken und zieht mich an sich. Ich stehe vornübergebeugt da, sein Gesicht nah an meinem, er ist verunsichert, stöhnt auf und windet sich, hält sich an mir fest, blickt mir in die Augen, sucht den Kontakt.

„Ich bin da! Ich bin's, Alex. Alles ist gut, Kasper. Keine Angst."

Er zittert und schnaubt. Aus dem Augenwinkel sehe ich, wie Helen ihm mit dem Lappen lauwarmes Wasser in den Schritt tropft, mit den Latexfingern seinen Penis hochhält und ihn sanft abwischt.

Ich fühle mich erbärmlich und Kasper so nah wie noch nie. Er starrt mich immer noch an und ich starre zurück. Ich habe diesen alten Mann liebgewonnen, und ganz egal, wie absurd, wie schmerzhaft, wie lächerlich, ich will für ihn da sein.

Mir laufen die Tränen über das Gesicht, mein ganzer Körper schmerzt und ich merke, dass ich mich übergeben muss. Aber ich verharre hier, nah bei Kasper, halte ihn und rede auf ihn ein. Ich bin da. Alles ist gut. Hab keine Angst. Ich bin da. Alles ist gut. Hab keine Angst. Ich bin da. Alles ist gut. Hab keine Angst.

Helen ist fertig und wir legen ihn zurück, decken ihn zu. Ich richte mich auf, sehe, wie Kasper sich beruhigt, gehe langsam auf die Toilette, schließe die Tür und lasse meinem Mageninhalt freien Lauf.

～

Kasper isst und trinkt nicht mehr. Er hält nur meine Hand und stöhnt und schreit immer wieder auf. Martin bleibt eine Weile und ich erzähle schon wieder, tonlos mittlerweile, als ob ich einen Text herunterrattere, während mein Gesicht zu Kasper gewandt bleibt.

～

Seine Atmung wird flacher. Ich habe meine Hand auf seine warme Brut gelegt und spüre sein Herz, spüre, wie sich der Korb immer wieder hebt und senkt, bis er stillsteht.

Ich schrecke auf, er atmet erst ganz sanft ein und schreit plötzlich, die Augen aufgerissen starrt er für einen kurzen Moment zur Decke und beruhigt sich.

Nach fast jedem Schrei kommt jemand ins Zimmer, berührt Kasper, redet ihm sanft zu und verlässt den Raum. Als Frau Renninger eintritt, frage ich sie nach den Schreien und erzähle von den Atemaussetzern. Sie setzt sich auf den Stuhl auf der anderen Seite des Bettes und zündet sich eine von Kaspers Zigaretten an. Nimmt den ersten Zug und bläst ihn Kasper ins Gesicht. Ich sehe sie irritiert an.

„Mittlerweile hat er seit mehr als 24 Stunden keine mehr geraucht. Vielleicht beruhigt ihn der Geruch. Und es erlaubt mir, mal wieder eine zu rauchen." Sie zwinkert mir zu und zieht an der Zigarette. „Er ist auf seiner letzten Reise, aber er kann wohl noch nicht alles loslassen. Es gibt noch Dinge zu klären."

„Aber er wird sie doch nicht mehr klären."

„Leider ist das viel zu oft so. Als ich hier angefangen habe, dachte ich, ich könnte den Menschen dabei helfen. Aber irgendwann war mir klar, dass das Leben keine Geschichte ist, die zwangsläufig gut endet. Meistens können Menschen sich nicht von Leuten verabschieden, von denen sie sich unbedingt verabschieden wollen. Schaffen es nicht nochmal, diesen einen Urlaub zu machen oder sich mit jenem Menschen zusammenzusetzen, um Dinge zu klären, die jahrzehntelang nicht geklärt wurden." Sie zuckt mit den Schultern und sieht für diesen Augenblick so hilflos aus, wie ich es bin. „Wir können nicht bei allem helfen. Aber wir können das machen, was Sie gerade für Herrn Haron tun. Da sein. Sie in den letzten Momenten nicht allein lassen. Es ist gut, was Sie tun."

Es fühlt sich nicht gut an. Es fühlt sich hilflos an.

„Aber diese Atemaussetzer. Was ist, wenn ..."

Sie lächelt und rückt mit ihrem Stuhl ein wenig näher.

„Wenn Herr Haron in Ihrer Anwesenheit stirbt, dann seien Sie zuallererst dankbar für diese Erfahrung. Sie brauchen keine Angst zu haben. Wenn Sie wollen, drücken Sie den Knopf. Ich wünsche ihm, dass er bald loslassen kann. Das Beste ist, Sie müssen gar nichts tun. Seien Sie einfach da."

Sie zieht ein letztes Mal an der Zigarette, wartet auf mein Nicken, drückt den Stummel in ihre Tasse und verlässt den Raum.

~

Die Atemaussetzer werden immer länger. Jedes Mal halte auch ich die Luft an und starre zu Kasper, eine Hand zögerlich in der Luft, um den Knopf zu betätigen. Jedes Mal bin ich erleichtert, wenn Kasper wieder Luft holt und kurz darauf schreit. Erleichtert und gleichzeitig betroffen, denn mittlerweile will auch ich, dass Kasper nicht mehr leiden muss.

Irgendwann wirft die Nachtwache einen Blick ins Zimmer, fragt, ob sie das Klappbett holen soll, und ich schüttele den Kopf. Stecke mir ein Kissen zwischen Wand und Kopf und mache es mir so gemütlich, wie es auf dem Stuhl geht, mit Kaspers Hand in meiner und meiner anderen auf seiner Brust. Der echte Mond schimmert im Fenster, das gelbe Nachtlicht ist die einzige Lichtquelle im Zimmer.

Immer wieder stöhnt Kasper oder macht Geräusche, manchmal sagt er etwas in einer Sprache, die ich nicht verstehe.

Ich schrecke auf, wenn er schreit oder unruhig wird, dann beruhige ich ihn. Ich bin da. Alles ist gut. Hab keine Angst. Ich bin da. Alles ist gut. Hab keine Angst. Ich bin da. Alles ist gut. Hab keine Angst.

~

Und dann wache ich auf, das Zimmer ist schon wieder heller und mein Nacken schmerzt, weil mein Kopf nach vorne gegen das Gitter des Bettes gesunken ist. Kaspers Hand in meiner ist noch warm, aber ich weiß, dass er nicht mehr am Leben ist.

Sein Blick ist nach oben gerichtet, der Mund leicht geöffnet und ich kann mir einbilden, dass sich sein Brustkorb noch ganz sanft bewegt. Er sieht aus, als hole er gleich wieder Luft. Ich richte mich auf und schiebe mein Gesicht nah an seines. Spüre ich nicht noch den Atem? Bewegt sich seine Hand nicht noch ein wenig in meiner?

Ich will mir unsicher sein. Streichele die Brust und spüre den Kloß in meinem Hals, den Rotz in meiner Nase, meine Augen immer feuchter werden. Klappe das Gitter nach unten und lege meinen Kopf neben seinen. Er riecht immer noch lebendig und er ist immer noch warm. Ich keuche und höre mich an wie Kasper, lache auf.

Und dann verzieht sich mein Gesicht und ich weine.

72

Ich seufze und will gehen, als Jess dasteht. Sie trägt einen schlichten schwarzen Einteiler, wenige Nuancen dunkler als sie selbst, die Beine enden über den Knöcheln, und ich muss an ihre Latzhose denken.

Sie hält mir die Hand hin und lächelt ihr Lächeln, und wer bin ich, zu einem Menschen mit dieser Wärme Nein zu sagen? Wir tanzen ein, zwei, drei Lieder, bis mir tatsächlich jedes Auftreten des linken Fußes wehtut. Der Song endet, wir applaudieren und Jess und ich gehen Richtung Ausgang, auf Martha zu.

„Du gehst?"

Ich nicke und sie hebt die Arme.

„Ich glaube immer noch nicht, dass dir das hier Spaß macht, aber du hast gut durchgehalten. Alles Gute."

Sie hält mich für einen kurzen Moment fest, tritt zurück und geht dann über die Tanzfläche. Ich sehe ihr nach, werfe einen Blick nach oben zum Atelier und drehe mich zu Jess. Sie schließt mich in die Arme und ich sie ebenso.

Sie küsst mich sanft auf die Wange. Warme Lippen, Finger, die mich festhalten, und die Erinnerung an dieses Lächeln beim Tanzen. Vielleicht ist es gar nicht das Tanzen selbst. Sondern all diese Peripherie, die das Herz bewegt.

73

Helen weckt mich, sanft und mit Tränen in den Augen. Ich erhebe mich vorsichtig und sehe mich im Zimmer um. Es ist hell und frisch, jemand hat das Fenster aufgemacht und Kasper zugedeckt, seine Augen geschlossen und einen Schal um seinen Kopf geschlungen, damit der Mund geschlossen bleibt.

„Alles okay?"

Ich nicke und zucke mit den Schultern.

„Traurig."

„Natürlich." Helen schnieft und lächelt. „Wir sehen jede Woche jemanden sterben, aber es geht uns trotzdem nah."

Ich nehme sie in den Arm. Mir tut alles weh und meine Sachen kleben eklig an mir.

„Heute Nachmittag machen wir eine Gedenkfeier für ihn."

Ich helfe beim Aufräumen des Zimmers, schlüpfe in meinen Anzug und stehe neben Helen, während sie die Gedenkfeier leitet. Bis auf mich sind nur Menschen vom Hospiz anwesend, eine kleine und intime Runde, die im Kreis um sein Bett steht. Helen erzählt von Kasper und seinen Eigenheiten, wir lachen und nicken und jeder stellt eine kleine Kerze auf das Laken. Jemand spielt „Von guten Mächten wunderbar geborgen" auf dem E-Piano.

Danach sitze ich neben Helen, esse Kuchen und fühle mich dumpf und leer. Die anderen reden, aber ich bin müde und habe in letzter Zeit viel zu oft erzählt.

74

„Herr Fink? Ich bin Frank Wiesmann, der Anwalt von Kasper Haron. Kurz vor seinem Tod hat er mir das gegeben. Für Sie, sobald er stirbt."

Ich schiebe die Lasche nach oben und entfalte das Papier. Krakelige Schrift, in der ersten Zeile mein Name, in der letzten Zeile Kaspers.

~

Alex,

du hast dich erst gerade von mir verabschiedet. Bist wieder tanzen gegangen, obwohl du da gar keine Lust darauf hast. Ich weiß, warum du das tust, aber ich weiß nicht, ob es richtig ist. Ich werde dir aber nicht sagen, was ich richtig finde, weil ich dir keine Ratschläge erteilen will, die ich selbst nicht befolge.

Ich weiß, du hast Angst davor, was passiert, wenn du deine Liste abgearbeitet hast. Ich mag die Idee, dass wir zusammenziehen. Aber wenn ich mich so anfühle, dann denke ich nicht, dass das noch passieren wird. Ich bin schon viel zu lange hier und ich glaube, bald ist es vorbei.

Ich habe dir von meinem letzten Wunsch erzählt, von meinem Boot und der Weltumsegelung. Das hast du nicht auf deine Liste geschrieben.

Wenn du also getanzt hast und auf diesem Berg warst, und wenn du dann nicht weißt, was du tun sollst, hier ist mein Vorschlag: Frank hat alle Papiere dabei, damit er dir mein Boot und so viel Geld überschreiben kann, dass du mit der Crew locker ein halbes Jahr unterwegs sein kannst. Glaub mir, das wird die Reise deines Lebens.

Es ist mein letzter Traum. Wenn du möchtest, gebe ich ihn dir.

Ich bin froh, dich kennengelernt zu haben. Du hast mich gezwungen, Dinge zu tun, vor denen ich Angst hatte.
Danke.
Kasper

~

Ich sehe den Anwalt an, er nickt zum Brief.

„Wenn Sie wollen, bringe ich Sie direkt zum Hafen und zu Ihrem Boot."

Kasper hatte glänzende Augen, als er von dem Boot erzählt hat. Ich sehe mich in einer Version meiner Zukunft, wie ich an Bord des Schiffes stehe, auf den dunkelbraunen Planken, umgeben von azurblauem Wasser, im Hintergrund irgendeine Insel voller Palmen. Es ist warm und die Luft schmeckt salzig.

Kasper hat Recht, es wäre eine Traumreise. Aber es ist nicht mein Traum. Meiner ist ein kleines Café im Süden von Deutschland. Ein anstrengender Job, bei dem ich immer übermüdet bin und viel zu oft Kopfschmerzen habe. Bei dem ich mit Bene arbeiten und zu Lisa nach Hause kommen kann. Mein Kopf in ihrem Schoß, während sie mir von ihrem Arbeitstag erzählt. Und ganz vielleicht streichele ich irgendwann ihren dicker werdenden Bauch und versuche, eine Bewegung zu erspüren.

Mein erster Sohn wird Kasper heißen.

Ich schüttele den Kopf und das Schiff, das Meer und die Insel verblassen. Lisa leuchtet.

75

Ich ziehe den Koffer zum Automaten, schiebe die Karte rein und betrachte verwundert die Fehlermeldung. Vorgang fehlgeschlagen. Beim zweiten Mal ebenso. Beim Automaten daneben dasselbe. Und beim Geldautomat auf der anderen Seite der Halle. Kaspers Tod verbreitet sich extrem schnell. Mit einem kleinen Surren verschwindet die Karte noch tiefer im Automaten, und ich muss mir die Pin nicht mehr merken. Aber wahrscheinlich jedes Weihnachten daran denken.

Ich seufze und schüttele den Kopf. Dann schultere ich den Rucksack und ziehe den Koffer durch den Hinterausgang des Bahnhofs an den Rand der Schnellstraße, stelle den Rucksack auf den Koffer, schiebe die Schultern nach oben, um mich zumindest ein wenig vor dem Regen zu schützen, und strecke den Arm aus.

Eine knappe Dreiviertelstunde stehe ich dort, die Geräusche des Regens und der vorbeifahrenden Autos werden zu einem Grundrauschen. Die Sonne ist schon seit Stunden nicht mehr durch die Wolkendecke gekommen, als die Bremslichter eines Wagens aufleuchten und er ein paar Meter hinter mir am Straßenrand stehen bleibt.

~

Der Mann am Steuer heißt Günther und steht gerade im Schein der Laterne vor dem Auto und raucht, mir ist es draußen zu kalt. Er hat die Schultern gegen den Wind nach oben gezogen, seine einzelne Strähne weht ihm immer wieder ins Gesicht. Wir sind seit Stunden unterwegs, mittlerweile kurz vor Stuttgart.

Das Radio ist leise gedreht, aber den Schlager, der gerade läuft, werde ich für den Rest der Nacht als Ohrwurm haben, das weiß ich. Dann wechselt der Song und ich starre zum Radio. Dieser alte Swingbeat und der kleine Melodiebogen, das Bild meines Vaters, wie er in der Küche zwei, drei Tanzschritte macht, mit meiner Mutter, die sich wehrt, aber dabei lacht, wie ich sie selten gesehen habe.

Ich habe in all den Jahren oft nicht gewusst, ob es wirklich dieses Lied ist. Jetzt bin ich mir sicher. Ich drehe die Musik lauter.

Eine einfache, fließende Melodie, die helle Frauenstimme mit einem Akzent, den ich kaum verstehe. Die Aufnahme kratzt, und der Rhythmus ist optimal für Lindy Hop.

Günther reißt die Tür auf und ich fahre zusammen, er schnallt sich an, ich wische die Tränen weg und deute auf das Radio. Das Lied läuft gerade aus.

„Günther, weißt du, was das für ein Lied ist?"

Er verharrt, hört zu, dann schüttelt er den Kopf.

„Ich kenne es, es kommt immer wieder im Radio. Aber keine Ahnung. Wieso?"

„Meinem Vater hat es gefallen und ich höre es immer nur zufällig. Weiß nicht, wie es heißt."

Wir setzen zurück und beschleunigen, fahren auf die Autobahn, linke Spur.

„Tut mir leid, dass ich nicht helfen kann. Dein Vater ist tot?"

Zwei Lieder lang hören wir der Musik zu, dann dreht Günther sie wieder leiser.

„Kommst du gerade von seiner Beerdigung?"

„Nein, er ist seit Jahren tot. Ich habe einen Freund verabschiedet."

„Kacke. Und weißt du was? Das wird im Laufe der Jahre immer schlimmer."

Er erzählt von seinen besten Freunden, seiner alten Clique und den Unfällen und Krankheiten, den beiden Selbstmorden und dem einen Mord. Spielschulden. Ich nicke an den richtigen Stellen und bin froh, nicht selbst erzählen zu müssen.

～

Ich sage ihm, er muss nicht, aber Günther schüttelt den Kopf.

„Darauf kommt es jetzt auch nicht mehr an. Aurelie weiß, dass es spät wird. Und wir haben uns gut unterhalten. Da kann ich dich auch durch die Stadt fahren."

Er hält am Platz gegenüber vom Türrahmen. Es ist fast Mitternacht, das Café schließt in einer Stunde.

Ich hebe den Arm, als Günther wegfährt, mein letztes Geld immer noch in meiner Hand, und warte, bis er an der Ampel nach links abbiegt. Ich atme tief aus und betrachte die Wolke, die mein Atem macht. Keine Ausreden mehr.

Mein Koffer poltert hinter mir an den eingezäunten Bäumen mit dem angeketteten Fahrradrahmen vorbei. Der Laden ist gut besucht. Dann sehe ich Bene, wie er an Tisch sieben eine Bestellung aufnimmt. Er nickt und lächelt einer Frau mit einem Hund zu, sieht auf und blickt suchend aus dem Fenster.

Er wartet auf mich.

Für einen Moment sehe ich die Version der Realität, in der ich auf das Boot gegangen bin. In der Bene nicht nur zwei Tage, sondern mindestens ein halbes Jahr auf mich warten muss. Allein die Vorstellung tut weh.

Dann sieht er mich. Für einen Moment verharrt er in seiner Bewegung, bevor er zurück zur Theke geht. Ich kann sein Gesicht nicht lesen. Lisa kommt aus dem Flur und meine Gänsehaut hat nichts mit der Kälte zu tun.

Sie lächelt einen Gast an, aber selbst aus dieser Entfernung kann ich sehen, dass sie sich verändert hat. Ein fremder Zug um ihre Mundwinkel, ein Schatten um ihre Augen.

Sie ruft Bene etwas zu und der hebt seinen Daumen. Das war immer mein liebster Moment, diese leichte Anspannung, die gute Variante von Stress, das gemeinsame eingespielte Arbeiten. Lisa bleibt an Tisch fünf stehen, spricht mit dem Gast und legt dann ihre Hand auf seine. Eine sanfte Berührung, ein Lächeln, und meine Kopfhaut beginnt zu kribbeln. Ich schnaube. Natürlich.

Bene stellt ein Bier so schwungvoll auf den Tisch, dass es überschäumt. Jemand lacht so laut, dass ich es hier draußen hören kann. Jemand anderes kommt um die Ecke und betritt das Café. Lisa dreht sich um und verschwindet im Gang. Mein Blick verschwimmt, sie flackert. Als ich sie nicht mehr sehe, streift mein Blick wieder Bene.

Er guckt mich an, lächelt. Und neben all den aufgefächerten Visionen in meinem Kopf taucht etwas Neues auf. Etwas, das ich noch nicht erkennen kann.

Ich weiß nicht, was passieren wird. Und das ist okay. Hauptsache, ich bin dabei.

Abspann

Wenn du jemand bist, der bei Filmen den Abspann überspringt, klapp jetzt lieber das Buch zu. Wenn du einen sanften Ausklang und noch ein wenig in dieser Atmosphäre bleiben möchtest: Schön, dass du da bist.

2014 stehe ich auf dem kleinen Balkon der Mutter meiner Mitbewohnerin. Wir wollen eigentlich nur Dinge einpacken und zurück in die WG, bleiben dann aber doch ein wenig. Auf dem kleinen Tisch steht ein oft benutzter, frisch geleerter Aschenbecher, in der Mulde eine glühende Kippe. Daneben liegt ein aufgeschlagener *Spiegel*, auf der Seite die Überschrift *Abschied ohne Ende* (Der Spiegel 36/2014). Eine dreiseitige Geschichte von Vivian Pasquet über einen pensionierten Priester, der mit Krebs im Endstadium ins Hospiz geht und dann wieder rausmuss, als klar wird, dass es eine Fehldiagnose war.

Damit endet der Artikel, ungewiss, wie es weitergeht. Ich denke, dass die Geschichte doch eigentlich jetzt erst beginnt. Aber was genau ist die Geschichte? Die Mutter kommt auf den Balkon, nimmt sich die Kippe aus dem Aschenbecher und sieht mir zu, wie ich die Bilder des Artikels anstarre. Dann zeigt sie auf die Zeitschrift: Nimm sie mit, ich bin durch.

Knapp drei Jahre liegen die ausgerissenen Seiten bei mir und lange Zeit weiß ich nicht, wie es weitergehen könnte. Bis die Idee da ist, dass Alex (der von Anfang an diesen Namen hat) die Wünsche der Leute aus dem Hospiz erfüllen könnte. Mit meiner Freundin Chantal und mit meinem Notizbuch spiele ich die Idee immer wieder durch, bis ich sie meinem Agenten erzähle, Markus Michalek bei AVA international. Er horcht auf.

Langsam setzt sich ein Plot zusammen, den ich in unzähligen Spaziergängen und Autofahrten Freundinnen und Freunden wie Simone, Andrea, Johanna, Wolfgang und Felix, aber auch meiner Familie und Team Tacheles aus Hildesheim, besonders Livi, Ally und Lisa, erzähle, die mir Rückmeldung geben, Kritik üben und in den verzweifelten Momenten Mut machen. Niko ist mein bester Freund und hat eine Sonderstellung, weil viele unserer Erlebnisse eingeflossen sind. Bei meiner besten Freundin und Haustherapeutin Chrissy gehen Alex und die anderen Figuren in Therapie. Bene und Avisha sind nicht nur Namensgeber:in, sondern auch Ärzteehepaar, das mir medizinischen Rat gibt. Martin ist mein Mann für Bootskenntnisse, Aline meine Friedhofsspezialistin und Menschen wie Jess begeistern und inspirieren mich so sehr, dass sie auf die ein oder andere Art in dieses Buch geflossen sind. Sie und viele andere haben mir ihr Wissen, ihr Wesen zur Verfügung gestellt. Falls ich irgendwas falsch wiedergegeben habe, Entschuldigung.

Irgendwann bekomme ich Kontakt zu Annelie, die mir in einem stundenlangen Gespräch von ihrer Arbeit im Hospiz erzählt. Dank Elisabeth Kunze-Wünsch und Annemarie Hagenlocher verbringe ich im Dezember 2017 eine Woche als Praktikant im Hospiz Stuttgart, Ingeborg und Daniela nehmen mich überallhin mit und beantworten alle Fragen. Dort lerne ich auch Helmut kennen, ohne ihn wäre Kasper eine andere Figur geworden.

Markus bekommt die Rohfassung alle paar Kapitel zu sehen und spielt knapp ein Jahr lang Sparringspartner. Chantal hört alle Variationen und muss mich aushalten, wenn ich unfair auf Kritik reagiere. Anfang 2020 bekomme ich ein Stipendium des Förderkreises deutscher Schriftsteller in Baden-Württemberg, um an diesem Roman arbeiten zu können. Und dann kommen der Haymon Verlag und Linda Müller dazu, meine Lektorin.

Sie alle und einige weitere sind Teil dieser Reise. Ohne sie kein Buch, auch wenn ich allein vorne draufstehe. Dass ich mit diesen Menschen zusammenarbeiten, Ideen aus meinem Kopf in ein Buch packen darf, dafür bin ich ihnen extrem dankbar. Und dir genauso. Wenn du bis hierher gelesen hast, sowieso. Eine letzte Sache noch:

Die Personen und Ereignisse in diesem Roman sind real. Irgendwo gibt es sie. Irgendwann sind sie passiert. Da bin ich mir sicher.

Auflage:
4   3   2   1
2027   2026   2025   2024

HAYMON 317
            t b

Taschenbuchausgabe 2024
© Haymon Verlag, Innsbruck-Wien 2021
www.haymonverlag.at

© 2021 Fabian Neidhardt

Dieses Werk wurde vermittelt durch die AVA international GmbH
Autoren- und Verlagsagentur, München. www.ava-international.de

Alle Rechte vorbehalten. Kein Teil des Werkes darf in
irgendeiner Form (Druck, Fotokopie, Mikrofilm oder in einem
anderen Verfahren) ohne schriftliche Genehmigung des Verlages
reproduziert oder unter Verwendung elektronischer Systeme
verarbeitet, vervielfältigt oder verbreitet werden.

ISBN 978-3-7099-7969-3

Lektorat: Haymon Verlag / Linda Müller
Projektleitung: Haymon Verlag / Nora Reitsamer
Buchinnengestaltung nach Entwürfen von: himmel. Studio für Design
und Kommunikation, Innsbruck / Scheffau – www.himmel.co.at
Satz: Da-TeX Gerd Blumenstein, Leipzig
Umschlaggestaltung: hißmann, heilmann, hamburg
Satz Umschlag: Karin Berner
Umschlagabbildung: plainpicture / Kniel Synnatzschke
Autorenfoto: Daniel Gebhardt

Gedruckt auf umweltfreundlichem, chlor- und säurefrei gebleichtem
Papier.

Fabian Neidhardt schreibt mit links, seit er einen Stift halten kann, und erzählt Geschichten, seit er 12 ist. 1986 wurde er als erstes Kind von vieren in eine polnisch-italienische Familie geboren, studierte u. a. Literarisches Schreiben in Hildesheim und lebt in Stuttgart. In seinem Verlagsdebüt „Immer noch wach" erzählt er von Konflikt und Akzeptanz, davon, was Liebe, Familie und Freundschaft sein kann – was Leben bedeutet. Zuletzt bei Haymon erschienen: „Nur ein paar Nächte" (2023).